Mordsstimmung in Deutschlands beliebtesten Kneipen, denn berühmte Krimiautoren machen in diesem Band ein Fass auf. Ein Detektiv ohne Kneipe ist wie ein Schiff ohne Hafen, und so wissen Petra Hammesfahr, Gisbert Haefs, Christine Grän, Felix Huby, Fred Breinersdorfer u. a. genau, wo was los ist. Ob im «Max und Consorten» in Hamburg, im Frankfurter «O 25», im Kölner «Haxenhaus» oder im «Taraxacum» in Leer – abgerechnet wird überall, und meistens mit tödlichen Folgen.

Abrechnung, bitte!

Eine mörderische Kneipentour

Storys

Herausgegeben von
Peter Gerdes

Rowohlt Taschenbuch Verlag

Originalausgabe
Veröffentlicht im Rowohlt Taschenbuch Verlag GmbH,
Reinbek bei Hamburg, Februar 2002
Copyright © 2002 by Rowohlt Taschenbuch Verlag GmbH,
Reinbek bei Hamburg
Umschlaggestaltung Notburga Stelzer
(Foto: Bilderberg, © Schmid)
Satz Minion PageMaker, Pinkuin Satz und Datentechnik, Berlin
Druck und Bindung Clausen & Bosse, Leck
Printed in Germany
ISBN 3 499 23144 1

Inhalt

Regula Venske

Auf Reisen I:
Dialektik eines Spätsommertages

An einem schönen Nachmittag Ende August brach Marthe vom Hamburger Hauptbahnhof in Richtung Wendland auf. Sie tat dies nicht, weil sie gegen die Castor-Transporte hätte demonstrieren wollen, die in diesen Tagen aus der Wiederaufarbeitungsanlage La Hague in Frankreich hierher rollen und im Atommüllzwischenlager bei Gorleben eingelagert werden sollten. Marthe war zu einer Lesung aus ihrem neuen Roman eingeladen, sie war beruflich unterwegs. Von den geplanten Demonstrationen hatte sie zwar in der Zeitung gelesen, sich bei der Lektüre aber nicht persönlich angesprochen gefühlt. Aus dem Protestalter war sie anscheinend seit ein paar Jahren heraus. Wehmütig stellte sie das fest, als sie sich durch den überfüllten Interregio kämpfte, wo sie schließlich in einem voll gepfropften Raucherabteil Unterschlupf fand. Zum Glück dauerte die Fahrt bis Lüneburg nicht lang. Dort stieg sie auf einem Nebengleis in einen Bummelzug nach Dannenberg um. Die Lesung sollte in einem Landgasthof in Pevestorf stattfinden, und der Wirt vom Lindenkrug hatte zugesagt, sie persönlich vom Dannenberger Bahnhof abzuholen.

Langsam zuckelte und ruckelte die Bummelbahn durch das Spätsommerland. Marthe fühlte sich in ein Bilderbuch aus Kindertagen zurückversetzt. Unglaublich, dass ganz in der Nähe Hamburgs eine solch scheinbar unberührte Gegend lag, dass der Großstadtkrebs noch nicht alles überwuchert hatte. Nun, man wusste ja, wie der Schein trog. Dennoch kam es Marthe merkwürdig vor, dass sie an einem derart friedlich gestimmten Tag hinaus in den Sonnenschein fuhr, um abends vor fremden Leuten etwas aus ihrem Krimi zum Besten zu geben. An einem Tag wie diesem wollte man sich doch nur sein Wölkchen aus dem Himmelsblau zupfen; wer hörte da freiwillig etwas von der Nachtseite des Lebens?

Am Dannenberger Bahnhof wartete, wie versprochen, der Lindenkrug-Wirt. Lässig stand er an ein schnittiges, wenngleich leicht verbeultes schwarzes Auto gelehnt. Der Mann sah anders aus als erwartet. Der Stimme nach zu urteilen, hatte sich Marthe bei ihrem Telefonat einen durchaus gesetzten Herrn in reiferen Jahren vorgestellt. Nun sah sie, dass der Gasthofbesitzer allenfalls Mitte vierzig war, kaum älter als sie. Hoffentlich war es bei ihr nicht umgekehrt, hörte sie sich jünger an und sah dann wesentlich älter aus als gedacht! Eben noch war man Mitte zwanzig gewesen; man war es nicht mehr. Sonst würde man sich ja auch über die Castor-Transporte –

«Sind Sie Marthe –?»

«Ja, Herr –?»

«Willkommen im Wendland. Sie wissen, hier finden in diesen Tagen zwei Großveranstaltungen statt, von denen Ihre Lesung natürlich die größere –»

«Danke, wie liebenswürdig.»

Im Handumdrehen – währenddessen ihr Gastgeber viermal das Wort Dialektik benutzte, denn er war in einem früheren Leben Gymnasiallehrer gewesen – hatten sie ihr Fahrtziel erreicht. Lauschig lag das Gasthaus unter sehr alten und ehrwürdigen Bäumen, die an einem Tag wie diesem großzügig den willkommenen Schatten spendeten.

«Oh, diese herrlichen Linden», rief Marthe begeistert. Zwar wusste sie nicht einmal, wie ein Lindenblatt, geschweige denn ein ganzer Lindenbaum aussah. Aber da der Gasthof nun schon einmal Lindenkrug hieß, riskierte sie mit ihrem Ausruf nicht viel.

Bis zur abendlichen Lesung war es noch ein Weilchen hin, Zeit genug zu einem Spaziergang an die nahe gelegene Elbe. Nachdem sie ihre Büchertasche und das kleine Nachtgepäck auf ihrem Zimmer abgestellt hatte, marschierte Marthe frohgemut los. Der Weg führte sie an einem Feldrain entlang und dann durch einen lichten Wald. Anmutig spannten die Baumwipfel einen Bogen über ihren Weg. Marthe fühlte sich eins mit der Welt. Der Weg sah aus, als müsse an seinem Ende eine Kutsche auf sie warten. Oder ein schmucker Reitersmann. Marthe blieb stehen, sog den würzigen Waldesduft ein, lauschte einem Specht. Hätte jemand sie in diesem Moment gefragt, warum sie Kriminalromane schrieb, sie hätte keine Antwort gewusst. Da sah sie am Ende des Weges plötzlich zwei Reiter auftauchen. Tatsächlich, zwei dunkle, hohe Schatten gegen das flirrende Sonnengold. Täuschte sie sich, waren die Schatten eine Fata Morgana? Schon war Hufgetrappel zu hören. Sollte sie umkehren? Ins Unterholz fliehen? Dummerweise hatte sie ihr Handy auf dem Zimmer zurückgelassen. Und der Rückweg zum Lindenkrug war viel zu weit, als dass sie es schaffen –

Schon sprengten die Reiter heran. Aber nein, sie sprengten eigentlich nicht, sie kamen bloß näher. Marthes Herz klopfte bis zum Hals, als sie einen Schritt zur Seite in die Brennnesseln tat; dennoch gelang es ihr, den Gruß der beiden vorbeireitenden Teenager freundlich genug zu erwidern.

Am Ende des Weges erreichte sie den Deich. Und dahinter lag die Elbe, an dieser Stelle ein altmodischer, behäbiger Strom. Die Sonne schien warm auf sie herab, als Marthe auf dem Deichkamm weiterspazierte. Links das glitzernde Wasser, rechts der dunkel wartende Wald. Sie hatte das Gefühl, als könne sie stundenlang so weiterlaufen, doch sie durfte die Uhr nicht ganz aus den Gedanken verlieren. Irgendwann, zu gebotener Zeit, würde sie umkehren müssen. Weil vielleicht ein Publikum wartete. Und wenn gar keiner käme? Wer würde in solch abgelegener Gegend wohl zu ihrer Lesung kommen wollen? Noch dazu, wenn draußen der schönste Spätsommer herrschte? Und noch dazu, wenn eine Demo angesagt war?

Während Marthe weiter fürbass schritt, sah sie etwa in Höhe des Horizonts, da, wo der Deichsaum in dunklen Wald überging, eine schwarze Wolke sich in rasendem Tempo auf sie zu bewegen. Ihr Magen verkrampfte sich. Ein Kampfhund. Und sie ganz allein auf weiter Flur. Und ihr Handy im Lindenkrug. Und der Weg nun wirklich zu weit, um den schützenden Hof noch zu erreichen.

In vier, fünf Sätzen sprang Marthe vom Deichkamm hinab und hinüber zum Wald. Sollte sie sich verstecken? Das machte bei Kampfhunden wohl wenig Sinn. Die rochen ihre Angst auch im Unterholz. Hier half nur eine Waffe. Ein Knüppel musste her. Hastig zerrte Marthe einen Ast aus dem nächsten Gebüsch. Sie erwischte ein langes sperriges Gerät mit recht vielen Zweigen. Etwas unhandlich zwar, doch bot das Teil immerhin genug Angriffsfläche, um es dem Hund ins weit aufgesperrte Maul hineinzurammen. Von hier unten konnte sie den Angreifer nicht sehen. Sie musste wieder hoch auf den Deich, um einen besseren Überblick zu haben. Und damit das Tier nicht von oben herab auf sie sprang. Mit weichen Knien und Stoßgebete zum Himmel schickend, kraxelte Marthe wieder den Deichrücken empor. Angestrengt spähte sie aus. War der Kampfhund bloße Einbildung gewesen? Nein, die wilde Jagd war inzwischen deutlich näher gekommen. Ein großes, schwarzes Tier, in weit ausgreifenden Sprüngen preschte der Todesbote heran. Marthe umklammerte den Ast mit festerem Griff. Was werden die Kollegen denken, schoss es ihr durch den

Kopf. Auf einer Lesereise von einem Kampfhund zerfetzt. Was für ein schreckliches Ende.

Während sie es dachte, beschloss sie verstärkt, sich nicht widerstandslos zu ergeben. Dieser Hund würde gleich sein blaues Wunder erleben. Und dann würde sie nie wieder Angst vor irgendwelchen Dackeln oder Rehpinschern haben.

In diesem Moment preschte das Tier in zehn, fünfzehn Metern Entfernung an ihr vorbei. Es nahm nicht die geringste Notiz von der verschwitzten Frau mit dem leicht modrig riechenden Stück alten Baums in der Hand. Mit allen Sinnen genoss der Hund die Freiheit eines Hundespätsommertages. Als endlich der zu ihm gehörige Reiter des Weges getrabt kam, hatte Marthe ihre Waffe längst fortgeworfen und befand sich schon wieder auf dem Rückweg zum Lindenkrug.

Nachdem sie sich für ihren Auftritt erfrischt und zurechtgemacht hatte, blieb Marthe noch ein halbes Stündchen, um auf der Terrasse vor ihrem Zimmer eine Tasse Tee zu trinken und sich mit einem Stück des köstlichen hausgemachten Pflaumenkuchens zu stärken. Die Welt war wieder im Lot. Sicher, die Massen würden heute Abend nicht strömen. Aber einige Karten für die abendliche Veranstaltung waren immerhin verkauft, auch hatten einige Hotelgäste ihr Kommen versprochen. Sie würde nicht allein vor ihrem Buch sitzen bleiben. Natürlich wäre es geschickt gewesen, Werbezettel für die Lesung an die Demonstranten zu verteilen. KOMMT MASSENHAFT!!! Die waren ja durchaus auch ihr Zielpublikum. Aber an eine solche Kampagne hatte natürlich wieder kein Mensch gedacht. Immer kamen ihr die guten Ideen, doch leider zu spät, um noch die Werbeabteilung ihres Verlages entsprechend zu mobilisieren.

Eine Wespe umschwirrte sie, zwei, drei weitere hatten sich auf ihrem Kuchen niedergelassen. Als Allergikerin geriet Marthe sofort in gelinde Panik. Aber es gelang ihr – unter Vermeidung ruckartiger Bewegungen –, beherzt zu der Fliegenklatsche hinüberzulangen, die neben der Terrassentür auf der Fensterbank abgelegt war. Und zack! Erwischt. Ein nur noch zart vibrierender Wespenkörper lag vor ihr hingestreckt auf dem Tisch. Und noch einmal. Zack! Sie fegte den Körper vom Tisch und trat zur Sicherheit mit dem Absatz nach. Und da die nächste. Zack! Für diejenigen, die auf ihrem Pflaumenkuchen wilderten, nahm sie den Teelöffel zu Hilfe, mit dem es sich fester zuschlagen ließ. Und die Wespe, die am Innenrand ihrer Tasse herumkrabbelte, konnte mittels der schnell darauf gesetzten Untertasse fürs Erste eingesperrt werden. Wenn man Tasse und Untertasse jetzt geschickt drehte, wurde die Wespe todsicher ertränkt.

Marthe war eine leidenschaftliche und geschickte Wespenkillerin. Seit ihrer Kindheit hatte sie es in diesem Sport zu einer gewissen Meisterschaft gebracht. In kurzer Zeit lagen zwanzig hingemetzelte Wespenleiber um sie herum. Von denen drohte keine Gefahr. Vorsichtshalber schloss sie jedoch die Terrassentür, als sie ihr Zimmer verließ, fest zu. Sie wollte heute Nacht auch aus dieser Richtung keine Überraschung in ihrem Schlafzimmer erleben.

In einem hübsch geschmückten Nebenraum hinter der eigentlichen Gaststube wartete schon ihr Publikum, etwa fünfundzwanzig freundlich dreinblickende Personen. Der Wirt sprach ein paar Begrüßungsworte, in denen das Stichwort Dialektik nicht fehlte, dann legte Marthe los. Die erste Hälfte ihrer Lesung verlief ungestört. Dann allerdings kam Bewegung in den Raum nebenan. Eine größere Gruppe schien dort einzukehren. Man hörte Stühlerücken, Lachen, Stimmengewirr. Marthe erhob ihre Stimme und las tapfer weiter an gegen den Lärm. «Zander italienische Art!» – «Rinderroulade! Aber bitte vom Schwein!» – «Für mich das Wildsauerfleisch! Was für ein Gelee gibt es dazu?» –

Jedes Wort, das im Nebenraum gesprochen wurde, war deutlich zu hören. Marthe bemühte sich, nicht hinüberzulauschen. Schon war sie ins Haspeln gekommen, hatte eine Pointe versaut. Eine der Stimmen klang ihr merkwürdig vertraut. Saß da etwa ein Bekannter und labte sich an Wildsauerfleisch, ohne es für nötig zu halten, zunächst ihr zuzuhören? Ihr Lesungsplakat hing für jeden Eintretenden deutlich sichtbar an der Eingangstür zum Restaurant. Welcher Lump war daran vorbeigelaufen? Ob da jemand Geburtstag feierte? Wieder klang Lachen herüber, wieder hatte Marthe sich nicht richtig auf das zu Lesende konzentriert. Unter den Zuhörern regte sich Groll. Man forderte den Wirt auf, nebenan für Ruhe zu sorgen. Das sei eben die Dialektik des Lebens, meinte der Wirt. Man müsse auch einmal den Mitmenschen ein Vergnügen zu gönnen bereit sein. Sie selber hätten ja nun schon etwas ganz Besonderes hier und heute gehört. Marthe legte noch etwas mehr Lautstärke in ihren Vortrag hinein. Nebenan wurden Getränke serviert. Man hörte es klirren und zischen. Jetzt ein kühler, knackiger Wein … Marthe beschloss, ihren Vortrag zu einem schnellen Ende zu bringen.

«Schließen wir uns doch den Herrschaften im Nebenraum an. Mein Buch können Sie zu Hause weiterlesen. Aber das Wildbret aus gräflichem Forst gibt es nur hier. Ich danke für Ihre Aufmerksamkeit.»

Nachdem Marthe einige der für diesen Zweck mitgeschleppten Bücher verkauft und signiert hatte, begab sie sich erst einmal aufs Klo. Der Weg führte durch den Nebenraum, sodass sie im Vorübergehen unauffällig nachsehen konnte, wem die bekannt scheinende Stimme gehörte. Aber mit dem, den sie dort sah, hatte sie nicht gerechnet. Da saß tatsächlich – der Umweltminister. Er hatte sich die Aufschnittplatte des Hauses bestellt und tat sich gerade an Rotwildschinken, Hirschsalami und Wildschweinfleischwurst mit Sahnemeerrettich gütlich.

Offenbar war sein Einsatz zum Schutz der Castor-Transporte für heute Abend beendet. Marthe, die den Umweltminister etwas länger angestarrt haben mochte, als die Gebote der Höflichkeit es erlaubten, nickte ihm knapp zu, als sein Blick den ihren streifte. Dann ging sie rasch weiter. Der Abend war doch ein Erfolg. Eine kleine Störung bei der Lesung, das konnte schließlich jedem passieren. Aber nicht jeder wurde vom Umweltminister gestört. Daraus ließe sich eine kleine Anekdote stricken und gelegentlich vor Kollegen zum Besten geben. Vielleicht kam man noch mit der Runde nebenan ins Gespräch? Zunächst jedoch nahm sie in ihrem Lesungsraum an einem Tisch mit mehreren Zuhörern Platz und bestellte sich die Wildfrikadellen. Für die späte Stunde war das Essen eigentlich zu schwer. Immer wollte sie auf Reisen ein Pfund abnehmen, immer nahm sie stattdessen ein Kilogramm zu. Aber die auf der Karte verheißenen Frikadellen von Wildschwein und Hirsch, ebenfalls aus gräflichem Forst, die angeschwenkten Pfifferlinge und Steinpilze, mit Rotwein abgelöscht und Rahm verfeinert, nebst Röstis machten ihren guten Vorsatz zunichte. Genauer gesagt, der Vorsatz blieb bestehen, wurde aber auf das morgige Datum verschoben.

Wieder war man zur Hälfte durch das Programm gekommen, diesmal das appetitliche Programm auf den vor ihnen stehenden Tellern, als eine unverhoffte Störung eintrat. Von draußen ertönten kräftige Rufe, erregtes Geschrei. Die Runde nebenan indes wurde still, man hörte Stühlerücken, leise Schritte, kurz darauf klappte die Gartentür. Zusammen mit ihren Tischgenossen sprang Marthe auf und lief zum Fenster hinüber. Draußen hatten sich Dutzende, vielleicht sogar ein paar hundert Demonstranten versammelt. Mit Spaten, Stangen und Forken standen sie auf dem Platz vor dem Hof. Immer wieder riefen sie nach dem Umweltminister.

«Tritt ihn! Tritt ihn!»

Ein gnadenlos gleichmäßiger Ruf, zugleich eine Forderung, die äußerst bedrohlich wirkte. Vermutlich würden die Demonstranten alle im Haus befindlichen Personen zur Entourage des Ministers zählen. Waren auch sie und ihre Zuhörer jetzt in Gefahr? Was sollte man machen? An der Tür zum Nebenraum hatte sich einer der Leibwächter des Ministers postiert. Marthe konnte sehen, wie Schweißtropfen von seiner Stirn liefen. Ja, es war heiß, ein heißer Spätsommerabend, und Wildbret, Bier und Wein hatten ein Übriges getan. Betont ruhig schlenderte Marthe an ihren Platz zurück. Den Wein austrinken, bevor er sich zu sehr erwärmte, das schien jetzt einigermaßen vernünftig zu sein. In diesem Moment trat die Lindenkrug-Wirtin gelassen vor ihre Haustür. Die ihr entgegengereckten Mistgabeln schienen sie nicht im Geringsten zu stören.

«In meinem Haus wird kein Gast je getreten oder sonstwie gestört», sagte sie. «Fechtet das morgen früh auf der Wiese aus! Jetzt geht heim oder kommt rein, um euch etwas zu stärken.»

«Genau», stimmte der Wirt zu, der seiner Frau Rückendeckung gegeben hatte und nun an ihre Seite trat. «Jetzt gibt es erst einmal einen Schluck Frei–»

Er hatte «Freibier» sagen wollen, da traf sein Blick auf den seiner Frau.

«Freiwasser», beendete er den Satz tapfer.

Die Menge klatschte johlend Beifall, denn durstig war man gewiss. Und ein Glas Bier konnten sich die meisten doch aus eigener Tasche leisten. Der Umweltminister schlüpfte aus der Gerätekammer, in der er sich kurzerhand versteckt hatte, und ging wieder zurück an seinen Tisch. Zu später Stunde trank er mit einigen Demonstranten, im Durst friedlich vereint, Bruderschaft. Aber diesen nächtlichen Höhepunkt verschlief Marthe. Sie lag längst in ihrem Bett. Von Berufs wegen hätte sie ja einen kleinen Aufruhr durchaus gutheißen, mit einer kleinen

Leiche auf der Türschwelle, und wäre es die eines Ministers, durchaus einverstanden sein müssen. Aber bei Lichte besehen war sie natürlich dankbar für diese friedliche Nacht, in der lediglich zwanzig Wespenleichen in Kadavergehorsam den Weg zu ihren Traumpfaden säumten.

Felix Huby

Kurz vor dem Essen

Der Großeinsatz war seit Wochen vorbereitet gewesen. Jetzt lauerten gut dreihundertachtzig Polizisten überall in der Stadt, strategisch günstig verteilt, Anwärter, Inspektoren, Kommissare in Zivil, merklich um Unauffälligkeit bemüht, auf die mutmaßlichen Täter. Ihre uniformierten Kollegen fieberten, versteckt in zivilen Autos, eingepfercht in Mannschaftswagen oder auf kleinen Polizeiwachen, dem Einsatz entgegen.

Ernst Bienzle, Hauptkommissar und am Einsatz nicht beteiligt, saß im Hof von Paolos Trattoria, die Beine weit von sich gestreckt, die Daumen in den Hosenbund gehakt, vor sich einen sardischen Weißwein und eine Platte mit angedünstetem Gemüse, das eindringlich nach Knoblauch roch.

Am Nachbartisch wurde diskutiert: «Der muss doch hirnrissig sein, dass er jedes Mal genau gleich vorgeht», sagte ein junger Mann. Ein anderer meinte: «Einer allein schafft das nie – da wartet ein zweiter Mann vor der Bank im Auto mit laufendem Motor …»

«Man hat aber nie ein Fluchtfahrzeug gesehen.» Paolo brachte eine neue Karaffe Wein und blinzelte Bienzle verschwörerisch zu. «Lauter Kollegen von dir. Stammtischpolizisten! Bei uns in Sardinien wär jeder Mann auf der Seite der Bankräuber.»

«Aber du bischt hier in Heslach. Übrigens, wenn's knallt,

zieh's G'nick ein, 's wär schad um dein' Charakterkopf», sagte Bienzle.

«Aber der Bankräuber hat noch nie scharf geschossen.»

«Ja – der nicht …», Bienzle nippte an seinem Glas. Modus operandi nannte man das in der Fachsprache, wenn der Täter immer nach dem gleichen Prinzip vorging. Sechsmal hatte er nun schon zugeschlagen. Sechs Filialen der größten Bank am Ort hatte er dabei heimgesucht. Meistens kurz vor Geschäftsschluss. Jedes Mal war nur noch ein Kunde da gewesen. Den hatte er dann als Geisel genommen. Er verlangte das Geld, das in der Tageskasse war, ließ es in eine Plastiktüte füllen, schoss drei oder vier Tränengaspatronen ziellos in den Raum und ging ohne Eile wieder hinaus.

Bienzle interessierte sich schon lange für den Mann. Glaubte man allen Zeugen, dann war er zwischen 1,60 und 1,95 Meter groß, hager, untersetzt, bullig, elegant. Er sprach mit schwäbischem, italienischem und jugoslawischem Akzent, zog ein Bein nach und bewegte sich sportlich, ohne jegliche Behinderung. Nur in einem waren sich alle Zeugen und Ermittler einig: Nach Verlassen der Bankfilialen hatte sich der Räuber jeweils in Luft aufgelöst.

Ernst Bienzle hatte sich die Akten ausgeliehen und alles gelesen, was über das «Phantom», wie der Mann bereits in der Presse genannt wurde, bisher ermittelt worden war. Fest stand lediglich, dass er die Bankfilialen jeweils am letzten Donnerstag des Monats kurz vor 18 Uhr überfallen hatte. Bienzle hatte die Filialen nacheinander aufgesucht – nicht offiziell, nicht als Polizist, vielmehr als Kunde oder nur so als Passant.

Ihm war etwas aufgefallen, was offensichtlich keiner seiner Kollegen registriert hatte. Und deshalb saß er jetzt bei Paolo, was im Übrigen nichts Außergewöhnliches war. Er war oft hier am Bihlplatz, überzeugt davon, dass bei Paolo die nettesten

Menschen von Stuttgart verkehrten, und wohl wissend, wie subjektiv dieses Urteil war.

Insgesamt hatte der Bankräuber bei seinen sechs «Einsätzen» 324 000 Mark erbeutet. Eigentlich gab es für ihn keinen Grund, es ein siebtes Mal zu versuchen. Er musste ja auch wissen, dass heute – am letzten Donnerstag im Juni, kurz vor 18 Uhr – alle Filialen der größten Stuttgarter Bank von starken Polizeikräften überwacht wurden.

«Wenn er bei seinem System bleibt», sagte der Junge am Nachbartisch, «müsste er heut' wieder zuschlagen.»

«Also, ich hätt' die Nerven nicht», meinte der andere.

«Man könnt' grad meinen, er legt's drauf an, dass ihn die Polizei erwischt.»

«Na ja, ‹give a man a chance›, wird er wohl denken!»

Bienzle musste unwillkürlich lächeln. An einem anderen Nachbartisch, dicht bei der Treppe, die zum Lokal hinaufführte, saß ein junger Mann alleine. Er las in einem Buch und machte sich Notizen. Zwischendurch sah er immer wieder auf die Uhr, als ob er jemanden erwarte.

Zuerst hatte der Bankräuber in Kaltental zugeschlagen, direkt an der Kaltentaler Abfahrt, wo es über einen steilen Stich zur Engeloldstraße hinaufgeht. Dann in Degerloch an der Felix-Dahn-Straße, dann beim Bad Berg. Bienzle hatte die Filialen alle abgeklappert, und zwar immer donnerstags kurz vor Kassenschluss, und war dann anschließend gleich in der Nähe essen gegangen. Ermittlungen hatten ihn schon immer hungrig gemacht.

Auch eine Reihe nicht betroffener Filialen hatte er donnerstags zwischen fünf und sechs Uhr besucht, und auch dort fand sich zu seinem Glück meistens in der Nähe ein Lokal.

Der junge Mann an der Treppe stand auf und trat an Bienzles Tisch. «Könnten Sie einen Augenblick auf meine Sachen aufpassen?» Bienzle hob den Kopf und sah dem jungen Mann ins Gesicht. Es war schmal und schlecht rasiert. Auf den Wangen blühten Pickel. Bienzle schätzte ihn auf zwanzig, höchstens zweiundzwanzig. Er trug Jeans und ein T-Shirt mit der Aufschrift «University of Columbia».

«Gern», sagte Bienzle, «bei mir sind Ihre Sachen gut aufgehoben.»

«Hab ich mir denkt. Sie sehet so aus», sagte der Junge und verließ den Hof der Trattoria. Bienzle sah auf die Uhr. Es war fünf Minuten vor sechs.

Der Kommissar stand auf und machte ein paar Schritte auf die Straße hinaus, sodass er zu der kleinen Bankfiliale hinüberschauen konnte.

Vor der Tür zur Bank kramte der Junge etwas aus der Tasche, das wie eine Plastiktüte aussah. Bienzle zog die Luft durch die Zähne.

Paolo trat neben ihn. «Wonach schaust du denn?»

«Hoffentlich dreht er um», sagte Bienzle.

Der junge Mann stieß die Glastür auf und verschwand in der Bank.

Paolo begriff plötzlich. «Sag mal, und du lässt den da so einfach reingehen?»

«Er macht's immer nur, wenn bloß noch ein Kunde im Schalterraum ist. Scheint's sind no mehr Leut da – außer meiner Kollegin», sagte Bienzle.

«Und du, was machst du dabei?»

«I steh' da und wart!»

Der Junge kam ohne Anzeichen von Hast aus der Bankfiliale heraus. Er wurstelte die zusammengeknüllte Plastiktüte in die Hosentasche.

«Sehr vernünftig», sagte Bienzle. Dann wandte er sich an Paolo: «Kennst du den Mann?»

Paolo antwortete ausweichend: «Er kommt noch nicht so lange zu mir.»

Bienzle nickte.

Der Mann kam über den Bihlplatz zurück. Sie hatten das Plätzle in den letzten Jahren «verkehrsberuhigt», wie das in der Amtssprache hieß. Kugellampen, mit dem Lineal gezogene Rabatten und Pflasterfelder machten aber noch lange keine Piazza draus.

Bienzle setzte sich an den Tisch neben der Treppe. Der junge Mann betrat den Hof.

«I hab denkt, i setz mich da her …», sagte Bienzle. Der Junge ließ sich auf seinen Stuhl fallen.

«War nix!», sagte Bienzle.

«Bitte?»

«Sind Se froh», sagte der Kommissar noch mal. «Die hättet womöglich glei g'schosse, die zwei Beamte, die direkt nach Ihne nei sind, plump, dackelhaft ond dilettantisch. Die sind heut' schneller mit der Dienstwaffe bei der Hand als früher.»

«Aber …»

«Habet Sie schon gesse?», fragte Bienzle.

«Nein, aber …»

«Gell, Sie esset au emmer erscht nachem G'schäft. So einfach ischt des! Jede Bankfiliale, die Sie überfallen haben, liegt keine fünfzig Schritt von einer Kneipe entfernt. Es sind lauter belebte Kneipen. Und jedes Mal habet Sie's g'macht wie heut', sind aufg'schtande, als ob Se bloß gschwind was aus em Auto hole wollet oder so. Dann sind Se über d' Straß gange, rein in die Filiale, Maske übern Kopf, Plastiktasche aus em Hosensack, Gaspistole aus dem anderen. Fünf Minuten später habet Sie sich scho wieder hing'hockt und Ihr Esse b'schtellt.»

Im gleichen Augenblick brachte Paolo eine Portion Lasagne.

Bienzle lachte. «Ach so, Sie bestellet z'erscht, dann gehet Se rüber, holet das Geld, und bis Sie z'rückkommet, isch's Esse fertig. Also, aus Ihne hätt' was werde könne!»

«Wie sind Sie bloß draufgekommen, dass ich heut' hier …»

«Des war net schwer. Nirgendwo sonst gibt's a Lokal so nah bei einer Bankfiliale – die andere habet Sie ja scho … wie sagt mr … heimgesucht!»

Der Alarm war längst abgeblasen, alle Posten zurückgezogen, und im Polizeipräsidium herrschte eine gewisse Ratlosigkeit, als Bienzle mit dem jungen Mann auf der Wache an der Karl-Kloß-Straße erschien. Er hatte nicht einmal Handschellen gebraucht.

Petra Hammesfahr

Früher war das so geregelt

Gleich nachdem die Sache mit Eberhard bekannt wurde, machte sich im Dorf das große Misstrauen breit. Eberhard war nicht der einzige Junggeselle gewesen, der in fremden Revieren wilderte. Da gab es einige, die befürchten mussten, dass sie auf gleiche Weise ein Ende nehmen könnten. Fritz Werfel zum Beispiel, der junge Bäckermeister, der sich gerade erst selbständig gemacht hatte, von dem hieß es, dass er frühmorgens in seiner Backstube höchstpersönlich bediente, natürlich nur die weibliche Kundschaft – und die auch nur bis zu einem gewissen Alter und Körpergewicht.

Dann waren da noch der Metzgergeselle, der sich mit seinen kaum zwanzig Jahren bereits einbildete, er könne eines Tages in Eberhards Fußstapfen treten, und zwei, drei, vier andere, die man gar nicht eigens erwähnen muss. Keiner von ihnen reichte an Eberhard heran, aber sie alle waren in großer Sorge. Und das war durchaus verständlich.

Nicht verständlich dagegen war, dass die alte Frau Göbel nach dem grausigen Fund hinter Borgmanns Scheune ihren Weg in aller Seelenruhe fortsetzte und erst gegen Mittag eine beiläufige Bemerkung fallen ließ. Ihrer Tochter gegenüber soll sie geäußert haben: «Heute Morgen hab ich den Eberhard gesehen. Untenrum war nix mehr dran.»

Daraufhin, so erzählte man sich später, sei die Tochter der

alten Frau Göbel ziemlich blass geworden. Sie rannte ihrerseits zu besagter Scheune, wobei sie angeblich jedem, der ihr begegnete, freimütig und ungefragt erklärte: «Mein Mann war die ganze Nacht bei mir.» So kam der Stein ins Rollen.

Was das merkwürdige Verhalten der alten Frau Göbel anging, gab es ein paar Vermutungen, die jedoch bei den polizeilichen Ermittlungen kaum ins Gewicht gefallen wären, weshalb man sie gar nicht erst zu Protokoll gab. Die Alte war weit über siebzig und ein bisschen wirr im Kopf. Sie wählte für den Weg zur Frühmesse, die sie regelmäßig besuchte, grundsätzlich den schmalen Trampelpfad zwischen Borgmanns Scheune und der Weide, auf der Borgmann im Sommer seinen Zuchtbullen anpflockte. Dabei war dieser Pfad ein erheblicher und gefährlicher Umweg für eine Frau, die so wackelig auf den Beinen war wie die alte Göbel.

Im Sommer mochte das noch angehen. Da war der Bulle im Freien. Und Kinder hatten beobachtet, dass die alte Göbel regelmäßig an dem elektrisch geladenen Sicherheitszaun stehen blieb und ein paar Worte zu dem Bullen sprach. Anschließend betrachtete sie mit andächtigem Blick die besonderen Merkmale, die das Tier für die Zucht prädestinierten. Aber der Bulle wurde mit dem ersten Frost immer im Stall gehalten, kam höchstens um die Mittagszeit noch einmal kurz ins Freie. Und Eberhard wurde am Neujahrstag gefunden.

Möglicherweise hatte die alte Frau Göbel gar nicht begriffen, was sich ihren Augen da offenbarte. In späteren Unterhaltungen erwähnte sie jedenfalls nie den eingeschlagenen Schädel. Sie sprach immer nur davon, was ihr an dem Toten untenrum aufgefallen war.

Als man Eberhard fand, waren seine Hosen bis zu den Kniekehlen herabgezogen. Er lag mit blankem Hinterteil auf der dünnen Schneedecke. Und untenrum waren ihm genau die

Teile entfernt worden, derentwegen man ihn vor seinem Ableben häufig mit Borgmanns Bullen verglichen hatte.

Niemand im Dorf konnte sich vorstellen, wer zu solch einer entsetzlichen Tat fähig gewesen wäre. Nicht genug damit, dass man Eberhard mit der stumpfen Axt, die normalerweise im Hauklotz gleich neben dem Tor von Borgmanns Scheune steckte, den Schädel förmlich gespalten hatte. Nicht genug damit, dass auf rigorose Weise die im Polizeibericht als «Geschlechtsteile» bezeichneten Organe entfernt worden waren. Man hatte Eberhard schändlicherweise eines dieser Teile in die rechte Hand gedrückt. Und damit immer noch nicht genug. Man hatte ihn darüber hinaus mit einigen Pappschildern dekoriert.

An der rechten Hand war ein kleines Schild befestigt, auf dem man lesen konnte: «Auch der schönste Hahn lässt eines Tages Federn!»

Mitten auf der Brust lag ein größeres Schild mit der ersten Zeile des Spruches: «Früher war das so geregelt ...»

Die Schrift auf diesen Schildern bot der Polizei keinerlei Anhaltspunkte bezüglich des Täters. Sie bestand aus sorgfältig ausgeschnittenen und aufgeklebten Teilen einer im Dorf weit verbreiteten Tageszeitung, was die Arbeit der Polizei nicht gerade erleichterte.

Der Tat dringend verdächtig, allerdings nur hinter vorgehaltener Hand, war der Bürgermeister. Der nämlich hatte sich in der Neujahrsnacht, genauer gesagt, Punkt zwölf, als die Musikkapelle im Festsaal von Hügelers Kneipe gerade den Tusch gespielt hatte, als es im ganzen Saal mucksmäuschenstill wurde, von seinem Platz auf der Empore hinter der Balustrade erhoben und, anstatt «Prosit Neujahr» in die Menge zu rufen, wie man es allgemein erwartete, nicht nur die erste Zeile, sondern gleich den kompletten Spruch über die Köpfe der Anwesenden geschleudert.

Mit zornbebender Stimme, die vielleicht bei einer Ratsdebatte, nicht jedoch bei einem Silvesterball angebracht war, brüllte er los: «Früher war das so geregelt, dass jeder seine Alte vögelt. Heute ist das so verzwickt, dass alles durcheinander fickt!»

Anschließend ergriff er mit hochrotem Kopf die Hand seiner siebzehnjährigen Tochter und den Arm seiner hochnäsigen Frau. Beide hinter sich herzerrend, verließ er fluchtartig den Festsaal, noch bevor die Menge sich von dem Eklat erholen konnte und die Massenschlägerei begann.

Nun hatte im Dorf schon so manche Veranstaltung ein derartiges Ende gefunden. Dabei war niemals jemand ernstlich zu Schaden gekommen. Dennoch ging die Polizei davon aus, dass man hier mit den Ermittlungen ansetzen müsse.

Die ersten Verhöre ergaben folgende Sachlage:

Der ehrenamtliche Brandmeister der freiwilligen Feuerwehr hatte die Tochter des Bürgermeisters zum Tanz aufgefordert und sie dabei eventuell in irgendeiner Form belästigt. Einige wollten gesehen haben, dass der Mann im dichten Gewühl der Tanzfläche seine Hand zuerst auf den Rock des jungen Mädchens legte und später darunter schob. Dabei soll er angeblich ein paar Vorschläge gemacht haben bezüglich eines ruhigen Plätzchens, an das man sich verziehen könne. Das jedenfalls behauptete einer, der es gehört haben wollte.

Niemand verübelte dem Brandmeister diesen Versuch, und mehr war es ja nicht gewesen. Man musste ihm einfach zugute halten, dass er stark angetrunken war. Sonst war er nämlich sehr zurückhaltend. Man musste außerdem berücksichtigen, dass seine Frau kurz zuvor mit dem jungen Bäckermeister Fritz Werfel zur Hoftür hinausgegangen war.

Über diesen Hof gelangte man zu den Stallungen, denn der Gastwirt Hügeler betrieb neben der Kneipe noch eine kleine Landwirtschaft. Das heißt, er hatte sie betrieben. Seit seinem

Tod betrieben sie seine Töchter. Und die Ställe waren auch in einer Neujahrsnacht angenehm temperiert.

Weiter kam noch hinzu, dass die Tochter des Bürgermeisters während des vergangenen Sommers häufig bei Borgmanns Scheune beobachtet worden war. Die Scheune war in der warmen Jahreszeit ein sehr beliebtes Ziel bei jungen, aber auch bei älteren Leuten. Die Tochter des Bürgermeisters hatte sich dort mit einem Schnösel aus dem Nachbarort getroffen. Nicht einmal heimlich. Vor solchen Treffen war der Schnösel, er konnte kaum achtzehn sein, auf einem knatternden und stinkenden Mofa quer durch das Dorf gerast, hatte vor dem Bungalow des Bürgermeisters mit einer fürchterlichen Huperei begonnen, bis die Tochter vor den Augen ihrer Mutter und einiger anderer herauskam, ihn mit einem Kuss begrüßte, sich hinter ihn auf den winzigen Sozius klemmte, die Arme um seine Taille legte und so weiter. Es war dann immer schnurstracks zur Scheune gegangen. Und dort ließ die Tochter des Bürgermeisters es unter viel Gekichere und Gestöhne zu, dass der Schnösel nicht nur seine Hand unter ihren kurzen Rock schob.

Da mochte sich der Brandmeister, dem das zweifellos ebenso zu Ohren gekommen war wie der restlichen Bevölkerung, gedacht haben, dass ein so junges Mädchen vielleicht – nach der unreifen Fummelei im Sommer – im Winter gerne einmal erlebte, wie ein erfahrener Mann die Dinge in die Hand nahm. Vielleicht war es aber auch nur so, dass er nicht abseits stehen wollte, wo doch seine Frau bereits mit dem jungen Bäckermeister Fritz Werfel zur Hoftür hinausgegangen war. Wo doch die Tochter der alten Frau Göbel an der Theke unentwegt den Metzgergesellen bedrängte, er möge sie rasch einmal hinaus zu den Stallungen begleiten. Sie müsse ihm da etwas Interessantes zeigen.

Wo sich Eberhard, zu diesem Zeitpunkt lebte er ja noch, in einem stillen Winkel des Festsaales sehr intensiv mit dem Inhalt der Bluse von Regine Schroeder, seiner neuen Flamme, beschäftigte. Wo sich im Grunde jeder Mann und jede Frau im Dorf köstlich amüsierten.

Die einzigen Ausnahmen mochten Frau Hügeler und ihre beiden Töchter sein. Sie standen schweißgebadet hinter der Theke und kamen mit dem Bier kaum nach. Im letzten Jahr hatte Gastwirt Hügeler noch selbst hinter der Theke gestanden, da war das zügiger gegangen. Leider war er dann im Frühherbst verstorben.

Auch so eine merkwürdige Sache. Der Gastwirt war ja erst Anfang fünfzig gewesen, ein wahrer Baum von einem Mann, überaus kräftig. Hügeler hatte, solange er zurückdenken konnte, bis halb zwei nachts in seiner Kneipe gestanden und mit den letzten Gästen um die Wette gesoffen. So hatte er es jedenfalls immer erzählt, und es traf zu, dafür gab es schließlich Zeugen.

Anschließend war er hinauf in die Schlafkammer gestiegen, hatte seine Frau geweckt und bearbeitet, dass das Bett in allen Fugen krachte. Dafür gab es zwar keine Zeugen, aber man hatte ihm das unbesehen geglaubt. Und dann war Hügeler in aller Herrgottsfrühe schon wieder auf den Beinen gewesen, um die Arbeit in den Stallungen zu erledigen. Damit war er noch vor dem Frühstück fertig. Nach dem Frühstück bestieg er den Traktor und fuhr aufs Feld. Und abends stand er wieder hinter der Theke.

Die alte Frau Göbel hatte immer prophezeit, dass es mit dem Gastwirt einmal ein schlimmes Ende nehmen würde. Und so war es dann auch gekommen. Ganz geklärt werden konnte Hügelers plötzlicher Tod nie. Man nahm einfach an, dass er es in der Nacht anscheinend übertrieben hatte, nicht mit seiner Frau, nur mit dem Wettsaufen. Der Obduktionsbefund ergab einen Promillegehalt in seinem Blut, der ebenso stattlich war wie der Mann selbst. In diesem Zustand hatte ihn dann wahrscheinlich der pure Übermut gepackt.

Im Dorf hatte sich eine einleuchtende Version verbreitet, der zufolge sich das Drama etwa so abgespielt hatte: Mitten in der Nacht holte Hügeler das Gewehr, welches Eberhard am Abend in der Kneipe vergessen hatte, unter der Theke hervor. So bewaffnet, stieg er auf seinen Traktor und fuhr hinaus zu Borgmanns Weide, um den Bullen zu ärgern, der dort, normalerweise angepflockt, graste. Und das war dann leider ins Auge gegangen.

Weder Borgmann noch sonst jemand konnte sich erklären, wie der Bulle es geschafft hatte, das starke Seil zu durchtrennen, welches seinen Nasenring mit dem tief im Erdreich verankerten Pflock verband.

Noch mysteriöser wurde die Angelegenheit, als die Polizei behauptete, das Seil sei nicht gerissen, sondern durchschossen worden. Nach dieser Erkenntnis hatte man sämtliche Mitglieder des Schützenvereins einer peinlichen Befragung unterzogen. Aber weitergekommen war man damit nicht. Keiner, nicht einmal Eberhard, der nun bestimmt ein hervorragender Schütze war, traute sich zu, ein Seil auf die Distanz von rund zwanzig Metern mit einem einzigen Schuss zu durchtrennen.

Und von dieser Distanz musste man ausgehen, denn sonst hätte der Schütze über den elektrisch geladenen Sicherheitszaun steigen müssen. Das wäre ein unabwägbares Risiko gewesen. Weil doch der Bulle, durch einen Schuss zu Tode erschreckt, gleich losgestürmt wäre.

Die Sachlage klärte sich indes in diesem einen Punkt, als man das Gewehr auf Bergmanns Weide fand, wo es im hohen Gras verborgen lag. Eberhard erinnerte sich plötzlich wieder daran, dass er es in der Kneipe vergessen hatte, nachdem er Hügelers Frau und ihrer ältesten Tochter hatte zeigen müssen, wie es funktionierte. Es stand zu vermuten, dass der Bulle es an die Fundstelle geschleift hatte, nachdem es Hügeler vielleicht aus den Händen gefallen war.

Und da sich neben den Fingerabdrücken Eberhards, der Frau und der ältesten Tochter des Gastwirts auch Hügelers Fingerabdrücke auf dem Gewehr befanden, ging man schließlich davon aus, dass er sich aus purem Übermut hinter den Sicherheitszaun begeben hatte, um von dort aus auf das Seil zu schießen.

Aber es musste trotzdem – daran gab es keinen Zweifel – ein grässlicher Tod gewesen sein. Selbst wenn man davon ausging, dass Hügeler in seinem umnebelten Hirn nur die Hälfte davon spürte, hatte er ein solches Schicksal nicht verdient.

Nun, Eberhards Tod war nicht weniger grässlich. Und was den Verdacht gegen den Bürgermeister anging, war man aus mehreren Gründen vorsichtig. Einmal war die erste Zeile des Spruches auf Eberhards Brust noch lange kein Beweis. Es war nicht auszuschließen, dass sich einer der im Festsaal Anwesenden diese Zeile gemerkt oder den Spruch vielleicht in voller Länge auch vorher schon gekannt hatte. Außerdem wollte man sich nicht unbedingt mit dem Bürgermeister anlegen.

Der Verdacht wurde weiterhin abgeschwächt durch die Tatsache, dass in der Silvesternacht nicht Eberhard, sondern der Brandmeister mit der Tochter des Bürgermeisters getanzt hatte. Außerdem war die Polizei zu Beginn der Ermittlungen noch davon überzeugt, dass der oder die Täter unter den Ehemännern gewisser im Festsaal anwesender Damen zu suchen waren.

Eberhard war kein Kostverächter gewesen, aber an einer Siebzehnjährigen hatte er sich nie vergriffen. Er bevorzugte Damen reiferen Alters. Und da stand ihm im Dorf eine reiche Auswahl zur Verfügung. Entsprechend groß war für die Beamten die Auswahl der dringend Tatverdächtigen. In den letzten zwanzig Jahren seines Lebens hatte Eberhard nichts ausgelassen. Erst kurz vor seinem gewaltsamen Ende hatte er wieder einmal eine leidenschaftliche Liaison begonnen.

Als sich Mitte des Jahres, rund sechs Monate vor Eberhards Tod, herumsprach, dass er jetzt manchmal zu Gast bei den Schroeders war, dass er meist kam, wenn Regine Schroeders Mann das Haus gerade verlassen hatte, dachte sich noch niemand etwas. Regines Mann war als Arbeitstier bekannt, für den gab es den Begriff Feierabend nicht. Um fünf war in der Firma Schluss, ab sechs war er auf verschiedenen Baustellen tätig. Heim kam der Mann immer erst kurz vor Mitternacht. Dann war er natürlich müde. Und Regine war eine überaus attraktive Frau. Warum sollte sie nicht auch einmal an die Reihe kommen?

Diese Frage stellte sich der Polizei natürlich nicht. Man stolperte lediglich über die Aussage des Brandmeisters, der in der Silvesternacht zweimal versucht hatte, Regine zum Tanz aufzufordern. Erfolglos, es schien ganz so, dass Regine den Ersatzmann fürs Leben gefunden hatte. Den Brandmeister jedenfalls hatte sie nur mit traumverlorenem Blick angeschaut. Und mit entrücktem Lächeln den Kopf geschüttelt, während Eberhard sich weiterhin intensiv mit dem Inhalt ihrer Bluse beschäftigte. Eberhard selbst hatte den Brandmeister keines Blickes gewürdigt, sondern ungeachtet der Tatsache, dass der vor dem Tisch stand und wie gebannt zuschaute, die freie Hand unter Regines Rock geschoben.

Aber der Verdacht gegen Regines Mann hielt sich nicht lange. Er hatte für die gesamte Silvesternacht einschließlich des Neujahrstages ein lückenloses Alibi. Er war bei seiner Mutter gewesen, hatte dort die alte Zentralheizung und das Gartentor repariert, eine Wand im Wohnraum neu verputzt und die Küche gestrichen, zwei lose Regalbretter verleimt und, da sie nicht halten wollten, begonnen, ein neues Regal zu schreinern, damit war er allerdings nicht mehr fertig geworden.

Daraufhin geriet kurzzeitig der Brandmeister in Verdacht. Er war, nachdem er eine Weile vor Eberhards Tisch gestanden und mit neiderfüllten Blicken auf das Paar hinuntergeschaut hatte, zu seinem eigenen Tisch zurückgekehrt und hatte dort feststellen müssen, dass seine Frau soeben in Begleitung des jungen Bäckermeisters Fritz Werfel zur Hoftür hinausging. Daraufhin war der Brandmeister zur Theke gegangen, hatte sich von Hügelers Witwe in aller Eile ein paar Bier und klare Schnäpse reichen lassen, hatte wohl auch eine Bemerkung gemacht, die von einigen Umstehenden deutlich verstanden wurde. Er soll gesagt haben: «Eines Tages finden sie den Eberhard mal, und es hat ihm einer den Dödel abgeschnitten.»

Diese Bemerkung brachte dem Brandmeister ein mehrstündiges Verhör ein. Zwar hatte keiner der Umstehenden ihm oder seinen Worten sonderlich viel Beachtung geschenkt. Hügelers älteste Tochter erwiderte lediglich: «Du bist ja besoffen, Mann. Erzähl doch nicht so einen Quatsch.» Während Hügelers Witwe mit starrem Blick in die stille Ecke schaute, wo Eberhard und Regine jetzt nicht mehr saßen. Regine lag auf der Bank, und Eberhard lag auf Regine, sodass beide durch den Tisch weitgehend den Augen der Öffentlichkeit entzogen waren.

Die Polizei ging allerdings nicht davon aus, dass der Brandmeister über hellseherische Fähigkeiten verfügte. Zumal er auch noch auf seiner Voraussage bestanden hatte, indem er hinzufügte: «Eines Tages. Hör, was ich dir sag.»

Im Zuge der Ermittlungen stellte sich jedoch heraus, dass auch der Brandmeister ein lückenloses Alibi hatte. Er blieb nach seiner Prophezeiung noch etwa eine halbe Stunde an der Theke stehen, versuchte sein Glück zuerst bei Hügelers Witwe, dann bei der ältesten Tochter, zuletzt bei der Frau, die soeben in Begleitung des Metzgergesellen zur Besichtigung der angenehm temperierten Stallungen aufbrechen wollte und dazu bereits ihre Bluse ein wenig geöffnet hatte.

Nachdem diese ihn mit den Worten: «Ist lieb gemeint, aber

du kommst eine halbe Stunde zu spät» abgefertigt hatte, ging der Brandmeister zur Empore und forderte die Tochter des Bürgermeisters zum Tanz auf. Es kam zu dem bereits erwähnten Eklat, und bei der anschließenden Schlägerei zog sich der Brandmeister eine kleinere Wunde am Kinn zu. Daraufhin fand sich noch eine barmherzige Seele, die ihn auf dem Heimweg begleitete.

Er konnte jedenfalls nachweisen, wo er sich zwischen vier und fünf Uhr morgens aufgehalten hatte. Um diese Zeit wurde laut gerichtsmedizinischem Befund Eberhards Kopf von der stumpfen Axt gespalten. Und um diese Zeit hielt sich der Brandmeister, seine Begleiterin bestätigte das, in seinem Schlafzimmer auf, wo er vergeblich versuchte, Eberhard und dessen routinierte Griffe nachzuahmen. Darüber hinaus hatte der Brandmeister für diesen Mord überhaupt kein Motiv mehr. Zwar hatte er in der Silvesternacht deutlich gemacht, dass er gerne an Eberhards Stelle gewesen wäre. Aber bis auf einen Anflug von Neid im Zustand der Trunkenheit interessierte er sich nicht für Regine. Und seine eigene Frau hatte schon Mitte des vergangenen Jahres den Bäcker gewechselt.

Ganz urplötzlich hatte sie sich dazu entschlossen, ihre Frühstücksbrötchen, die bis dahin jeden Morgen von dem schon etwas tattrigen Bäckermeister Frede höchstpersönlich ausgeliefert wurden, abzubestellen. Stattdessen ging sie ab dem Zeitpunkt, zu dem Eberhard mit regelmäßigen abendlichen Besuchen bei Regine Schroeder begann, zur Konkurrenz. Angeblich waren die Brötchen von Fritz Werfel besser und entschieden größer. Dabei hatte sie kurz vorher noch das Gegenteil behauptet.

Außerdem hatte sie zuvor überall herumerzählt, sie hätte es nicht nötig, sich persönlich irgendetwas bei einem Mann abzuholen und dass ihre Zeit bei zwei schulpflichtigen Kindern auch nicht ausreiche, sich die Brötchen jeden Morgen in der

Backstube von Fritz Werfel zu besorgen. Denn Fritz Werfel lieferte nicht persönlich aus. Das besorgten zwei Jugendliche für ihn, die sich damit ihr Taschengeld aufbesserten. Weil aber diese Jugendlichen immer ein wenig herumtrödelten, zogen es viele Hausfrauen vor, sich selbst auf den Weg zu machen. Selbst im Winter war es bei Fritz Werfel warm genug. Da musste man keine Umstände machen. Man stieg aus dem Bett und warf sich nur rasch den Mantel über. Und einem Gerücht zufolge sollten bei dem jungen Bäckermeister nicht nur die Brötchen besser und größer sein.

Dass Fritz Werfel seine Backwaren im möglicherweise unlauteren Wettbewerb an den Mann beziehungsweise an die Frau brachte, mochte auf den ersten Blick nebensächlich erscheinen. Es trug jedoch wesentlich zur Klärung des Mordes an Eberhard bei.

Nachdem nämlich alle Ehemänner im Dorf nachgewiesen hatten, wo sie sich zur Tatzeit aufhielten, nachdem sich bis Mitte Januar die meisten Gemüter weitgehend beruhigt hatten und man allmählich wieder zur Tagesordnung überging, erinnerte man sich auch wieder der Tatsache, dass Fritz Werfel in gewisser Weise zum plötzlichen Tod des alten Bäckermeisters Frede beigetragen hatte. Den hatte man Ende Dezember frühmorgens in seinem Bett gefunden. Er sei friedlich entschlafen, hieß es. Doch jedem war klar, dass der alte Frede vor lauter Sorge um den Umsatz seiner Bäckerei gar nicht mehr hatte schlafen können.

Aber genau genommen hatte nicht Fritz Werfel den alten Frede in den Ruin getrieben, sondern Eberhard. Nachdem nämlich bekannt wurde, dass Eberhard in Bezug auf Regine Schroeder feste Absichten hegte, wechselten viele bis dahin treue Kundinnen von Frede zu Werfel. Einige hielten sich an dem Metzgergesellen schadlos. Aber der war kein Ersatz für Eberhard.

Der alte Frede soll kurz vor seinem Tod – dafür gab es mehrere Zeugen – zu Eberhard gesagt haben: «Den *hard* hätte man bei dir schon weglassen können, *Eber* hätte völlig gereicht. Ich habe gehört, du hast endlich die richtige Wildsau gefunden. Und ich kann mich jetzt begraben lassen. Das ganze Geschäft hast du mir kaputtgemacht.»

Als er das sagte, standen beide vor der Theke in Hügelers Kneipe. Der alte Frede legte Eberhard einen Arm um die Schultern, wobei er sich ein wenig in die Höhe recken musste. Eberhard grinste, nickte und warf einen raschen Blick zu Hügelers Witwe und ihrer älteren Tochter hinüber, die beide hinter der Theke standen und mit dem Bier kaum nachkamen. Und die Zeugen sagten später übereinstimmend aus, dass Eberhard einen sehr besorgten Blick auf die beiden Frauen geworfen habe. Zum alten Frede sagte er: «Komm, Jakob, setzen wir uns da an den Tisch und reden in Ruhe darüber.»

Dann hob er zwei Finger, was bedeutete, dass er noch zwei Klare haben wollte. Hügelers Frau fauchte ihn an: «Bin ich es nicht mal mehr wert, dass du ‹zwei Klare› zu mir sagst?»

Eberhard legte seinerseits einen Arm um die Schulter des alten Frede und sagte: «Jetzt komm schon, Jakob, im Sitzen spricht es sich gemütlicher.» Und gerade als er sich umdrehen wollte, hob Hügelers Witwe ein soeben gefülltes Schnapsglas und kippte es Eberhard ins Gesicht. Der leckte seine Lippen ab, strich sich mit der Hand durch den Vollbart und erklärte: «Schade drum, Klärchen. Temperament hast du ja, das muss man dir lassen. Und damit findest du schon noch einen Neuen.»

Die Zeugen sagten übereinstimmend aus, Hügelers Witwe habe unter lautem Schluchzen die Kneipe verlassen. Eberhard und der alte Frede hätten sich in bestem Einvernehmen an den Tisch gesetzt. Hügelers älteste Tochter habe zwei gefüllte Schnapsgläser gebracht und sie mit den Worten: «Pass nur auf, dass es dir nicht eines Tages so geht wie Papa. Dafür ist der nicht gestorben, dafür nicht» vor Eberhard und den alten Frede hingestellt.

Die beiden prosteten sich zu. Der alte Frede begann von seinen Umsatzeinbußen zu sprechen. Eberhard lachte und meinte: «Tut mir ja Leid für dich, Jakob, aber was soll ich machen? Ich kann doch wegen deinem Umsatz nicht ledig bleiben.»

Und dann erzählte Eberhard mit glücklicher Miene, Regine sei eine wundervolle Frau. Die Scheidung von Schroeder sei bereits eingereicht. Das wilde Leben habe nun ein Ende. Und genau in dem Augenblick kam Hügelers Witwe wieder zur Tür herein und erklärte laut und deutlich: «Das kannst du laut sagen.»

Was nun Fritz Werfel angeht, so heißt es, er sei nach dem Mord an Eberhard vorsichtiger geworden. Er bediene nur noch in Ausnahmefällen persönlich in seiner Backstube. Und der Metzgergeselle habe gekündigt, er wolle demnächst in die Stadt ziehen, weil ein junger Mann dort einfach bessere Möglichkeiten habe.

Frank Göhre

Alles wird gut

Gegen Abend ging er zu «Max und Consorten» und stellte sich zu den Typen, die er vom Sehen her kannte, von früher noch. Bei «Max» war alles noch wie früher, der Tresen, die dunklen Tische, die Stühle, die Plakate an der Wand, der Rauch und der Geruch von abgestandenem Bier in dem jetzt engen Raum. Dicht gedrängt standen sie herum, die abgehalfterten Freaks, die müde gewordenen Spontis, die Siebziger-Jahre-Bärte, die Nickelbrillen-Träger, die St.-Georg-Bewohner, Stadtviertelbewahrer, die Alternativen neben den Strichern und Drogenprostis, Mini und Stiefel, Pony und Silberblick, mach dich vom Acker, du Penner. Wenn der oder jener ein frisches Bier orderte, meinte er, sie könnten ihm ruhig einen ausgeben, er sei im Moment 'n bisschen klamm, und er lachte sein Lachen, und die Typen lachten auch, gaben aber einen Scheiß drauf und ließen ihn einfach stehen, Kackfressen allesamt, verkrustete, er verfluchte sie insgeheim, und es blieb ihm nichts anderes übrig, als hier weiter zu warten.

Er wartete auf Atze. Atze würde ihn schon nicht hängen lassen, das wusste er, Atze war ein Kumpel, ein echter Freund, auf Atze konnte man sich verlassen, Atze würde sich für ihn gerade machen, das war klar wie nichts, keine Frage. Scheißvolk.

Aber Atze kam nicht, und so schlängelte er sich schließlich an eine der jungen Tanten heran, die am Tresen abhing. Doch die schnaubte nur bitter und sagte, sie sitze selbst auf dem Trockenen und hoffe nur, dass sie noch jemanden treffe, den sie auf die Schnelle abfertigen könne, mit einem Fuffi käm sie schon weiter, ab in den Himmel oder auch in die Hölle, mir doch egal.

Er nickte und sagte, es sei schon echt Scheiße, dermaßen übel drauf zu sein, aber so sei es nun mal hier draußen in der Welt oder auch nur bei «Max», in gewisser Weise gehe es ihm ähnlich, und er tat sehr geheimnisvoll, bei mir läuft's auch nicht gerade easy, ich warte auf Atze, Atze weiß schon, was zu tun ist, kennst du Atze? Atze blickt voll durch, der lässt dich abtauchen und nimmt alles Weitere in die Hand, Atze hat Verbindungen, der bringt das locker, für mich macht er das, auf Atze ist Verlass, hundert Pro, der steht gleich hier auf der Matte und ich bin wieder im Spiel.

Aber die Schlampe hatte schon abgewinkt und kratzte sich sonstwo, also stand er wieder solo da und wartete, wartete auf Atze. Und der Abend rollte weiter, so folgerichtig wie der Mond.

Doch Atze kam nicht, und so zog er schließlich los, trottete zum Bahnhof rüber und streifte durch die Wandelhalle, wo er im Ledershop eine von Atzes Frauen entdeckte, es war Tina, und er war heilfroh, wenigstens sie zu treffen. Tina schloss ihren Laden ab und nahm ihn mit zum Chinesen, er durfte bestellen, was er wollte, und er erzählte, dass er sozusagen heftig hinter Atze her sei, ihn treffen müsse, wie verrückt sei er hinter ihm her, weil er inzwischen doch in einer ziemlich miesen Situation stecke, die nur Atze in den Griff bekommen könne. Tina fragte ihn, was es denn nun eigentlich sei, und er spulte seine Geschichte ab, den Dreier wegen Mittäterschaft, kein Problem weiter, letztlich sogar in der Knastbäckerei und mit auf den Bock bei der wöchentlichen Auslieferung, Ausfahrt, Scheiß drauf, er hatte einfach genug vom Bau gehabt, hatte sich in die Büsche geschlagen, und nun ziehe er schon seit zwei Tagen rum, irgendwie Kacke das alles, aber jetzt gäbe es nur noch eins, er brauche Atze wie nie zuvor, Atze müsse ihn raushauen.

Aber Tina war da gänzlich anderer Ansicht. Sie sagte, dass er wohl oder übel zurückmüsse, daran könne auch Atze nichts ändern. So, wie die Dinge liegen, sagte sie, musst du dich erst einmal wieder melden und irgendeine Story erfinden, die man dir vielleicht abkauft, und dann kann möglicherweise Atze was tun, vorher nicht. Ansonsten könne sie ihm nur anbieten, diese Nacht bei ihr zu pennen, weil Atze sich manchmal noch kurz melde, er sei nicht in Hamburg unterwegs, sondern irgendwo in Süddeutschland, soweit sie wisse, er komme frühestens morgen Abend zurück.

Obwohl das für ihn nicht die Lösung war, nahm er an und landete mit ihr in der Kiste, es ging allein von Tina aus, dass sie eine Nummer schoben, Atze habe schon nichts dagegen, meinte sie, auch sie habe einen echten Scheißtag hinter sich und brauche das jetzt, Gummi rüber und hü. Es war auch soweit in Ordnung.

Am nächsten Morgen steckte sie ihm noch einen Schein zu, damit er schnell in die Hufe kam, und er gönnte sich in einer Bäckerei ein halbes Mettbrötchen und einen Becher Kaffee. Er ging an die Alster und nickte auf einer Bank noch einmal weg, träumte vom Meer und von der Freiheit, die er sich nicht mehr nehmen lassen würde, verdammt nochmal, nein. Später sah er sich einen Film an, irgendeine Kacke, und als er das Kino verließ, dämmerte es bereits. Heute, heute würde Atze kommen, da war er sich sicher, das hatte Tina ja auch gesagt.

Wieder bei «Max», bestellte er sich gleich einen Halben, und einer der Typen, die ihn gestern hatten stehen lassen, fragte ihn, ob er über Nacht das große Los gezogen habe, etwa bei Jauch gewesen sei, und er lachte sein Lachen und sagte, dass er eben ein cleverer Junge sei, und so ein cooler Typ wie er kenne genug Leute, die keine Kackfressen seien, er traute sich jetzt echt was, aber der Wichser verdrückte sich schon in eine Ecke, kein Bock, mit ihm Zoff zu haben, auf nichts. Arschgesicht.

Also widmete er sich seinem Bier und wartete. Atze würde gleich hier reinschneien und alles würde in Ordnung gehen, er würde mit Atze reden, und Atze würde ihn erst einmal von allem abschirmen, und dann würde man weitersehen.

Irgendwann im Lauf des Abends sah er ein paar Wagen auf den Platz vor «Max» fahren und die drei, vier Jungs aussteigen, mit denen Atze ständig zusammen gewesen war. Sie lehnten sich an die Kühlerhauben und ließen die Nutten antanzen, um sie abzukassieren.

Er wartete noch einen Moment und ging dann zu ihnen hinaus. Lässig sagte er, wie geht's, wie steht's, und sie nickten flüchtig. Endlich fragte er sie, wo Atze denn bliebe, der alte Kumpel.

Atze? Atze hat die Platte geputzt, Atze ist weg, Atze ist aus.

Wie, weg?

Er wurde laut, und sie sahen ihn an und schüttelten nur vorwurfsvoll die Köpfe.

Ich muss ihn aber sprechen, unbedingt muss ich ihn sprechen, ich bin in 'ner verdammmten Scheißsituation, total eng, nur Atze kann mir noch helfen, Atze kann doch nicht einfach weg sein, sagt mir doch, wo er ist, ist er noch auf Tour, in Geschäften oder so, das müsst ihr doch wissen?!

Er packte einen von ihnen an der Jacke.

Hey, Alter, nimm die Pfoten weg.

Er ließ ihn los und starrte die Jungs der Reihe nach an und redete weiter auf sie ein, sie ließen ihn labern, seine Stimme ratterte immer weiter, und sie rauchten gelangweilt. Er wurde leiser, flehte sie an, nun sagt's mir doch, was ist mit Atze? Atze kennt mich, Atze hat sich doch immer um mich gekümmert, wisst ihr eigentlich, was ich alles mit Atze gedreht habe, das waren so 'ne Dinger, das gibt's doch nicht, dass Atze jetzt einfach nicht mehr da ist, er schrie wieder, ihr lügt mich an, ihr Scheißer, ihr blöden Wichser, wer seid ihr denn?!

Jetzt reicht's aber, sagte einer, und ehe er sich versah, fing er sich einen hundsgemeinen Schlag ein, er klappte zusammen und musste kotzen, Scheiße, er wischte sich über den Mund, aber die Jungs waren schon wieder in ihre Wagen gestiegen und bretterten los.

Scheiße! Kackfressen!

Er wankte zurück ins «Max», in die Alk-Gruft, wo jetzt Joe Cocker krächzte, schrie nach einem Bier, nach einem Halben, und er hatte das Gefühl, dass alle ihn anstarrten, hinter seinem Rücken feixten, er da und sein Atze, alles nur Spruch, Spruchkasper, Atze ist out, und er trank in hastigen Zügen und verlangte noch ein Bier und noch eins und noch eins, und er stierte auf das Glas in seiner Hand.

Das Bierglas, der Tresen, das Bierglas.

Haha! Von wegen, ihr Wichser, ihr Wichsfrösche. Morgen, morgen kommt Atze, ihr werdet schon sehen, ganz bestimmt kommt Atze, der lässt mich nicht hängen, Atze is 'n Großer, 'n ganz Großer, gegen den könnt ihr nicht anstinken, verpisst euch lieber, bevor er euch platt bügelt, Scheiße, Kacke, alte verdammte!

Er warf, was er noch an Geld hatte, auf den Tresen, letzte Order, schluckte und schluckte bis zum letzten Tropfen, lachte sein Lachen, lachte immer wieder, lachte und lallte, Atze, böser Traum, Tina gefickt, macht aber nix, sollte sein, macht Atze doch nichts, das kann er ab, ist 'ne Schnalle von vielen, was, Atze? Du hast bessere, du hast mich, auf mich kannst du zählen, ich zieh jedes Ding mit dir durch, komm, Atze, die Jungs kommen zurück, fahren mich zu dir hin, 'tschuldigung, war nicht so gemeint, ich hab's doch gewusst, Atze ist da, er ist zurück, is gut, Kumpel, wir packen das.

Er wankte zur Tür und stolperte hinaus in die Nacht.

Minuten später griffen sie ihn auf, bei «Max» sprang immer mal wieder einer aus der Spur, ein Randalierer, ein abgedrehter Fixer, und die Grünen schafften ihn zurück in die Haftanstalt Fuhlsbüttel, nach Santa Fu, wo er immer noch lärmte, alles wird gut, alles wird gut.

Tatjana Kruse

Non liquet
Ein Kammerspiel

Die Kellnerin	(19) ist eigentlich Schauspielschülerin, glaubt noch an die große Liebe und daran, dass Erdbeerjoghurt aus echten Erdbeeren gemacht wird.
Die Hausfrau	(44) war früher Krankenschwester, wollte immer den Chefarzt ehelichen, wurde aber von einem Assistenzarzt der Klinik schwanger, den sie dann auch heiratete. Lebt von der Erinnerung an ihre Träume.
Der Passant	(37) nach außen hin unheilbarer Optimist, liest jedoch heimlich Nietzsche und Schopenhauer.
Der Grauhaarige	(59) ein zwielichtiger Unsympath. Hat er seine Frau ermordet?
Moi	(das wüssten Sie wohl gern) stadtbekannte Wuchtbrumme.

I

Abnehmen? Ich?

Also, bevor ich je wieder in ein Kleid der Größe 38 passe, muss ich tot sein – und das schon eine ganze Weile. Ich bin, wie ich bin, weil ich mich systematisch nach oben gegessen habe. Ich bin ein Kunstwerk. «Jede Speckfalte ist ein Pinselstrich, alles, was wabbelt, ein Sonett, das dreifache Kinn ein Concerto grosso», wie Robert Morley einmal zu sagen pflegte. Und ebenso wie er bin auch ich in meiner momentanen Form ein Meisterwerk!

Dieses epochale Werk will natürlich erhalten werden, weswegen ich Stammgast in diversen Fresstempeln Stuttgarts bin, am liebsten jedoch im «Murrhardter Hof». Da isses gemütlich, und da bekomme ich schwäbische Spezialitäten – die besten der Welt.

Dunkles Holz allenthalben, viel Grün, gedämpfte Beleuchtung, nicht zu laut, Sitzkissen auf den lauschigen Bänken und jahreszeitliche Deko – suabisch dezent, versteht sich. Auf der Speisekarte das Beste, was die schwäbische Küche zu bieten hat: Maultascha, Bubaspitzle, Wurschtsalat, Kutteln …

Natürlich werde ich als Stammgästin im «Murrhardter Hof» hofiert ohne Ende, und wenn ich komme, ist immer ein Tisch frei.

«Nein, tut mir Leid, es ist nichts frei, alles reserviert, aber Sie können sich gern an den Tischen dort dazusetzen.»

Hmpf. Die junge Kellnerin war offensichtlich neu.

«Ich sitze nicht gern dazu.»

Die Kleine zuckte mit den Schultern. Sehr freundlich zwar, aber für mich irgendwie nicht befriedigend.

Dazusetzen? Etwa zu dem schmuddeligen Endzwanziger, auf dessen verdrecktem T-Shirt gerade noch die Worte FREIHEIT

FÜR DIE FLECKENZWERGE zu entziffern waren? Wohl kaum. Oder zu der verbiestert an ihrem grünen Salat mümmelnden Kurzhaarigen, die in einer Zeitung mit dem Titel – Moment, kurz zur Seite lehnen, das Kreuz knirschen lassen –, mit dem Titel *Shape for Fun* blätterte? Ganz sicher nicht. Blieb nur noch er.

Er war ein sehr ansehnlicher Mann um die fünfzig, mit vollen grauen Haaren und Grübchen in den Wangen. Ich hatte ihn schon oft hier gesehen, aber wir waren nie ins Gespräch gekommen. Man könnte auch sagen, dass er auf meine Flirtversuche nie eingegangen war, aber ich bevorzuge die Darstellung, dass er immer ohne Brille essen ging und es daher nicht sehen konnte, wenn ihm eine rassig-aufregende Frau verführerisch zublinzelte.

«Darf ich mich zu Ihnen setzen?», hauchte ich. Er nickte mir nur kurz zu und winkte gleich darauf die Kellnerin an den Tisch. «Das Steak ist nicht durch. Ich hatte aber durch verlangt.»

«Ich bringe es gern nochmal in die Küche.»

Der Grauhaarige nickte zackig-militärisch. «Davon gehe ich aus.» Er blickte grimmig. «Ein halbwegs guter Tierarzt könnte dieses Rind hier nämlich mit Mund-zu-Mund-Beatmung wieder zum Leben erwecken.»

Die Kleine wurde erst rot, dann röter, und schließlich zog sie mit dem Teller ab.

Ich stand wieder auf und setzte mich zu dem Fleckenzwerg.

Von da an hatte ich den ‹grauen Griesgram› immer im Visier. Selbstredend ohne Blinzelattacke. Gut, wenn sich unser Krimistammtisch ‹Freundinnen der italienischen Oper› im «Murrhardter Hof» traf, wurde meine Aufmerksamkeit auch mal kurz abgelenkt, aber wenn ich allein speiste, konnte ich mich ganz auf ihn konzentrieren.

Er kam nie in Begleitung.

Und verbreitete immer eine dunkle Aura. Nicht, dass ich so-was Eso-haftes wie eine Aura hätte sehen können, weder dunkel noch hell, aber wenn er da war, schien das Geplauder gedrückter, das Licht dunkler, und anwesende Hunde versteckten sich winselnd unter den Tischen.

Ich weiß oft eine Menge mehr, als die Fakten belegen. Und bei diesem Kerl war mir eines klar: Da stimmte etwas nicht!

II

An einem lauen Sommerabend geschah es dann.

Die meisten Gäste saßen draußen und beobachteten faul das Treiben auf dem Wilhelmsplatz. Nur der graue Griesgram und ich und eine mir unbekannte Mittvierzigerin im grauen Kurzarm-Twinset mit Hermès-Schal hatten unsere Stammplätze im vorderen Teil des Restaurants eingenommen.

Ich hatte Weinsülze mit Bratkartoffeln bestellt. Lecker!

Er, sichtlich kein Genussmensch, zersäbelte grob und lustlos seine Kässpätzle.

Die junge Kellnerin, mittlerweile bestens eingearbeitet, erkannte an meinem durstigen Augenbrauenwackeln und dem wilden Schwenken meines leeren Glases, dass ich noch eine große Apfelschorle wollte, und brachte mir flugs das Gewünschte.

Dann eilte sie nach draußen, um an dem Tisch mit den Beamten aus dem nahe gelegenen Jugendamt, die immer gemeinsam das Wochenende im «Murrhardter Hof» einläuteten, abzukassieren.

Es war Freitag. Neunzehn Uhr null zwo. Das weiß ich noch ganz genau.

Denn in diesem Augenblick ging die Welt unter.

Nur bildlich gesprochen, versteht sich, sonst könnte ich ja jetzt nicht von den nachfolgenden Ereignissen Zeugnis ablegen.

Ich habe schon so manches Sommergewitter erlebt, aber eine so plötzlich unter Blitz und Donner einsetzende Sintflut ließ selbst mir den Kiefer nach unten klappen.

Die Kellnerin schaffte es mit einem gewagten Hechtsprung gerade noch auf die Treppe und hinein ins Restaurant. An ihren Rockschoß klammerte sich ein zufällig vorbeigekommener Passant.

Die Beamten spülte es jedoch mitsamt Stühlen und Tisch in Richtung Hauptstätter Straße hinunter. Das Hupen des Feierabendverkehrs und das Geschrei der Passanten gingen zwar in dem Regenschauergetöse unter, aber die entsetzten Gesichter, die vor den Scheiben vorbeigeschwemmt wurden, sprachen Bände.

«Meine Güte», hechelte der klitschnasse Passant.

Die Kellnerin reichte ihm ein Geschirrhandtuch. «Hoffentlich geht es dem Chef gut», meinte sie, «der wollte nur mal schnell zur Bank.» Sie blickte sorgenvoll hinaus. Man sah aber nur eine Wasserwand.

Der Wind schlug mit lautem Knall ein Fenster zu.

«Ach Gott, und mein Werner ist ganz allein zu Haus.» Die Unbekannte im Twinset presste sich die zusammengeballte Faust in den Mund.

«Keine Sorge», beruhigte ich sie, «der Kleine hat doch bestimmt ein PC-Spiel oder ein Horrorvideo, mit dem er sich jetzt in Ruhe vergnügen kann.»

«Werner ist mein Mann!», wurde ich schnöde korrigiert.

Der Grauhaarige grunzte.

Der Passant kicherte.

Na, das konnte ja heiter werden.

III

Um neunzehn Uhr elf fiel der Strom aus.

Ich erwähne das nur, damit Sie verstehen, warum unser bunter Haufen eng aneinander gerückt an dem kleinen Tisch gleich links neben dem Eingang kauerte.

Durch die Scheiben sah man nur noch Wasser. Womöglich war das gar kein Gewitter, sondern Atlantik und Nordsee waren aufgrund der polaren Eisschmelze über die Strände getreten und Stuttgart lag jetzt auf dem Meeresgrund eines frisch geborenen Giganto-Ozeans.

Die Kellnerin hielt immer noch tapfer das Handy in der Hand, mit dem sie ihren Chef hatte erreichen wollen. Aber das Netz war zusammengebrochen, und auch das gute alte Festnetztelefon ließ nur das Besetztzeichen ertönen. Es gab kein Fernsehgerät, und die Batterien im Radio des Kochs waren leer, darum fühlten wir uns vom Rest der Welt abgeschnitten.

Ich würde ja gern sagen, dass so eine Notsituation zusammenschweißt, aber dem war nicht so.

«Wenn ich hier schon im Licht einer mickrigen Kerze sitze, dann möchte ich wenigstens einen guten Schoppen dazu», nölte der Grauhaarige, obwohl um uns herum sämtliche Kerzen des Hauses flackerten und der Flutlichtbeleuchtung im Gottlieb-Daimler-Stadion ernsthaft Konkurrenz machten. «Bringen Sie mir mal die Weinkarte.»

Die Kellnerin sprang auf.

«Können Sie nicht freundlicher sein?», erkundigte sich der Passant.

«Sie soll sich ihr Trinkgeld ruhig verdienen», fuhr ihn der Unsympath an.

«Ich ertrage das nicht!» Das Twinset zerrte an ihrem *Hermès*-Schal, als ob er ihr die Luftröhre abdrückte. «Ich leide an

Klaustrophobie!» Sie sah uns vorwurfsvoll an. «Wir werden hier drin alle ersticken.»

Ich tat meine Meeresboden-Theorie kund. Woraufhin das Twinset erbleichte, zu würgen anfing und in Richtung Damenklo verschwand.

«Ich heiße übrigens Eilert-Christian Fehrenbach», stellte sich der Passant vor. «Lebenskünstler von Beruf.»

Die Kellnerin und ich schüttelten ihm die Hand. Der Grauhaarige ignorierte uns.

«Ich studiere Schauspiel. Das Kellnern mache ich nur nebenbei», sagte die Kleine schüchtern. «Ach so, also, ich bin die Elsa.»

«Elsa? Klingt nach Kuh», meckerte der Grauhaarige. «Bringen Sie mir mal *pronto* einen Trollinger.»

Elsa sah ihn durchdringend an. Aber sie blieb ganz Profi. «Gern.» Sie drehte sich zu uns um. «Was darf es für Sie sein?»

Eilert und ich bestellten je ein Haller Löwenbräu. Ich aus Verbundenheit mit meiner alten Heimat, er, weil er es echt gern trank, wie er verlauten ließ.

Das Twinset kehrte von der Toilette zurück. Mit einem Stück Papierhandtuch tupfte sie sich den Mund ab. Irrte ich mich oder war sie zwei Kilo leichter?

«Wir haben uns gerade vorgestellt.» Eilert bemühte sich wirklich um eine entspannte Atmosphäre. Er machte uns bekannt.

«Margarethe Raff.» Sie streckte uns ihre noch feuchte Hand hin. «Eigentlich *von* Raff, aber in den unsäglichen Wirren der Nachkriegszeit wurde der Familie meines Mannes der Adelstitel aberkannt. Und das Gut im Osten ging auch verloren.» Sie seufzte auf.

«Raff wie Raffzahn?», mutmaßte der Grauhaarige. «Kein Wunder, dass sich die Massen erhoben haben.»

«Ich muss doch bitten!» Die gute Margarethe klang höchst

indigniert, dabei sollte sie dem Unsympath dankbar sein – er ließ sie zumindest ihre Klaustrophobie vergessen.

«Kenne ich Sie nicht?», fuhr sie fort. Frau Raff nahm eine Kerze und fuchtelte dem Grauhaarigen damit vor der Adlernase herum. «Natürlich!» Sie triumphierte. «Ihr Foto war letztes Wochenende in der *Sonntag aktuell*!»

«Hui, wir teilen uns diesen Tisch mit einem Prominenten?» Echte Begeisterung ließ Eilerts Worte tremolieren.

«O nein», stellte Frau Raff richtig. «Dieser Mann hat seine Frau ermordet!»

IV

«Dörrmann! Oder Dörrbach? Irgendwas Dörrpflaumiges. Jedenfalls ist er Fotograf. Vor ein paar Jahren ist seine zweite Frau bei einer Wanderung im Grand Canyon in den Tod gestürzt. Ihr Bruder hat immer gesagt, dass es Mord war, aber der hier», Frau Raff zeigte mit einem anklagenden Finger auf den Grauhaarigen, «der hier hat den trauernden Witwer gemimt, der sein Leben riskierte, um sie zu retten, und dann doch gegen das Schicksal verlor. Da es keine Zeugen gab, kam der Fall nie zur Anklage. Aber seine erste Frau ist vor einem guten Jahrzehnt ebenfalls im Urlaub ums Leben gekommen. Das kann doch kein Zufall sein!»

Der Grauhaarige schlürfte lautstark seinen Trollinger. «Haben Sie den Artikel auswendig gelernt?», war sein einziger Kommentar.

«Mit einem Mörder kann ich nicht an einem Tisch sitzen!»

Eigentlich saß Frau Raff auch nicht, sondern stand immer noch wie eine Eins vor uns und drohte dem Unsympath mit ihrem Zeigefinger.

«Sich mit einem *mutmaßlichen* Mörder an einen Tisch zu

setzen ist wie mit jedem anderen Menschen auch: Man stellt sich vor den Stuhl, lässt die Beine einknicken, und schon sitzt man.» Er war offensichtlich nicht völlig humorlos.

Eilert schürzte die Lippen. «Ganz schön starker Tobak», sagte er und nahm einen kräftigen Schluck aus der Löwenbräu-Flasche. «Und? Was haben Sie zu Ihrer Verteidigung zu sagen?»

Ich fuhr meine Ohren aus.

Der Grauhaarige lächelte. «Ich muss mich hier nicht verteidigen. Glauben Sie ernsthaft, ich breche wimmernd zusammen und gestehe alles, bloß weil eine unbefriedigte Nur-Hausfrau mit dem Finger auf mich zeigt?»

«Ich arbeite halbtags!», empörte sich Frau Raff. «Und wir haben einen großen Garten!»

Eilert schüttelte den Kopf. Er ignorierte Frau Raffs Zwischenrufe. «Wohl kaum, aber Sie haben doch sicher etwas zu sagen. Meinetwegen, wie man als Unschuldiger in die Mühlen des Gesetzes gerät.»

«Ich würde lieber hören, ob der perfekte Mord tatsächlich möglich ist», meldete ich mich zu Wort.

«Wie geschmacklos!», bäffte der Raffzahn.

Der Grauhaarige lächelte mich an. Dann streckte er seine Arme aus und betrachtete seine Pianistenfinger.

Wir anderen schwiegen.

«Sehen Sie diese Hände?», fragte er. «Sind das die Hände eines Mörders?»

Ich spitzte die Lippen. Schwer zu sagen.

Elsa nickte heftig.

Frau Raff und Eilert reagierten nicht.

«Schon in meiner Jugend wollte ich Fotograf werden», fuhr der Beschuldigte fort. «Und ich habe mir als Fotograf dann auch einen Namen gemacht. Der übrigens *Dörrbrink* lautet.» Er warf Frau Raff einen verächtlichen Blick zu. «Dank meiner ersten Frau, einer reichen Erbin, kam ich in exotische Länder in Asien und Afrika. Zu meinem eigenen Vergnügen? Ja, sicher. Aber auch, um Fotos von den Kindern dieser Welt zu schießen. Die Menschen auf ihr Leid aufmerksam zu machen. Sie kennen sicher die Aufnahme, mit der ich beim UNICEF-Fotowettbewerb den dritten Preis erzielte?»

Dörrbrink zog ein Foto aus seiner Brieftasche. Es zeigte drei Buben aus Sierra Leone beim Fußballspiel, wie er uns erläuterte, einer hatte nur noch einen Arm, die beiden anderen jeweils nur noch ein Bein. Opfer von Tretminen.

«Meine erste Frau starb ebenfalls durch eine solche Mine. Zu diesem Zeitpunkt hatten wir ihr Erbe bereits durchgebracht. Habe ich sie ermordet? Sie nicht gewarnt, obwohl ich wusste, dass es sich um einen Sperrbezirk handelte?» Er lächelte uns diabolisch an.

Offenbar funktionierte das Netz wieder, denn das Handy in Elsas Hand klingelte. Sie schaltete es ab.

«Kurz darauf lernte ich meine zweite Frau kennen. Auch sie von Haus aus reich. Und obwohl wir auf unseren Reisen nie im Luxus lebten, war auch ihr Geld bald aufgebraucht. Meine Fotos mit dem Leid der Kinder wollte kaum jemand kaufen. Zu deprimierend, hieß es immer. Aber diese Arbeit war mir wichtig. Ich durfte sie nicht aufgeben. Bin ich deshalb mit meiner Frau zum Grand Canyon gefahren, um sie sterben zu lassen, um den Weg frei zu machen für eine neue Erbin?»

Irrte ich mich oder wurde es plötzlich kälter? Draußen hörte man Feuerwehrsirenen. Der Regen schien nachzulassen.

«Habe ich sie an den Abgrund gelockt? Vermeintlich, um ein Foto von ihr vor dem Grand Canyon zu schießen – in Wirklichkeit, um ihr den Todesstoß zu versetzen? Konnte sie sich womöglich im Fallen noch an einem Wurzelstrunk festhalten? Flehte sie mich um Hilfe an? Und habe ich ihr Staub in die Augen geschüttet, damit sie, in einer Reflexbewegung, den Strunk loslässt und in den Tod stürzt?»

Wir waren alle bleich geworden. Frau Raff atmete heftig.

«Können diese Hände töten?» Er streckte nochmals seine Hände aus. Dann blickte er uns an. «Sehen Sie die vielen Muttermale auf meiner Haut? Sind gar keine Muttermale. Melanome. Krebs. Im Endstadium. Ich habe nur noch drei Monate. Maximal.» Er schlürfte noch etwas Trollinger. Uns anderen war der Durst vergangen.

«Deswegen wird die Maschinerie der Staatsanwaltschaft auch nicht angeworfen. Lohnt sich nicht. Man müsste von Glück reden, wenn ich am ersten Prozesstag noch am Leben wäre.»

Er holte weitere Fotos heraus. Kinder aus aller Welt, verstümmelt, missbraucht, mit ängstlichen Augen.

«Das sollte mein Vermächtnis sein.» Seine Stimme brach. «Ich hatte schon einen Verlag gefunden, der einen Bildband mit meinen Fotos veröffentlichen wollte. Aber jetzt weigert er sich, den Vertrag zu unterschreiben – wegen der negativen Publicity durch die Gerüchte um meine Person.»

Elsa wischte sich mit dem Ärmel ihres neongrünen Pullovers über die Augen.

Ich schluckte.

Eilert kippte stumm den Rest seiner Bierflasche.

Nur Frau Raff presste die Lippen aufeinander. «Mein Gott, wie ergreifend. Solche Rührstorys hat mein Walter auch immer auf Lager, wenn er mal wieder von einem Ärztekongress nach Hause kommt und nach Parfüm stinkt.»

In diesem Moment wurde die Tür aufgerissen. Der Chef vom «Murrhardter Hof» stürmte herein. Pitschnass.

«Was für ein Wetter!», keuchte er. «Ist hier alles in Ordnung?»

Wir erfuhren, dass draußen das Chaos tobte. Aufgrund der Kessellage der schwäbischen Metropole fluteten die Wassermassen von den Hängen ins Tal und sammelten sich auf den großen Durchfahrtsstraßen und in den Unterführungen. Die S-Bahnen verkehrten nicht mehr, die Tunnels an der Konrad-Adenauer-Straße waren für den Verkehr gesperrt.

Doch ein Ende war in Sicht. Der Regen ließ sichtlich nach, und kaum hatte der Chef seinen Katastrophenbericht beendet, gab es auch wieder Strom.

Es betraten sogar zwei Gäste das Restaurant, Sachbearbeiter aus dem SPD-Büro von gegenüber, die den Wilhelmsplatz todesmutig durchschwommen hatten. Ihr Appetit auf den gar köstlichen Rostbraten mit Zwiebeln war stärker als ihre Angst vor möglichen Strudeln, die sie in die tödlichen Untiefen der Regenfluten reißen mochten. Ich sage doch, nichts geht über Speis und Trank im «Murrhardter Hof».

Unsere kleine Beichtgruppe fiel allmählich auseinander. Elsa kümmerte sich um die Neuankömmlinge, und Frau Raff, die in der Olgastraße wohnte, wollte heim zu ihrem Walter und entschwand.

Eilert und Herr Dörrbrink erhoben sich gleichzeitig.

«Tja, aufregender Abend», meinte Eilert. «Aber geben Sie es zu: Viel Lärm um nichts, stimmt's? Reine Selbstinszenierung. Wahrscheinlich sind Sie nicht mal dieser ominöse Dörrbrink …» Eilert lachte. «Tschö denn», rief er uns noch über die Schulter zu und verschwand.

«Wiedersehen.» Der Grauhaarige legte zwei Scheine auf den Tisch, dann schüttelte er mir mit einem Augenzwinkern die Hand, was ich zögernd geschehen ließ.

Das Geld langte übrigens gerade für das, was er selbst verzehrt hatte. Für das Bier von Eilert musste ich löhnen.

V

Ich sah den Grauhaarigen nie wieder. Auch Eilert und Frau Raff verblichen in der Erinnerung.

Ein knappes halbes Jahr später trudelte ich mal wieder als Erste unseres Krimistammtisches ein. Die anderen würden sicher erst in einer halben Stunde kommen, also bestellte ich mir schon einmal eine große Apfelschorle. Es war einer der Abende, an denen Elsa bediente.

«Ach, hallo, schön, Sie wieder zu sehen», begrüßte sie mich freundlich.

«Gleichfalls. Und? Schon ein Engagement in Aussicht?»

Gute Frage. Elsa strahlte. «Das ist heute mein letzter Tag hier. Ich habe ein Engagement im Theater der Mitte!»

Ich lächelte in mich hinein. «Gratuliere!»

«Ich bin so glücklich. Ich spiele den Schrei in dem Stück *Der Wahnsinnige und das Mädchen*.»

Den Schrei? Besser nicht nachfragen.

Elsa lief kurz zur Theke, dann eilte sie zurück und reichte mir einen wattierten braunen Umschlag. Er trug meinen Namen, c/o «Murrhardter Hof». Absender: eine Anwaltskanzlei im Auftrag von Hugo Dörrbrink.

«Erinnern Sie sich noch an diesen merkwürdigen Menschen? Damals, als es so furchtbar gewitterte? Der ist gestorben. Ich hab's vor zwei Wochen in der Zeitung gelesen. Und gestern kam dann dieses Päckchen für Sie.»

«Für mich?» Ich starrte den Umschlag ungläubig an. Eine Briefbombe? Sein Testament, in dem er mir die Rechte an seinem umfangreichen Werk hinterließ?

Es war dann doch nur eine Filmrolle. Die ich natürlich schnellstens entwickeln ließ. Noch am selben Abend. Bei Quickfoto, die haben bis zwanzig Uhr geöffnet und Über-Nacht-Entwicklung.

Auf dem Film war nur ein einziges belichtetes Bild. Von einer Brünetten, die sich mit schreckgeweiteten Augen an einen Wurzelstrunk klammert.

Öhm, war das unter ihr etwa der Grand Canyon?

Posthum kam ein Jahr darauf ein viel diskutierter und später auch mehrfach preisgekrönter Bildband von Hugo Dörrbrink heraus, *Kinder dieser Welt*.

Ich habe mir das Buch nie gekauft.

Almuth Heuner/Hertha Villbrandt

Serienmäßig

«Er ist herumgeschlichen mit so gierigem Blick um meine Schafe, also hab ich das perverse Schwein umgelegt. Ich hab gehabt neues Präzisionsgewehr mit Restlichtverstärker. Schnipp, weg war er.» Dragan zerrte am Ärmel seines grauen Flanellhemdes. «Klar hab ich gedacht so Sekunde lang, vielleicht will er Schaf bloß klauen, um zu grillen, aber ich hab gehabt zu viel Spaß beim Umlegen.» Er sah sich im Kreis um: Alle hörten gebannt zu, besonders Monika. «Dann ist mir gegangen Briefträger auf Nerven, weil immer so lange hat gequatscht, dass ich hab gekriegt Post zu spät. Also hab ich ihm aufgelauert frühmorgens. Und – schnipp. Tolle Maschine, Präzisionsgewehr. Deutsche Wertarbeit. Aber da hab ich gemerkt, ich muss Dorf und Land verlassen, wenn ich nicht eigene Bevölkerung ausrotten will, und jetzt bin ich hier in Frankfurt.»

«Woher hattest du das Gewehr?», erkundigte sich Bertram, bevor ihm wieder einfiel, dass er als Psychologe das Gruppengespräch bei der Sache halten sollte.

«Na, wegen Krieg, Chef! Um Feind umzulegen. Aber Feind umlegen ist ja normal, oder?»

Monika räusperte sich. «Das heißt also, Dragan, ohne den Krieg hättest du nie damit angefangen? Aber wir haben hier eine Selbsthilfegruppe für Serienmörder. Das ist was völlig anderes als Massenmörder.»

«Ich bin kein Massenmörder!», verwahrte sich Dragan. «Ich hab die Leute umgelegt, einfach weil mir danach war. Einen nach dem anderen. Seriell. Verstehst du seriell?»

«Klar verstehe ich seriell», sagte Monika schnippisch.

Bertram hielt es für angebracht, sich einzumischen, bevor das Gespräch eskalierte. «Wir hatten uns doch darauf geeinigt, dass wir jeden als Mitglied aufnehmen, der von sich sagt, er sei ein Serienmörder.»

«Also, mir genügt's», sagte Erik und kniff die Augen zusammen. «Wer einen umlegt, nur weil der ein Schaf falsch anguckt – so einer hat 'n Problem. Und wenn er das öfter hat, dann ist er ein Serienkiller.»

Horst-Eberhard schlug die Beine übereinander und zupfte die Bügelfalte seiner Hose zurecht. «Und jeder, der den Wunsch hat, mit dem Morden aufzuhören, ist willkommen.»

Zwei Stunden später bestellte Bertram ein Bier und ein Rahmschnitzel, und als der Beilagensalat kam, ein weiteres Bier. Freitagabend in einer ganz normalen Kneipe. Umgeben von ganz normalen Menschen. Das «Seppche» war ein sicherer Hafen, ein zweites Zuhause für ihn. Hier konnte er auf einer harten Holzbank sitzen, den Blick über den Hof des alten Fachwerkhauses schweifen lassen und selbst wieder ganz normal werden. Unter den Kastanien saßen die Einwohner von Schwanheim, das sich trotz seiner Eingemeindung zu Frankfurt den dörflichen Charakter bewahrt hatte, leerten den einen oder anderen Bembel mit Äppelwoi und redeten ganz normal über Chorproben und Kommunalpolitik. In den umbauten Hof kamen keine Mücken, und so ließ sich ein warmer Sommerabend ungestört genießen.

Aus seiner Selbsthilfegruppe wusste es niemand. Oder wenn doch, dann sagte er es nicht. Obwohl es andererseits kaum vorstellbar war, dass keiner der sechs am Montag die Zeitung gelesen hatte; sicher wäre ihnen dabei die Meldung auf Seite 20 der *Frankfurter Rundschau* nicht entgangen, denn sie hätten sozusagen berufliches Interesse daran gehabt. Spaziergänger hatten am Mainufer eine angetaute Leiche gefunden, der Pressesprecher der Polizei erklärte, dass der Tote, ein Metzger aus Sachsenhausen, tiefgefroren worden war. Nach dem Täter werde noch gefahndet.

Bertram musste sich an seinem Bierglas festhalten, wenn er daran dachte, dass die Methode der von Bodo doch verdächtig ähnlich war. Bodo hatte vorige Woche von sich und seinen achtzehn Tiefkühltruhen erzählt. Doch konnte er es wirklich gewesen sein? Hätte er dann heute in der Runde so selbstbewusst gesagt, dass er seit neunzig Tagen abstinent sei?

Die Kellnerin brachte das Schnitzel. Mit zittrigen Händen begann Bertram zu essen und störte sich nicht daran, dass etwas Soße auf seine Cordhose tropfte. Er musste eine gute Grundlage für das nächste Bier schaffen. Sollte er nicht eigentlich das, was er wusste, der Polizei erzählen? Andererseits unterlag er der Schweigepflicht. Und seine Schäfchen waren ja nun keine Chorknaben; sie alle wussten, wo er wohnte, und wenn sie rauskriegten, dass er sie verpfiff … Zumindest wäre dann der einzige Job hin, den er im Moment hatte. Offiziell war er ja auf Sozialhilfe, seit er die Stelle als Psychologe bei der Suchtberatung verloren hatte. Da hatte er einmal einen über den Durst getrunken, war erwischt worden, und gleich hatten sie ihm gekündigt, weil er Alkoholiker sei – so 'n Quatsch.

Er zog die Brieftasche heraus, um zu sehen, wie viel er sich noch leisten konnte – ach, richtig, vorhin hatte er ja Geld bekommen. Sie hatten abgemacht, dass immer gleich nach der Gesprächsrunde bezahlt wurde, für den Fall, dass etwas Unvorhergesehenes passierte. Nein, das waren ehrliche Jungs. Und Monika war auch ehrlich. Die zogen ihn nicht übern

Tisch, denn sie brauchten ihn, und sie logen ihn auch nicht an. Ganz sicher nicht. Ihn nicht. Keine Frage. Hätte er gemerkt.

Er sah, dass sein Glas schon weniger als halb voll war, und hob die Hand. «Noch 'n Bier!»

«Am Anfang dachte ich mir nichts dabei.» Horst-Eberhard zündete sich die nächste Zigarette an, trotz des missbilligenden Blicks von Monika, und wischte etwas Asche von seiner Weste. «Aber dann sah ich das Presse-Echo. Das Fernsehen, die Zeitungen. In *Bild* war ich jeden Tag auf der ersten Seite, und die Polizei gab ständig Pressekonferenzen, bei denen auch die Experten auftraten, die Polizeipsychologen und die mit den Täterprofilen.»

«Profiler», assistierte Monika.

«Wär ich jetzt gar nicht draufgekommen – danke.» Er funkelte Monika an. «Die gaben sich auch in den Fernsehstudios die Klinke in die Hand. Und die konnten mich sogar ziemlich genau beschreiben … Nur das mit dem ‹kontaktgestört› war natürlich falsch. Na ja, ich hab jedenfalls sehr genau verfolgt, was sie über mich zu sagen hatten. Und als die Presseflut dann abebbte, also, da …»

«Da hast du's eben wieder gemacht.» Erik nickte mehrmals.

«Richtig. Und weil die sagten, ich würde es auf die gleiche Art wieder tun, habe ich mir die größte Mühe gegeben, genau die gleichen Spuren zu hinterlassen. Mein erstes Opfer war zum Beispiel schwarzhaarig. War eigentlich reiner Zufall, mir war die Haarfarbe völlig wurscht. Aber danach hab ich dann nur noch Schwarzhaarige umgebracht. Um die Profiler nicht zu enttäuschen. Und auch nur am Samstag gemordet, obwohl mir das eigentlich auch ganz egal war. Die nannten mich dann den Weekend-Killer.»

«Ach, du warst das», sagte Dragan.

Horst-Eberhard sah ihn überrascht an. «Ich denke, du warst zu der Zeit noch auf dem Balkan?»

«Haben wir auch Satellitenfernsehen und *Bild*-Zeitung. Nix zu beißen – aber immer genug Munition und genug Zeitung. Wollten ja auch wissen, was wir für Presse haben.»

Horst-Eberhard zog die Bügelfalte seiner Hose über dem Knie noch etwas höher. «Ich habe mir größte Mühe gegeben, die Vorhersagen der Profiler zu erfüllen. Ich wollte die Serie nicht unterbrechen. Es war fast eine Art Aberglaube, so wie man nicht auf die Rillen zwischen den Pflastersteinen tritt. Ich dachte, wenn ich mal mittwochmittags eine Blondine umbringe, passiert irgendwas. Sie erwischen mich, oder ich komme unter einen Lastwagen oder so was. Blöd, oder?» Er zog heftig an der Zigarette und zerknüllte mit der freien Hand die leere Packung, bis er merkte, was er tat, und die Schachtel weglegte.

«Eine Menge Leute tun zwanghaft immer dasselbe», beruhigte ihn Bertram. «Zum Beispiel nicht aus dem Haus gehen, ohne dreimal zu kontrollieren, ob der Herd abgeschaltet ist.»

«Vielleicht solltest du eine Therapie machen», schlug Monika vor.

Horst-Eberhard sah sie über den Rand seiner Brille hinweg an. «Ich hab's mit Therapie versucht, aber nichts hat funktioniert. Dabei hat sich meine indische Therapeutin zu Lebzeiten alle erdenkliche Mühe gegeben. Nein – wirklich geholfen hat mir erst die Gruppe.»

«Ja», sagte Monika. «‹Lass das erste Opfer am Leben›.»

«Dieses Motto hat mir auch viel gebracht», sagte Erik, zwinkerte heftig und wippte mit dem Fuß. Kleine Erdklümpchen lösten sich aus den Rillen seiner Turnschuhsohlen und rieselten auf den Boden. «Aber müssen wir eigentlich unbedingt ‹Opfer› sagen? Gibt's nicht ein besseres Wort, zum Beispiel ‹Klienten›? Oder vielleicht ‹Gegenüber›?»

Sie dachten darüber nach.

«Also, ich weiß nicht», meinte Monika. «Wir sollten schon bei den Facts bleiben. Wir haben ja diese Selbsthilfegruppe gegründet, um uns dem zu stellen, oder?»

«Stellen?» Erik fuhr hoch. «Ich will mich nicht stellen. Ich bin noch nicht so weit.»

«Nicht den Bullen. Den Facts, Mann, nur den Facts.»

«Ein Bier und ein Rahmschnitzel», sagte Bertram zu der Kellnerin im «Seppche». Sie war neu, zumindest hatte er sie noch nie gesehen, und er war mindestens einmal die Woche hier. Na, vielleicht auch zwei- oder dreimal. Selber zu kochen war zu aufwendig, fand er. Oft hatte er auch keinen Appetit.

Als sie irrtümlich ein Apfelweinglas und einen kleinen Bembel vor ihn hinstellte, war er einen Moment lang in Versuchung. Wäre doch eine schöne Abwechslung ... Dann fiel ihm wieder ein, dass er Äpfel nicht vertrug. Die Kellnerin hatte ihren Irrtum auch schon korrigiert und ihm sein Bier hingestellt. «Schnitzel kommt gleich», säuselte sie. Wahrscheinlich wollte sie ihn beschwichtigen, ihm zeigen, dass sie sich an ihn und seine Bestellung erinnerte und um sein Wohl besorgt war. So jung und schon so mütterlich.

Er riss sich zusammen. Die Therapie war für heute vorbei, er musste niemanden mehr analysieren. Ein ganzes Wochenende lang. Und die ganze nächste Woche bis zum Freitag. Ob er jemals einen anderen Job finden würde? Wenn seine Schäfchen so ihre Geschichten ezählten, grauste es ihn manchmal schon.

Und noch mehr grauste es ihn, in die Zeitung zu sehen. Letzten Montag war schon wieder eine drin gewesen. Er nippte an seinem zweiten Bier. Eine Leiche. Sauber erlegt, «mit einem Präzisionsgewehr erschossen», wie die *Rundschau* berichtete. Heute hatte er Dragan scharf angesehen, als der in der Vorstellungsrunde behauptete, er sei seit seiner Ankunft in Deutschland abstinent. Das war ganz ehrlich rübergekommen. In der Abschlussrunde hatte Bertram dann noch mal betont, wie wichtig es sei, sich selbst und anderen gegenüber aufrichtig zu sein, und alle hatten zustimmend genickt. Sogar Dragan.

Beim Bier nach dem Schnitzel versuchte er, sich selbst gegenüber ehrlich zu sein. Konnte er den Männern und der Frau in seiner Gruppe denn überhaupt helfen? Reichte einfaches Zuhören bei so schwer wiegenden Störungen aus? Wieso war dieses Glas schon wieder leer? Wurden die Gläser immer kleiner? Er winkte der Kellnerin. Wenn es nächste Woche wieder eine Leiche gab, musste er unbedingt etwas unternehmen. Irgendwas. Konnte doch nicht so weitergehen.

Monika setzte sich aufrecht hin, sodass ihre neue Spitzenbluse zur Geltung kam. «Mein Name ist Monika, und ich bin Serienmörderin.»

«Frauen haben im Serienmordgeschäft nichts zu suchen», murmelte Bodo.

Bertram erinnerte sich noch gut an die letzte lautstarke Diskussion zu diesem Thema.

«Ich bin seit 'nem Dreivierteljahr abstinent. Als Teenager hatte ich einen irren Kaufzwang.» Monika warf das dichte dunkle Haar mit einer gekonnten Handbewegung zurück, aufmerksam beobachtet von Horst-Eberhard. «Und weil ich zum Einkaufen immer von unserem Dorf in die Stadt trampen musste, hat mir ein Freund mal einen Revolver geschenkt, zur Sicherheit. Mir ist aber nie was passiert. Und einmal stehen wir so vorm Bahnübergang und warten darauf, dass die Schranke hochgeht, da dachte ich: Kannst die Knarre ja eigentlich mal ausprobieren.»

«Cool!», sagte Dragan.

«Schon. Aber ich musste dann die restlichen fünf Kilometer laufen, weil das Auto total versaut war.» Monika kicherte. «Den Nächsten habe ich vorher aussteigen lassen.»

Bertram wünschte, sein Kopf würde nicht so schmerzen. Warum half eigentlich Aspirin so wenig gegen einen Kater? Das Gerede über Schusswaffen verstärkte das Brummen im Schädel noch.

«Im Auto ist es immer schwierig», sagte Bodo. «Die Bullen finden heutzutage jedes ausgefallene Haar von dir auf dem Sitz, machen eine Gen-Analyse – und schon haben sie dich.»

«Darf ich jetzt weiterreden?», fragte Monika spitz. «Ich dachte, heute bin ich dran.»

«Kann schon sein», sagte Horst-Eberhard.

«Ha-ha.» Monika steckte ihren Brillantring von der einen auf die andere Hand. «Jedenfalls ließ schon nach dem ersten Mal mein Kaufzwang deutlich nach. War das eine Erleichterung! Ja, und nach ein paar Opfern war dann der Kaufrausch völlig verschwunden. Seitdem ging's mit meinem Konto bergauf. Das war auch so ein Grund, warum ich nicht mit dem Trampen aufhören wollte. Jetzt sieht's auf meinem Konto natürlich wieder übel aus.»

«Aber Hauptsache, abstinent», sagte Horst-Eberhard.

«Apropos Konto», meinte Bodo, «ich hab meine Opfer immer ausgeraubt, weil's Geld nun schon mal da lag. Hielt die Bullen monatelang auf der falschen Spur. Ich meine, deine Profiler haben doch keine Ahnung, Horst-Eberhard.»

«Das kannst du *so* nicht sagen!», widersprach Horst-Eberhard mit deutlich höherer Stimme als sonst.

Beim Rahmschnitzel fand Bertram es nicht mehr so beängstigend, über Morde nachzudenken. Nach dem dritten Bier fiel es ihm auch leicht, sich an die Zeitungsmeldung vom vergangenen Montag zu erinnern … Leiche entdeckt … Die schwarzhaarige Frau konnte bislang nicht identifiziert werden …

Es konnte niemand aus seiner Gruppe gewesen sein, da war er sich ziemlich sicher. Bisher hatte niemand einen Rückfall gehabt, alle waren stolz darauf, abstinent zu sein und es zu bleiben. Das war doch ein schöner Erfolg für ihn; vielleicht könnte er die Erfahrungen in einem Buch verwerten. Natürlich würden es zuerst nur Fachleute lesen – aber die waren bestimmt scharf auf neue Wege der Verbrechensprävention. Und bei dem Interesse der Öffentlichkeit an Serienmördern würde er vielleicht doch mal in einer Talkshow landen, einer ernsthaften natürlich. Früher oder später musste einfach das FBI auf ihn aufmerksam werden … ein Prost auf die Talkshows!

Jörg rauchte fast so viel wie Horst-Eberhard und trank dazu Kaffee in kleinen, hastigen Schlucken. «Ich hab mir immer Pizza bestellt.»

«Und?», ermunterte ihn Bertram.

«Ei, ich hab dem Pizzaboten aufgelauert. Ich hab immer so Adresse angegebe mit dunkle Hinnerhöf unn Toreinfahrde. Ordentliche Vorbereitung iss des A unn O in dem Metier. Ja, unn wenn dann der Bote kam – Messer raus unn hinein in en!»

«Und was hast du mit der Pizza gemacht?»

Jörg ignorierte Horst-Eberhards Zwischenfrage. «Dann hab ich den Burschen in em dunkle Eck ordentlich tranchiert, so in sechs gleiche Teile.»

«Und du hast sie jedes Mal woanders hinbestellt, sodass sie nie wissen konnten, ob es ein echter Kunde war oder nicht?» Monika war ganz bei der Sache.

«Genau. Ich hab Pizzaboten umgebracht im Nordend unn in Niederrad, in Bockenheim unn in Bergen-Enkheim, in Oberrad – überall, außer in Offenbach. Ja, unn dann war ich e lange Zeit abstinent. Des heißt, ich bin's immer noch. Nur neulich, da hab ich mir was beim Chinees bestellt, weil ich so en Hunger hatt. Mir solle ja net zu hungrig, einsam oder müd wern, des hab ich doch richtig verstanne? Also, der Bote kommt, unn ihr glaabt's net – es war kein Chinees, sondern schon widder so 'n Spaghetti met Goldkettche!»

Dragan riss die Augen auf. «Du hast ihm doch nix getan, oder?»

«Nee, aber es war hart, echt hart. Ich hab mir gesagt, nein, heut mord ich net. Morge oder die anner Woch, aber net heut. Ich hab em das Geld hingeworfen unn em gesagt, er soll das Futter glei im Flur auf die ganze Pizzakartons stellen unn sofort abhauen.» Er bemerkte Monikas Blick. «Echt, ich wollt die Kartons schon längst wegschmeißen, mach ich glei morge!»

Es ging weiter und immer weiter. Letzten Montag *Rundschau* mit dunklen Vorahnungen aufgeschlagen und: «Autofahrer in Frankfurt-Höchst erschossen!»

Bertram stützte den Kopf in die Hände. Sein Magen knurrte, aber auf Schnitzel hatte er heute Abend keinen Appetit. Er stürzte das erste Bier hinunter. Außerhalb der Gruppe konnte niemand wissen, dass sie darüber gerade gesprochen hatten. Dann musste es doch einer von ihnen sein, oder?

Plötzlich wurde ihm klar, dass es eigentlich nur einer gewesen sein konnte: Horst-Eberhard. Nie hatte der erwähnt, wie er seine Opfer zu Tode befördert hatte – er könnte darin durchaus flexibel sein. War Horst-Eberhard etwa ein Serien-Nachahmungstäter? Fieberhaft dachte Bertram seine Vermutung weiter. Vielleicht genügte es Horst-Eberhard nicht mehr, nur einen Profiler glücklich zu machen. Wenn er die Serien der anderen fortsetzte, baute er eine Beziehung zu allen Profilern auf, die an diesen Fällen arbeiteten.

Bei näherer Betrachtung, unterstützt durch ein weiteres Bier, erschien ihm plötzlich auch Dragan suspekt. Tief im Innern glaubte Bertram nicht, dass Dragan ein echter Serienmörder war. Der hatte einfach nur Spaß am Killen. Vielleicht versuchte er die Morde den anderen in die Schuhe zu schieben – Dragan war nicht so dumm, wie er vielleicht auf den ersten Blick wirkte.

Bertram bestellte noch ein Bier, um sich von dem Schreck zu erholen, aber schon bevor es vor ihm stand, dämmerte ihm, dass er etwas unternehmen musste. Er trank langsam und überlegte, wie er den wahren Täter überführen könnte, ohne dass die anderen es mitbekamen. Seine Gruppe lieferte schon jetzt reichlich Stoff für ein Buch; allerdings wünschte er sich, es würde dieses Buch bereits geben, damit er darin etwas über das Verhalten von Serienmördern in Selbsthilfegruppen lernen könnte. Er bestellte einen Korn und fing an, auf einem Bierdeckel eine Strategie zu entwerfen.

«Leute, wir haben ein Problem.» Bertram räusperte sich und setzte sich hin. «Ihr habt ja wohl auch alle Zeitung gelesen.» An seine Bierdeckelstrategie vom letzten Freitagabend konnte er sich nicht mehr erinnern, auch nicht, wie er nach Hause gekommen war … War es vielleicht doch ein bisschen zu viel Bier gewesen und er hatte mal wieder einen Filmriss gehabt? Egal, dann improvisierte er jetzt.

Sie saßen still da und sahen Bertram an, dann aneinander vorbei an die Wand oder Decke.

«Meinst du, äh, das mit den Morden?», fragte Erik schließlich.

«Genau. Wir reden über tiefgefrorene Leichen, und genau so ein Mord passiert. Wir reden über Präzisionsgewehre, und es wird einer mit einem Präzisionsgewehr erschossen. Wir reden über erschossene Autofahrer, und es wird ein Autofahrer erschossen. Wir reden über Morde an Schwarzhaarigen, und es wird eine Schwarzhaarige ermordet.»

«Wir können ja mal über mich reden!», sagte Erik bedächtig. «Ich hab mich auf Kellnerinnen spezialisiert und sie im

Keller in einem alten Waschzuber langsam gar gekocht. Mit Suppengrün.»

«Erzähl so was nicht!», jaulte Bertram heftiger auf, als er vorgehabt hatte. Bis heute hatte er sich nicht überwinden können, in die *Rundschau* vom Montag hineinzusehen. Er faltete die Hände, um ihr Zittern zu verbergen, aufmerksam beobachtet von seinen Schäfchen. «Also. Was wollte ich sagen? Ja. Eigentlich kann es nur einer von – jemand von hier gewesen sein.»

«Ich kann mir nicht vorstellen, dass einer von uns wieder drauf ist», sagte Monika und sah sich im Kreis um. «Oder?»

Alle schüttelten die Köpfe. Dragan baute sehr präzise einen Kugelschreiber wieder zusammen, den er gerade auseinander genommen hatte. «Ich werde bei Trampen sowieso nie mitgenommen. Weil ich aussehe wie Scheißausländer. Und Frau mag ich lieber blond und lebendig.»

«Ich kann überhaupt nicht schießen», behauptete Horst-Eberhard.

«Ist ganz einfach. Ich zeig dir. Gute Waffe ist halber Treffpunkt.» Dragan sah Bertram an. «Okay, Chef, wenn es keiner von uns war, wer dann?»

Bertram holte tief Luft. «Wenn es einer von euch war und er wird erwischt, sind wir alle dran, ist euch das klar? Die Bullen werden irgendwann auf unsere Gruppe kommen.» Er sah sich im Kreis um. «Wir kommen alle in Teufels Küche. Mir geht's dann auch an den Kragen. Und wer hilft euch dann weiter?» Seine Stimme wurde flehend. «Ehrlich, Leute, das muss aufhören. Es muss ein Ende haben!»

Heute brauchte er was Deftigeres als ein Rahmschnitzel. Die Kellnerin wirkte zwar etwas erstaunt, brachte aber ohne Kommentar zwei Korn zu seinem Bier. Bertram kippte beide hinunter, spülte mit Bier nach und ließ sich zurücksinken.

Das schöne Wetter hatte die Frankfurter offenbar in Scharen

den Main entlang oder in den Stadtwald getrieben, und jetzt saßen sie hier im «Seppche» und rundeten den Nachmittag mit grüner Soße, Rippchen und Apfelwein ab. Das Schönste, fand Bertram, war, dass hier nur Einheimische einkehrten. Sachsenhausen, die Wiege aller Äppelwoi-Seligkeit, war vielleicht vor vielen Jahren noch ein Geheimtipp gewesen; jetzt überschwemmten dort Touristen die auf echt historisch gestylten Gartenwirtschaften.

Bertram warf einen zögernden Blick auf die Zeitung vom Montag, während er seine Haxe mit Kraut verzehrte. Gestärkt vom nächsten Korn, pirschte er sich zur Rubrik «Frankfurt und Hessen» vor. «Pizzabote im Westend zerlegt!» Er fuhr zurück.

Ob Dragan oder Horst-Eberhard, es kam nur jemand aus der Gruppe infrage. Doch in der heutigen Gesprächsrunde hatte er nicht das Gefühl gehabt, dass er angelogen wurde. Auf den Schreck brauchte er erst mal einen weiteren Korn.

Bertram betrachtete das Glas mit dem Hochprozentigen. Wenn er selbst mal ganz ehrlich war, hatte er auch ein Problem, dem er sich stellen musste. Alleine würde er es wohl nicht schaffen. Aber er hatte ja schon eine Gruppe, die ihm dabei helfen würde!

Obwohl es noch gar nicht so spät war, drängte ihn die Kellnerin zu bezahlen, weil sie gleich Feierabend hatte. Sie erklärte ihm auch, warum seine Rechnung höher war als sonst, aber es lag bestimmt nicht an ihm, dass er es auch beim dritten Mal noch nicht verstand. Sie brauchte gar nicht so arrogant auf ihn herabzusehen! Genau, er würde sie bestimmt noch vor der Tür erwischen, und dann würde er ihr zeigen, was ihr Verhalten bei ihm auslöste.

Am nächsten Freitag kam er als Letzter, setzte sich und sagte: «Mein Name ist Bertram, und ich bin ein Serienmörder.»

Jochen Schimmang

Ausgang Mediapark

Ich bin zu Unrecht hier: Das wiederhole ich Tag für Tag, den Wärtern, den Vernehmungsbeamten und meinem Anwalt gegenüber. Ein einfacher Beweis besteht schon darin, daß ich noch niemals in meinem Leben Zahnseide benutzt habe. Zu Hause unter meinen Kosmetika und Zahnpflegemitteln hat man keine gefunden. Deshalb verlange ich täglich die Beschleunigung der Untersuchungen und meine Entlassung. Daß ich an jenem Abend dort war, besagt gar nichts, schließlich ist es meine Stammkneipe.

Entdeckt hatte ich sie kurz nach dem Umzug ins Viertel. In Köln lebt man vor allem im eigenen Viertel und ist furchtbar stolz darauf, wie mies es dort auch aussehen mag. Das erste Mal war ich an einem späten Samstagnachmittag dort, an einem unerträglich heißen Tag des Sommers 1995, verschwitzt vom Schleppen der Umzugskisten: immer noch ein Karton, der übrig ist, immer noch ein Gang in den Keller, um das ganze Gerümpel hinunterzuschaffen, das bis zum nächsten Umzug dort lagern würde und das ich doch nicht wegwerfen mochte. Das alles fast allein, außer am Tag des eigentlichen Umzugs, als ich drei gutwillige, aber schwache Helfer hatte.

An diesem Samstag ging ich die Straße hinunter mit dem Gefühl, endlich das Schlimmste geschafft zu haben, und entdeckte die Kneipe auf der anderen Straßenseite, kurz vor der

Unterführung stadtauswärts, wo das Zentrum endet und die beinahe unbekannte Welt von Ehrenfeld beginnt. Es war kurz vor sechs. An der Theke standen und saßen ein paar ältere Männer, eine angetrunkene Witwe und ein etwa dreißigjähriger Mann. Das Licht fiel nur stark gefiltert ins Innere der Kneipe, weil die Fensterscheiben etwa vor drei Monaten zum letzten Mal geputzt worden waren. Das betonte den Wechsel von draußen nach drinnen, sagte mir schon beim ersten Mal: Wenn du hier bist, Gast, dann hast du die dir bekannte Welt verlassen und bist in eine völlig neue eingetreten.

Eigentlich war sie statt völlig neu eher reichlich alt. Sie führte mich direkt in die Jahre meiner Kindheit zurück. Auf Blechschildern wurde für Gasolin geworben oder eine alte Kakaomarke. Fotos von Marilyn Monroe, Peter Kraus und Conny Froboess zierten die Wände ebenso wie solche von Adenauer und dem jungen Böll mit seinem urkölnischen Nachkriegsgesicht. Hinten im Raum warteten auf einer Empore zwei Nierentische mit dazu passenden Sesseln auf Gäste. Eine alte Wurlitzer stand in der Ecke, bestückt mit Musik, die bei Hans Albers begann und bis in die Sechziger reichte.

Als ich dort Geld einwerfen wollte, um den «Kriminaltango» zu drücken, rief der etwas beleibte Wirt hinter der Theke ein flehendes «Halt, halt!» und kam dann langsam zu mir herüber. Er öffnete die Box, ging in die Knie und nahm dann irgendwelche undurchschaubaren Manipulationen am Innenleben der Maschine vor. Danach könne ich, erklärte der Wirt, einfach meine Titel drücken, bis das grüne Licht erloschen sei. «Aber zuerst», sagte er, «muß ich meine Pflicht tun.»

Die Pflicht bestand darin, den Titel «A1» zu drücken, und ich lernte bald, daß jedesmal, wenn die Box in Gang gesetzt wurde, zuerst ein kurzer Einleitungsschmalz kam und dann Gitta Ries ihre Stimme erhob, um uns mitzuteilen: «Weißer Holunder blüht wieder im Garten …»

Monate später, als ich es nicht mehr hören konnte, drohte ich dem Wirt einmal scherzhaft, eines Nachts die Platte zu klauen.

«Nützt nichts», antwortete er, «ich habe noch sieben Stück in Reserve. Im übrigen kann ich es doch selber schon lange nicht mehr hören, aber es geht nicht anders.»

Warum es nicht anders ging, wurde mir gleich bei meinem ersten Besuch klar, denn draußen überm Eingang prangte gut lesbar der Name der Kaschemme: «Weißer Holunder».

Erst hat mich mein Anwalt gefragt, dann die Vernehmungsbeamten, wann ich Marianne zum ersten Mal gesehen habe, als ob das für die Wahrheitsfindung wichtig sei. Es war ein oder zwei Wochen nachdem ich zum ersten Mal dort war, abends, noch immer herrschte die Hitze dieses Sommers. Ich saß allein an einem der Nierentische, kannte hier noch nicht jeden, wie es später der Fall sein sollte. Im hinteren Teil des Raums, auf dem Weg zu den Toiletten, stand ein Billardtisch, und dort sah ich Marianne zum ersten Mal: fasziniert von der Art, wie sie ihre Brille aufsetzte und zurechtrückte und um den Billardtisch herumging. Wie durchtrieben! dachte ich, was für ein Miststück, und ich bedaure bis heute, daß ich diesem klaren und richtigen Instinkt nicht vertraut habe.

Statt dessen starrte ich jedesmal, wenn sie in der Kneipe war, aus angemessener Entfernung zu ihr hinüber. Ein Vierteljahr lang haben wir kaum mehr als zehn Worte miteinander gewechselt, ein halbes Jahr lang wußte ich nicht einmal ihren Namen. Erst als sie plötzlich in dieser Kneipe hinter der Theke stand statt davor oder am Billardtisch, erfuhr ich ihren Namen, weil der Wirt sie rief. Über ein paar maulfaule Dialoge hinaus lief aber auch dann noch nichts.

Es muß die Begegnung auf der U-Bahn-Treppe am Kaiser-Wilhelm-Ring gewesen sein, die alles veränderte. November, früher Abend, ich steige die steile Treppe hinab, um zwei Stationen zum Kino zu fahren, und sie entsteigt zur gleichen Zeit der Tiefe, vermutlich auf dem Weg zur Arbeit hinter der Theke. Wir begegnen uns auf halber Höhe, und sie lächelt mich an, nicht auf die routinierte, beiläufige Art, die man für Bekannte bereithält, sondern offen und erfreut. Das war der Augenblick, davon bin ich überzeugt, in dem alles seinen Anfang nahm.

Inzwischen hat man einen Psychologen zu mir geschickt, der, wie nicht anders zu erwarten war, bestätigt hat, daß ich reichlich normal bin. (Mein Anwalt hat mir vom Inhalt des Gutachtens berichtet.) Keine Paranoia oder andere Wahnsysteme, kein übermäßiger Frauenhaß, durchschnittliche Intelligenz (das fand ich etwas beleidigend), ausreichende Kontaktfähigkeit. Aggressionspotential sei durchaus vorhanden – bei wem denn nicht? –, die Hemmschwelle aber auch entsprechend hoch. Eine ausgeprägte Neigung zur Gewalttätigkeit liege nicht vor.

Darum geht es aber auch nicht, sagen die Vernehmungsbeamten, sondern eher darum, ob ich am Abend des sechzehnten Oktober nach 23 Uhr ganz kurz ausgerastet bin, als ich mit Marianne das Lokal verließ und sie danach am Hintereingang des Lokals tot gegen die Wand lehnte, die Augen, die nicht mehr sehen konnten, der Esso-Tankstelle zugewandt. Unbestritten ist, daß ein Passant sie dort gegen Mitternacht in eben dieser Haltung entdeckt hat und daß sie tot war. Derweil stand ich ganz ruhig an der Theke, trank ein Kölsch und hörte Trude Herr «Niemals geht man so ganz» singen. Nur ein Monster könnte das tun, wenn er kurz zuvor eine junge Frau erdrosselt hätte, und ein Monster bin ich nicht, das hat mir der Psychologe bestätigt.

Unnötig, die Verzögerungen, die kleinen Schleifen zu beschreiben nach jener Begegnung auf der Treppe zum U-Bahnhof, ehe es wirklich losging, irgendwann im Frühjahr danach. Später sagte mir Marianne einmal: «Ich habe nie gewußt, worüber ich mich mit dir unterhalten soll, sonst hätte ich dich schon früher angesprochen.»

Klar, worüber soll sich eine Frau mit einem Antiquar unterhalten, der hauptsächlich wissenschaftliche Bücher verkauft – Spezialgebiete Anarchismus, Konservativismus und Melancholieforschung –, abends trinkt, den anderen zuhört und nur manchmal eine freundliche oder bissige Bemerkung macht? Eine Frau, die jung und lebenslustig, aber zugleich zurückhaltend ist und sich vor allem für Spiele jeder Art und die Oper interessiert? Die ihren Platz im Leben noch nicht gefunden hat und trotzig darauf beharrt, daß ihr das nichts ausmacht?

Wir haben auch später nie wirklich gewußt, worüber wir uns unterhalten sollten, aber das hat uns nicht gestört. Sie hat erzählt, und ich habe zugehört, das war die gängige Rollenverteilung. Aber wir waren zusammen in Rom und Paris, und wenn wir nicht dort waren und nicht im Bett, dann waren wir im «Holunder», gemeinsam am Tisch oder vor der Theke, manchmal sogar am Billardtisch, oder getrennt: sie an den Tischen bedienend und ich an der Theke. Manchmal gingen wir essen, und dann nahmen wir uns im Gespräch die Stammgäste einen nach dem anderen vor: den geilen Rentner, die reiche Witwe, die immer unglückliche Redakteurin vom WDR, den versoffenen Sportjournalisten, die lesbische Handwerkerin, den autobesessenen Fotografen und all die anderen. Ich erfuhr, daß das Foto eines Unbekannten aus den Fünfzigern, das zwischen Adenauer und Böll hing, niemand anderen zeigte als einen der ältesten Stammgäste in seinen jungen Jahren. Ich erfuhr auch, wer von der Belegschaft mit wem ins Bett ging und welcher Wechsel in den Verhältnissen sich anbahnte oder schon stattgefunden hatte. Dann lachten wir, beugten uns über den Tisch und küßten uns, bevor wir in die Nacht verschwanden, zu ihr oder zu mir.

So ging das ohne jeden Streit, jede Mißstimmung, gleichsam

ein ewiger Sonntagnachmittag, bis auf die paar Male, wo jemand von uns verreist war oder Marianne ihre kleinen Fluchten unternahm und für zwei oder drei Tage nicht auffindbar war, weder zu Hause noch im «Holunder», noch irgendwo sonst. Davon hatte sie mir vorher erzählt, «und dann», hatte sie gesagt, «mußt du nicht böse sein und nicht unruhig – ich komme immer zurück.»

So ist es auch.

Ich erzähle das, als hätte es Jahre gedauert, doch die Rede ist von ein paar Monaten. Als der Sommer seine morsche, langsam verfallende Gestalt annahm, im späten August, war es schon zu Ende. Ich war drei Tage in Mittelholland gewesen, wo ich in einem kleinen Ort die internationalen Antiquariatstage besuchte. Wir telefonierten jeden Abend stundenlang, und noch in der Nacht vor meiner Rückkehr wurde ein tiefer Sehnsuchtsseufzer von Köln über die Grenze geschickt. Wir verabredeten uns für den kommenden Mittag zum Essen im Stadtgarten, und dort suchte ich sie dann vergeblich.

In solchen Fällen treten immer mehrere Gefühle gleichzeitig auf. Die Sorge zuerst, das versteht sich. Alles mögliche kann passiert sein, und wenn man so sehr liebt, sieht man die geliebte Person schnell tot, zerschunden, verstümmelt irgendwo liegen. Im selben Augenblick aber macht sich auch die Angst bemerkbar, über Nacht verlassen worden zu sein, gepaart mit einem plötzlichen Mißtrauen und der Erinnerung an diese oder jene unklare Situation in der Vergangenheit. Langsam setzt sich der Gedanke fest, daß unter der Geschichte, die man zu leben glaubte, eine ganz andere Geschichte lag, die viel wahrer ist.

So war es auch in diesem Fall. Marianne blieb verschwunden, tauchte erst zwei Tage später wieder auf, teilte mir mit, daß die Liebe einfach vorbei sei, da sei sie völlig machtlos, und daß kein anderer Mann dabei eine Rolle spielte. Der letzte Teil des Satzes stimmte natürlich nicht, wie ich eine Woche später im «Holunder» sehen konnte, wo sie mit ihrem Neuen an der Theke stand und beharrlich an mir vorbeiblickte. Der Neue war so neu übrigens nicht. Ein paar Male war er hier schon aufgetaucht und hatte sich allen als sehr unangenehmer Mensch eingeprägt: ein halbgebildeter Großkotz, der ständig mit schriller Stimme die anderen Gäste vollquatschte und beim Rundfunk arbeitete. Man hatte ihn dort wegen Unfähigkeit schon lange mit einem guten Gehalt auf einem extra für ihn geschaffenen Posten kaltgestellt, wo er nichts Schlimmes anrichten konnte. Von Hause aus reich war er außerdem.

Einen Hang zum schlechten Geschmack, dachte ich an jenem Abend, hatte Marianne schon immer.

Ich bin es gewohnt, Niederlagen hinzunehmen und meine Wunden im stillen zu lecken. Vielleicht deshalb, weil ich sie meistens voraussah. Ich verbringe eigentlich mein Leben damit, auf die nächste Niederlage zu warten. Wenn sie kommt, raste ich nicht über die Maßen aus. Mein Aggressionspotential – der Psychologe hat es ja bestätigt – ist nicht abnorm, meine Hemmschwelle genügend hoch.

In den folgenden Wochen mied ich den «Holunder», wenn Marianne dort arbeitete oder wenn der flaschengrüne 525er BMW ihres neuen Liebhabers mit dem Protzschild PRESSE in der Windschutzscheibe vor der Tür stand. Das war alles hart genug für mich. Schließlich hatte ich als unmittelbarer Nachbar ein größeres Anrecht auf diese Kneipe als Marianne und ihr Stenz.

Begegnungen waren dennoch nicht immer vermeidbar. Schließlich konnte ich nicht einfach hinauslaufen, wenn ich sie am Billardtisch oder an der Fensterseite der Theke sah, wo sie gern stand. Sie war oft allein, und ein- oder zweimal sprachen wir sogar miteinander. Mehrere Gäste können bezeugen, daß ich dabei ganz ruhig war, es nie auch nur im Ansatz einen Streit oder gar Drohungen gegeben hat. Nicht einmal gezittert habe ich vor Wut.

Auch nicht am Abend des sechzehnten Oktober, als wir uns ziemlich lange unterhielten und sie mir im Beisein ihres Stenzes plötzlich wieder Avancen zu machen begann. Ich nahm das nicht ernst, weil ich sie das schon früher hatte tun sehen. Auch als wir zusammen waren, hatte sie manchmal ziemlich heftig mit anderen Gästen geflirtet. Ich wiederhole, daß ich es nicht ernst nahm, aber ihre Spielerei weckte doch meine Lust, das gebe ich zu. Vielleicht wäre es ein versöhnlicher Abschluß gewesen: einmal noch zusammen ins Bett, vor den Augen ihres Gockels aus der Kneipe verschwinden und nach einer Stunde wieder auftauchen. Das hätte mir gefallen, und damit, denke ich, hätte ich mich zufriedengegeben, meinen Frieden gefunden.

Aber natürlich war mit der Spielerei nicht ich gemeint, sondern der tumbe Tor, der fünf Meter entfernt geduldig herumstand und darauf wartete, daß Marianne ihren Auftritt beendete. Trotzdem wurde ich kühn, mit Worten, und machte Andeutungen, und Marianne ging ein paar Minuten darauf ein, bis sie plötzlich auflachte, ein Wort zu mir sagte, das ich nicht wiederholen möchte, zu ihrem Versorger zurückkehrte und sich in seine Arme schmiegte.

Das war um neun, und ich ging danach, ohne noch einmal zu grüßen, ins italienische Restaurant gegenüber, schüttelte über mich selber und meine naiven Hoffnungen den Kopf und ließ es mir schmecken. Danach war ich drauf und dran, nach Hause zu gehen, es mir gemütlich zu machen und in einem Buch über Talleyrand weiterzulesen, das ich vor ein paar Tagen begonnen hatte. Doch der BMW vorm «Holunder» war verschwunden, und so entschloß ich mich, noch eben mit einem Kölsch nachzuspülen, bevor ich nach Hause ging.

Der Rundfunkpensionär war in der Tat nicht mehr da, aber Marianne stand am hinteren Teil der Theke, nahe dem Ausgang Richtung Mediapark, den nur die Stammgäste kannten, und unterhielt sich angeregt mit dem Wirt. Es war nichts Ungewöhnliches, daß sie und ihr Gockel die Kaschemme getrennt verließen, ohne sich gestritten zu haben, ein modernes Paar. Marianne winkte mir zu, als sie mich sah, und statt in Erinnerung an die Szene vorhin trotzig den Kopf zu schütteln, zeigte ich mich souverän und ging zu ihr.

Alle Anwesenden können bezeugen, daß es auch diesmal keinen Streit gab, keine Drohungen, keine heftigen Bewegungen. Wir führten ein harmonisches Gespräch, nicht über unsere gemeinsame Geschichte, sondern über das, was wir vom Leben erwarteten. Nach ein paar Kölsch läßt sich leichter über so etwas reden. Einer der Zeugen will wütende Blicke und leichtes Zittern bei mir gesehen haben, alle anderen aber sagen aus, daß wir beide viel gelacht haben. Ich habe mich lange nicht mehr so wohl gefühlt, und Marianne zögerte keine Sekunde, als ich vorschlug, ihr das neue Lokal im Mediapark zu zeigen, mal was anderes, ein Teil vom neuen Köln.

Ich bezahlte für uns beide, und draußen leuchtete uns die Esso-Tankstelle ebenso entgegen wie weiter weg die Lichtblökke des Mediaparks. Sie schlug ihren Mantelkragen hoch, und vorher sah ich für einen ganz kurzen Moment den schönen zarten Hals, den ich so geliebt hatte, und fühlte zugleich die hauchdünnen und doch so reißfesten Schnüre in meiner rechten Jackentasche.

Christine Grän/Gisbert Haefs

Arrivederci Roma

Er kochte. Wenn Bruno kochte, erinnerte sie sich manchmal daran, dass sie ihn einmal geliebt hatte. Es war lange her, dass sie sich geliebt hatten, während die Poulardenbrust mit feinem Gemüse im Ofen schmorte … *Pollo con verdure*. Poularde, Perlhuhn, Fasan, Ente, Gans, Schenkel, Brust … seine Schenkel, ihre Brüste … Mittlerweile interessierte ihn nur noch das Fleisch in der Pfanne, im Schmortopf, auf dem Teller. Bruno, der Koch, war ein ungenießbarer Ehemann geworden. Mike ernährte sich von Junk-Food, aber er fand ihre Brüste hinreißend, schön, scharf, aufregend. Egal, welches Adjektiv, Hauptsache *action*.

Brunos *action* fand in der Küche statt. Ohne Zweifel ein Ereignis, aber. Zehn Jahre, davon acht Jahre «aber». Aber es gibt ein Leben vor dem Tod, daran glaubte sie, daran musste man sich festhalten.

Seit man ihm den Orden verliehen hatte, schwebte Bruno in der Küche, die kleinen Füße knapp über dem Boden, ein Lächeln im Gesicht, das Messer in der Hand. Den «Stern» hatten sie verdient, nun hatten sie es geschafft. Schaffen war das Wort, das zählte. Nun waren sie schuldenfrei. Geschafft, zumindest sie. A ROMA war in die Meisterliga aufgerückt, zählte zu den besten italienischen Restaurants nördlich der Alpen. Sieben Jahre ohne Ruhetag. «Wir werden die Besten», hatte Bruno gesagt, wenn ihr die Füße wehtaten, der Blutdruck stieg, das Lächeln gefror. Bruno wurde nie müde in seiner Küche, das Arbeitstier, der Gaukler mit Küchenmesser, Löffel-Jongleur, Artist, Gaumen-Masseur, und ihr kam die Ehre zu, seine Werke ihrer Bestimmung zuzuführen, durch die Schwingtür, mit schwingenden Hüften und beschwingtem Lächeln. Kunstwerke, der Vergänglichkeit bestimmt, die in den Zähnen der Gäste nistete. Zahnstocher mit Pfefferminzgeschmack, die sie trotz Brunos Protesten eingeführt hatte. Teller auftragen, Teller abtragen, Weinflaschen entkorken, einschenken, nachgießen, lächeln. *Tutto bene*, beim Italiener sprach man Italienisch, und dann *due espresso* und der Grappa auf Kosten des Hauses, *mille grazie, la bella bionda. La Brigida*, nix Lollo.

Brigitte stammte aus Wuppertal, aus einem grauen Haus mit Blick auf die Schwebebahn. Vater Metzger, Mutter Märtyrerin, mittlere Reife, und dann … Bruno. Er kam aus einem jener hässlichen Vororte Roms, in denen die Menschen schon vor der Geburt einlaufen, schrumpeln, um für immer klein zu bleiben. So sah sie es heute, lange nach der Zeit der Liebe, der Romantik, der Leidenschaft. Nur wenn er am Herd stand, war Bruno ein großer Mann. Groß und Mann. *Libido in cucina* oder so ähnlich; sie kannte nur die kulinarischen Teile der Sprache. Wenn sie um zwei Uhr morgens das Lokal verließen, fand längst kein Sex mehr statt. Der Sex war verkocht und ausgebrannt. Vor dem Einschlafen erkundigte sich Bruno vielleicht, warum dieser oder jener Gast den Teller nicht vollständig geleert hatte, ein Sakrileg in seinen Augen. Früher hatte er gelegentlich gefragt, wie sie sich fühlte …

Oder sogar, wonach sie sich sehnte. Nach dem Leben, Bruno. Nach Liebe und Lachen, exotischen Inseln, nach Leuten, die *sie* bedienten.

Gäste sind wie Fische, dachte sie; irgendwann beginnen sie am Kopf zu stinken. Ehemänner auch. Sie riechen nach Alltag, nach Knoblauch, nach Langeweile. Sie war vierzig Jahre alt und hatte Angst, das Leben zu versäumen. Im A ROMA, ihrer Kunstwelt mit weißen Tischdecken und roten Servietten und Kopien römischer Statuen vor der Toilette.

In dieser Welt feierten Bruno und Brigitte an diesem Abend die erneute Vergabe des «Sterns», ganz allein, nur sie beide im Restaurant. An dem Ruhetag, den sie eingeführt hatten, seit es finanziell aufwärts ging. Ein Abend der Entscheidungen – oder mehr. Alles wird gut werden, dachte sie, wenn er mich versteht und wir eine vernünftige Lösung finden. Aber höchstwahrscheinlich verstand Bruno unter «vernünftig» etwas anderes als sie.

Sie war eine praktische Person, und er war ein Träumer. Sie war müde, er war unermüdlich. Sie war gierig nach dem Leben außerhalb des A ROMA, und er lebte und liebte nichts anderes. Zwei Geraden, die sich in der Unendlichkeit nicht begegnen können – außer, eine schlug einen Haken.

«Lass uns über den Verkauf reden. Ich kann nicht mehr.» Das hatte sie gleich zu Beginn gesagt, als beide aus verschiedenen Richtungen zum Lokal kamen, er von «zu Hause», sie aus Mikes Apartment. «Die Ärzte, mein Bluthochdruck, der Stress … Ich kann und will nicht mehr.» Bye, bye, Bruno, und seine einzige Reaktion war: «Du bist wahnsinnig. Lass mich kochen. Wir reden später.»

Er kochte seit dem frühen Nachmittag, und als ersten Gang hatte er *Prosciutto e fighi* ausgewählt. Für den Wein war sie zuständig, hatte Terre de Tuffi kalt gestellt und würde einschenken, wie immer ihre Aufgabe: bedienen. Ihre Handtasche hing über dem Stuhl, wie immer, und wie immer meinte er bemerken zu müssen, dass rote Lacktaschen nuttig aussehen. Bruno der Spießer. Bruno der Künstler, und sie war nur dazu da, seine Werke zur Geltung zu bringen. Schinken mit Feigen. Sie hasste Feigen.

Er kochte. Er wusste, dass es vergeblich war. Der Künstler als unverstandenes Wesen. Sie war dumm, stur, geldgierig, illoyal. *La bella bionda* mit Bluthochdruck. Die Frau, die er einmal geliebt hatte, vor tausend Jahren. Die Seele des A ROMA, nur hatte sie keine Seele.

Es gab kein Wasser auf dem Tisch. Auch keines in der Küche; dafür hatte er gesorgt. Sobald er mit der Vorbereitung der übrigen Gänge weit genug war, würde er die Vorspeise auftragen, und sie würde das Pillendöschen aus der Handtasche nehmen, wie immer. Zwei Tabletten gegen den hohen Blutdruck. Die Dose, getriebenes Silber, hatte er ihr zum Geburtstag geschenkt. Kein Problem, eine zweite, identische aufzutreiben.

Er hasste es, wenn ihn etwas vom Kochen ablenkte, aber es gab Dinge, die getan werden mussten. Situationen, die den ganzen Mann forderten. Und es galt, die Angst und die Zweifel zu besiegen. Vor allem die Angst. Das Messer vibrierte in seiner zitternden Hand, als er den Schinken schnitt, hauchdünn.

Sie stand in der Küche, neben ihm; er hatte sie nicht gehört. Sie hatte eine Art, sich anzuschleichen wie ein Indianer auf dem Kriegspfad. Als Kind war immer er es gewesen, den sie an den Marterpfahl gestellt hatten. Ein schwächliches Kind, schlecht ernährt, und ein pickeliger, unglücklicher Jüngling, bis er sein großes, einziges, einmaliges Talent entdeckte.

«Hab ich dich erschreckt?» Sie lächelte auf eine Weise, die er nicht deuten konnte. Den Blick aufs Messer gerichtet. «Wunderbare Qualität», sagte sie, und er wusste nicht, ob sie den Schinken oder das japanische Messer meinte.

«Besorgst du Wasser, *amore mio*?»

Sie seufzte, nickte, warf einen Blick auf die beiden Teller, die er akribisch dekorierte, dann ging sie mit schwingenden Hüften zum Vorratsraum.

Aber sie würde ins Lager gehen müssen, dafür hatte er gesorgt. Weil er Zeit brauchte. Er sah ihr hinterher. Dieser Gang, übertrieben – ja was? Sexy? Vermutlich gefiel es ihrem Gigolo, dem Menschen namens Mike. Fitness-Mike. Hamburger-Mike. Haare-auf-der-Brust-Mike. Muskel-Mike. Viel Schwanz und sonst nichts. Kein Kopf, kein Geschmack.

Er schnalzte leise, öffnete ihre Handtasche, nahm die silberne Dose heraus und ließ die andere hineingleiten. Der erste Schritt war getan, und noch konnte er alles aufhalten. Ihre grässliche rote Tasche wirkte voller als sonst, aber er hatte nicht die Zeit, sie zu durchwühlen.

Sie kam zurück mit einer Flasche Pellegrino.

«Lauwarm», sagte sie vorwurfsvoll, als sie die beiden Wassergläser füllte.

«Hauptsache, der Wein ist kalt.»

Er war erleichtert, als sie die Flasche mit einem gewöhnlichen Korkenzieher öffnete. Nicht mit einem dieser ekelhaften Dinger, die sie vor ein paar Tagen angeschafft und zur Dekoration auf allen Tischen verteilt hatte – Korkenzieher mit einem quer stehenden Griff aus lackiertem Wurzelholz. Wahrscheinlich eher Plastik, denn sie liebte alles, was unecht war. Als er sie kennen lernte, aß Brigitte Pulversuppen aus Plastikbechern. Er hätte wissen müssen, dass es nicht gut gehen konnte.

«Guten Appetit, *cara mia*.» Er hob das Weinglas.

Auch sie nahm ihr Glas in die Hand. «Verkaufen oder auszahlen, Bruno.»

Sie hätte das nicht sagen dürfen. Nun sah er ihr schweigend zu, wie sie in ihrer Handtasche kramte, die Pillendose herausholte, die Medizin gegen hohen Blutdruck nahm. Ein Schluck Wasser, dann trank auch sie von dem Wein. Ein sehr rotes Gesicht zu sehr blonden Haaren. Er aß bedächtig und genussvoll, während sie um die Feigen herumstocherte. Vielleicht hätte er ihr Tütensuppe kredenzen sollen. Widerlich.

Auberginen in Zwiebelmarinade, der zweite Gang, eines seiner Lieblingsgerichte. Er schätzte die einfachen Dinge im Leben: Kochen, Essen, Trinken, Schlafen. Früher war da noch etwas.

«Es schmeckt köstlich, Bruno.»

Er wusste es natürlich, aber manchmal musste man ihn loben und den Teller leer essen. Noch hatte sie die Hoffnung nicht ganz aufgegeben, ihn überzeugen zu können.

«Der Arzt hat ziemlich eindringlich gesagt, dass ich mich schonen muss. Mein Blutdruck bringt mich noch um. Das willst du doch nicht, oder?»

Er gab keine Antwort, und es war schwer zu sagen, ob eine der Kaubewegungen ein Nicken bedeutete.

«Natürlich musst du dich mehr schonen. Deshalb haben wir ja auch den Ruhetag eingeführt. Damit du dich ausruhen kannst. Wir wissen doch, was du geleistet hast in all den Jahren. Du bist die Seele – die aromatische Seele des A ROMA.»

Und an diesen Kalauer musste er auch noch ein Kichern hängen. Sie wartete, bis er den Mund wieder zumachte.

«Nicht die Seele, Bruno: die Bedienung. Ein Pendel. Etwas, das pausenlos zwischen Küche, Weinschrank und Tischen läuft. Pendelt. Auftischt. Lächelt. *La bella bionda* – und das feine Gesindel, Abteilung Männer, glotzt mir auf den Busen.»

«Ich dachte, das gefällt dir. Andernfalls solltest du mal über die Auswahl deiner Oberbekleidung nachdenken.»

«Muss ich nicht. Der Arzt sagt, ich muss aufhören. Sonst kann er für nichts garantieren.»

«*Mamma mia*. Musst du denen alles glauben? Ärzte garantieren nur das Überleben der Pharmaindustrie. Und das Leben ist nun mal gefährlich, weil es mit dem Tode endet.»

Alle großen Köche, so glaubte Bruno, waren auch Philosophen. Und niemand, nicht einmal Brigitte, bezweifelte, dass er ein großer Koch war.

Er tupfte sich mit der Serviette die Lippen ab, bevor er zum

Weinglas griff. Der Aufstieg zum Edelitaliener, dachte sie, hatte auch seine Manieren verfeinert. Früher, da hatte er gefressen wie ein römischer Prolet. Aber früher war er schön und leidenschaftlich gewesen, und sie hatte ihn geliebt.

Hatte sie das wirklich? Vorbei; die weiße Kochjacke hinderte den Bauch daran, den Tisch zu überlappen, und die Knöpfe lebten gefährlich. Mike hatte sicherlich nicht viel im Kopf, aber Muskeln, die standhafte Zunge, den gebildeten Körper. Wer brauchte schon einen klugen Mann?

Die Männer mit gedecktem Anzug unter den Gästen redeten von Dingen, die sie nicht interessierten, von Politik und ungedeckten Defiziten und Aktien und Weingütern in der Toskana. Mit ihren wohl öfter gedeckelten als gedeckten Ehefrauen sprachen sie wenig bei Tisch, vermutlich auch sonst. Niemand schien das Leben, das Essen und Trinken wirklich zu genießen.

Niemand liebte das Leben. So wollte sie nicht sein, nicht werden, und das war das Risiko wert. Wer wagt, gewinnt. Daran glaubte sie. Nach dieser Maxime galt es zu handeln. Alles andere war Selbstmord auf Raten.

Sie trug die leeren Teller in die Küche und öffnete die nächste Flasche Wein, während Bruno den dritten Gang zubereitete. *In vino* irgendwas; sie würde ihm die Wahrheit servieren, und vielleicht war die Wahrheit tödlich.

Es waren noch einige Gänge zu überstehen. Er stand am Herd und summte – eine scheußliche Angewohnheit. Richtige Männer, dachte sie, singen oder pfeifen oder schweigen. Oder stöhnen. Bruno summt.

Im Topf die *Zuppa di pesce*, Brunos berühmte Fischsuppe. Vielleicht waren es die Sardellenfilets oder der teure Wein, den er reichlich beifügte, weil seine Kunst frei von ökonomischen Zwängen war. So wie Bruno wirtschaftete, konnte man nicht reich werden.

Und ewig der Streit um das, was er «faire Preise» nannte. Bloß nicht die feinen Gäste rupfen, verfressene, verfettete Spesenritter mit schlapper angeborener Lanze und der Plastikkarte als Schild; warum gaben sie die Rechnung nicht gleich ihrem Steuerberater?

Kunst sei unbezahlbar, sagte Bruno immer. Aber sie hatte die Lieferanten zu bezahlen, die Rechnungen und Mahnungen. Ihr war heiß, es konnte der Dunst aus der Küche sein, der Abzug müsste erneuert werden, was viel Geld kosten würde.

Vielleicht war es auch der Zorn, der sie ins Schwitzen brachte. Der Blutdruck. Ihr Blut war zu heiß und seines aus Trockeneis. Ihre Hände zitterten, als sie die Teller nahm und ins Lokal trug.

Ah, gut. Gut kochen, gut essen, Brigitte ansehen. Und guter Wein. Was hatte sie irgendwann vormittags mal erzählt, als sie von diesem Mike aufgetaucht war? Unter Mike hervor aufgetaucht. Kröver Nacktarsch. Barbarisch, allein das Wort. *Nektar* zu *Nacktarsch* zu machen. Und die klebrige Flüssigkeit auch noch zu trinken. Aber so, wie sie nach solchen Nächten roch … Sein Saft, sein Schweiß, sein Rasierwasser; wahrscheinlich auch so ein Nacktarsch. Keine Eifersucht, Bruno, dafür ist es zu spät. Keine Gefühle, das tut nur weh. Die Suppe genießen und Brigitte ansehen …

Sie sprachen über das Wetter, den Papst, die Köche der Konkurrenz. Er ging zurück in die Küche, um *Ravioli di magro con carciofi* zuzubereiten, wie immer nur mit den besten, den kleinsten Artischocken. Dazu gab es Gavi di Gavi. Als er den ersten Bissen gekaut hatte, runzelte Bruno die Stirn. Das Gemüse war zu weich, nicht *al dente*. Er sagte es.

Sie stocherte auf ihrem Teller herum, schien weder etwas zu schmecken noch zu hören.

«Ernesto hat mir ein Angebot gemacht. Eins, das man nicht ablehnen kann.»

«Du siehst zu viele schlechte Filme.» Bruno grunzte. «Ernesto ist ein Pizzabäcker, ein Kretin der Kochkunst. Ein Idiot.»

«Er hat sechs Lokale und fährt einen Ferrari. Er ist Geschäftsmann und kein Künstler, Bruno. Und ein verdammt guter. Er bietet uns eins Komma neun Millionen – die Hälfte davon auf ein Luxemburger Konto.» Mein Konto, dachte Brigitte.

Er deutete mit der Gabel auf ihren Teller. «Iss. Der Mann ist ein Mafioso. Aber was noch viel schlimmer ist: Er will nur unseren Stern, um seine Pizza aufzuwerten. Schmeckt wie gegrillter Kuhfladen, seine Pizza. Nicht mal für drei Millionen würde ich an ihn verkaufen.»

Am Schluss war er immer lauter geworden. Er erschrak, als seine Stimme in dem leeren Gastraum hallte, als Schallwellen das kleine Séparée fluteten, in dem sie aßen.

Sie stocherte in den Ravioli herum. Die Gabel kratzte auf dem Porzellan. Als sie aufblickte, sah er den Hass.

Sie wusste, dass sie ihn umbringen könnte. Wollte. Diesen lächerlichen Zwerg, diesen Koch. Wenn Bruno wütend wurde, liefen seine Ohren rot an. Früher hatten schwarze Locken sie verdeckt, nun lagen sie bloß und standen von seinem Kopf ab. Rote Segel. Rote Griffe zum Wegwerfen.

«Ich muss aufhören», schrie sie. Hitzewellen schwappten aus dem Weinglas in den Magen, stiegen von dort zum Herzen. «Meine verdammte Gesundheit ist dir scheißegal, nicht wahr? Aber ich kann nicht mehr, Bruno. Ich will nicht mehr. Meinst du, ich will mein ganzes Leben nur schuften? Schuften und sterben. Nee, Bruno. Nicht mit mir.»

Brunos Ohren hatten eine gefährliche Rötung angenommen. Aber seine Stimme klang sanft, als er sagte: «Du sollst dich doch nicht aufregen – dein Blutdruck. Haben wir nicht alles erreicht, Brigitta? Noch ein paar Jahre, dann können wir uns ein kleines, feines Hotel in Rom kaufen. Meine Schwestern erledigen die grobe Arbeit, und du kannst dein Leben genießen. Ein bisschen Geduld; es wird schon alles gut.»

Nein, nichts würde jemals gut werden mit diesem Mann. Mit seinen lauten, hässlichen Schwestern, deren Oberlippenbärte vor Entrüstung zitterten, wenn man sonntags nicht zur Kirche ging.

Ein letzter Versuch?

«Und wenn wir an jemand anderen verkaufen? Es gibt bestimmt noch andere Interessenten. Bitte, Bruno …»

Ohnmächtige Worte, gegen eine Mauer gesprochen. Eine Küchenwand, zusammengeköchelt aus Egozentrik und Borniertheit. Eine Wand, die zwischen ihr und jenem Leben stand, das sie erträumte. Zwischen ihr und dem Geld, das man für manche Träume brauchte.

Eine Mauer namens Bruno. Mauern kann man einreißen. Mit schwerem Werkzeug. Mit rücksichtsloser Gier …

Er stand auf und trug die Teller in die Küche. Schlurfender Gang und rote Ohren. Es fehlte nur die Kochmütze, um sie richtig zur Geltung zu bringen.

Sie stöhnte leicht. Sodbrennen. Etwas im vierten Gang, in der Sauce des *Osso bucco*. Oder nur der Hass?

An Ernesto verkaufen. Fast zwei Millionen. Und nicht mit Bruno teilen. Und schon gar nicht mit Mike. Kröver Nacktarsch trinken, nachdem er die Flasche mit seinem schrecklichen Wurzelholz-Korkenzieher geöffnet hatte, dann seine feuchte Zunge an ihrem Gesäß, wo er den Namen dieses angeblichen Weins murmelte. Nein.

Auch Mike war entbehrlich, vor allem aber war er nützlich. Er musste ihr noch einen wichtigen Gefallen tun. Den letzten.

Der Hass in ihren Augen. Von Anfang an zu sehen. Die beiden Pillen am Anfang wären nicht tödlich gewesen, die nicht, aber es gab noch mehr davon. Er hatte die angebrochene Packung gefunden, vor ein paar Wochen; musste ein Gast vergessen haben, einer, der an extrem niedrigem Blutdruck litt. Die Farbe der Pillen war kein Problem gewesen; wozu hat man eine Küche mit tausend Tunken und Gewürzen? Und alles andere – Form und Größe – war identisch mit Brigittes Medizin. Vier davon, aufgelöst in ihrem Teil der *Osso-bucco*-Sauce; weitere vier in ihrem Limonensorbet: die Schale, die er schon mit einem Blatt frischer Minze garniert hatte.

Noch ein Blatt, halb durchgerissen, nur zur Sicherheit. Das kam auf seine Schale. Wenn sie doch vernünftig gewesen wäre! Die beiden ersten Pillen wären kein Problem gewesen, das nahm er jedenfalls an. Und bis zum *Osso bucco* hatte sie noch alle Chancen gehabt.

Aber nein, sie wollte aussteigen, verkaufen. Ausgerechnet an den Kretin Ernesto. Sein Lebenswerk. Er konnte sie nicht ausbezahlen, sie waren doch gerade erst schuldenfrei. Sie ließ ihm keine Wahl; so war das. Sie wollte ihn vernichten. Wie war das? Man muss vernichten, was einen vernichtet. Stark sein. Sich wehren. Es war immer schwer gewesen, gegen Brigitte anzutreten …

Keine Spuren. Hoffte er. Er konnte kein Blut sehen, nicht einmal in der Küche, und alles, was blutig endete, würde ihn ans Messer liefern. Aber Aufregung, Stress, Streit – den musste er ja nicht verschweigen – und zu hoher Blutdruck und das schwache Herz. Ein Witz, dass diese Frau ein schwaches Herz hatte. Eher gar keines.

Ob sich das nachweisen ließ? Aber erstens konnte er hoffen, dass der Arzt den Totenschein unterschreiben würde, bei ihrer Vorgeschichte. Herzversagen, der ganz normale Tod. Sehr passend für Brigitte. Und zweitens konnte sie sich ja mit der Medizin vertan haben. In der Aufregung. Nur nicht vergessen, die gefärbten Pillen ins Klo zu werfen und durch ungefärbte zu ersetzen.

Zwei Schalen mit Sorbet. Eine für ihn, die mit dem beschädigten Blatt Minze. Eine für Brigitte. Und das Restaurant für Bruno. A ROMA. Früher oder später würden alle Wege nach Rom führen.

Keine Chance. Er blieb stur – so stur, wie die roten Ohren vom Kopf wegwollten. Kein Verkauf, kein Leben. Auf die eine Weise kein Leben für sie. Auf die andere Weise kein Leben für ihn.

Mike wartete auf sie. In dem Nachtcafé schräg gegenüber, wo das Telefon für alle sichtbar auf der Bar stand. Sie hatte ihm gesagt, es könne Ärger geben, dann würde sie ihn anrufen, ihn zu Hilfe rufen. Ärger zwischen zwei Männern. Krach um eine Frau.

Das Restaurant war voll von diesen scheußlich dekorativen Korkenziehern. Kein Unterschied zwischen diesen und dem von Mike. Dem, den er gestern für seinen ekligen Wein benutzt hatte. Dem mit seinen Fingerabdrücken.

Heiß, warum war ihr so heiß? Vorfreude? Oder Vor-Entsetzen? Ihr Herz klopfte, als ob es herauswollte, schon jetzt wegfliegen aus diesem Gefängnis, das A ROMA hieß. Sie dachte an das Tranchiermesser, mit dem Bruno in der Küche hantiert hatte. An dem seine Fingerabdrücke waren. Das auch für Mikes harte Muskeln zu scharf war. Das sie Bruno in die Hand drücken würde, sobald die beiden Männer friedlich nebeneinander auf dem Boden …

Oder noch ein Versuch? Ein letzter Limonensorbet-Versuch? Bruno noch eine letzte Chance geben … Er war ja kein Unmensch und sie keine Bestie. Er war nur die Mauer, über die sie springen musste. Springen, abheben, in die Wolken fliegen …

Er ächzte lautlos, als sie wieder vom Verkaufen anfing. Hatte sie denn immer noch nicht begriffen, dass das A ROMA sein Leben war? Alles, was er sich je erträumt hatte? Er würde nicht verkaufen – nicht jetzt, an niemanden, für kein Geld der Welt. In zehn Jahren vielleicht. Aber so lange wollte sie ja nicht warten.

Ihr hübsches Gesicht war von roten Flecken entstellt. Wie Kirschen in Mascarpone. Er liebte diese Nachspeise, sie nicht. Unvereinbare Gegensätze, dekorativ angerichtet auf kalter Liebe. Gelierter Liebe. Kein Mitleid. Kein Fieber. Er hatte einiges gelesen, vorsichtshalber; eigentlich müsste sie jetzt bald …

Was zum Teufel wollte sie schon wieder mit ihrer Handtasche? Noch mehr Pillen? Ah, nein, ein Ding, das in ein Tuch gewickelt war. Deshalb hatte ihre Tasche vorhin so voll gewirkt. Ein Taschentuch, modisch gestreift; gehörte wahrscheinlich diesem Schwanz mit wenig dran. Diesem Mike, diesem … Was um Gottes willen machte sie da? War sie verrückt geworden? Das von Hass entstellte Gesicht mit den roten Flecken; dieses grässliche Ding in ihrer Hand … es gab doch keine Flasche mehr zu öffnen, nein, sie hob es hoch und richtete es gegen ihn … *No*, Brigitta … *no* … *no* …

Als sie sich aufrichtete, hielt sie nur noch das Tuch in der Hand. Der Korkenzieher steckte in Brunos Herz. Hasenherz. Ihr Herz hämmerte; es raste wie eine tobende Bestie im Käfig.

Das Tuch in die Handtasche. Mike anrufen. Alle im Nachtcafé würden sehen, wie er telefonierte und dann losrannte. Zum A ROMA, zum Korkenzieher, zu seinen Fingerabdrücken, zum Tranchiermesser.

Das Messer aus der Küche holen. Das Tuch in die Handtasche. Mike anrufen. Das Messer aus der Küche holen …

Sie klammerte sich an die Stuhllehne, tastete nach der Handtasche. Mike anrufen. Das Messer holen. Warum ließ sich die verdammte Tasche nicht öffnen?

Zitternde Finger. So heiß. Der Blutdruck. Der Kreislauf. Ein Schmerz, ein Hund, der überall gleichzeitig zu beißen schien.

In ihren Ohren rauschte etwas. Brandung? Am Strand der Insel ihrer Träume? Mike. Sie musste ihn anrufen. Das Messer. Die Küche war so weit weg wie die Insel. Ihre Beine gehorchten ihr nicht mehr.

Der Korkenzieher in Brunos Herz. Er hatte nicht geschrien, nur gestöhnt, als sie zustach. Nun sah er sie an, mit seinen feuchten braunen Dackelaugen, so starr und tot. Aber der Mund, sein Mund war zu einem scheußlichen Grinsen verzogen. Triumphierend, als ob er gewonnen hätte. Er war doch tot. Warum grinste er? Warum wurde alles schwarz …?

Brigitte fiel auf Bruno. Sein Stuhl kippte, und sie glitten zu Boden, fast sanft, wie vereint im Tod, den die Gourmets der Stadt betrauern würden, bis ein neuer Italiener eröffnete. Das Leben geht weiter. Als erlaubt ist.

Rebecca Gablé

Gottesurteil

Der Himmel hatte die Farbe von altem, ungebleichtem Leinen, und ein scharfer Wind fegte durch die Gassen von Cheapside. Hölzerne Vordächer schützten die Auslagen der Fleisch- und Gemüseläden vor dem dichten Schneeregen, der seit dem frühen Morgen fiel und die Straße in zähen Morast verwandelt hatte. Ein Bierkarren hatte sich hoffnungslos festgefahren. Das Ochsengespann stand geduldig und dümmlich blinzelnd da, während der Bierkutscher fluchend ein Stemmeisen unter das linke Vorderrad rammte. Regen tropfte von seinem formlosen Filzhut. Ein paar Mägde hasteten mit ihren Einkäufen die Straße entlang, die Röcke leicht angehoben und möglichst nah an die Häuser gedrängt. Zwei Metzgerlehrlinge setzten einem entflohenen Schwein nach. In der Nähe hörte man das angstvolle Blöken und Quieken der Schlachttiere in *The Shambles*.

Die Schenke «Zum schönen Absalom» lag zwischen St. Paul und dem Schlachterviertel. Der kleine Schankraum hatte nur ein Fenster, vor welches Pergament gespannt war, das nur einen kleinen Teil des ohnehin trüben Tageslichts einließ. Im Kamin an der Wand gegenüber der Tür brannte ein niedriges Feuer, und es qualmte mächtig in den Raum hinein. Es roch nach abgestandenem Bier und nassem Stroh.

Richard Porter, der Wirt, hatte die Tür abgesperrt. Es war nicht ungewöhnlich, dass die Tagediebe unter seinen Stammgästen schon zu so früher Stunde den Weg ins Wirtshaus fanden, auch jetzt in der Fastenzeit, aber heute Morgen mussten sie anderswo einkehren.

An einem der groben Holztische nahe des Fensters standen vier Männer: ein Dominikaner, ein Büttel des Sheriffs, ein junger Handwerksbursche und ein fein gekleideter Graubart. Letzterer war Sir Graham Fitzwalter, Friedensrichter und Lord Coroner der Stadt, der Schrecken aller Beutelschneider, Falschmünzer und Meuchelmörder. Auf dem Tisch lag ein toter Mann.

Der Lord Coroner wandte sich mit einem höflichen Lächeln an den jungen Wirt. «Es war sehr freundlich von Euch, uns Euren Schankraum für unsere Untersuchung zur Verfügung zu stellen, Master Porter», versicherte er.

Richard gab keine Antwort. Er hätte kaum ablehnen können. Man sagte nicht «nein» zu einem Richter des Königs. Er bemühte sich, jeden Ausdruck aus seinem Gesicht fern zu halten, als er seinen ungebetenen Gästen heißen Ipogras, mit Zimt und Nelken gewürzten Rotwein, servierte.

Der Lord Coroner nickte ihm dankbar zu, nahm einen der Becher und blies über das kochend heiße Gebräu. «Nun, Doktor, wie lautet Euer kundiges Urteil?», verlangte er zu wissen. Er hatte eine tiefe, wohlklingende Stimme, die sich selten erhob.

Der Dominikaner ließ die weiten Ärmel seiner Kutte zurückfallen, legte behutsam die Hände auf das Gesicht des Toten und versuchte, seinen Kopf zur Seite zu drehen. Doch der Kopf bewegte sich keinen Zoll mehr. Rigor Mortis.

«Der Tod wurde ganz unzweifelhaft durch einen Schlag auf den Kopf verursacht, Mylord. Ein Hieb mit einem schweren Gegenstand, würde ich meinen. Wie Ihr sehen könnt, ist der Schädel hier oben an der rechten Seite eingeschlagen.»

Der Coroner beugte sich neben dem hageren Mönch über

die Leiche. Er sah die hässliche Verletzung deutlich. An ihrer tiefsten Stelle war die Haut aufgeplatzt. «Kaum Blut», murmelte er.

«Nein», stimmte der Mönch zu. «Der Tod muss auf der Stelle eingetreten sein.»

«Und was für ein Gegenstand war es Eurer Ansicht nach?»

Mit einem triumphalen Blick auf den jungen Burschen verkündete der Doktor: «Es könnte ohne weiteres ein Schmiedehammer gewesen sein.»

Der junge Mann regte sich unbehaglich und warf einen sehnsüchtigen Blick zur Tür. Er trug eine Lederkappe, wie sie viele Handwerker bei der Arbeit aufhatten, eine lange Lederschürze bedeckte seine Brust und reichte bis zu den Knien.

«Du warst Master Willcox' Geselle, nicht wahr?», fragte der Coroner.

Er schluckte, nickte und machte einen linkischen Diener.

«Hast du deine Zunge verschluckt?»

Er schüttelte inbrünstig den Kopf.

«Wie ist dein Name?»

«Martin Bells.»

«So. Martin Bells. Und warst du zufrieden mit deinem Meister?»

«O ja, Sir.»

«Immer völlig zufrieden? Hattest du nie den Wunsch wegzugehen?»

«Nein, Sir, dazu hatte ich keinen Grund.»

«Du würdest also sagen, er war gütig und gerecht?»

Martin Bells zuckte unbehaglich die Schultern. «Er war besser als die meisten.»

Der Coroner wandte sich an den Büttel. «Was hat die Frau des Apothekers von nebenan doch gleich wieder gesagt?»

Der Büttel trat einen Schritt vor. «Master Willcox war ein trunksüchtiger Hurenbock, der seine Frau und seine Lehrlinge prügelte, dass es zum Gotterbarmen war, und wenn ihn nicht jemand anders erschlagen hätte, hätte ich es früher oder später getan, und der gnädige Herr Jesus hätt' es mir im Himmel gelohnt, da bin ich sicher.» Wort für Wort leierte er die Aussage der Nachbarsfrau herunter. Er konnte nicht lesen und schreiben und war es gewohnt, sich genau einzuprägen, was die Zeugen sagten.

Der Coroner zog eine Augenbraue in die Höhe und sah den Gesellen des ermordeten Schmiedes an. «Aber du hattest keine Klagen gegen ihn vorzubringen, nein?»

Der junge Martin Bells war kein Dummkopf, und er spürte förmlich, wie sich das Netz um ihn zusammenzog. «Ich hab nur gesagt, er war besser als die meisten. Was sollte ich denn sonst sagen? Man redet nicht schlecht von seinem Meister, Sir, und wenn er tot ist, schon mal gar nicht.»

Der Coroner nickte nachdenklich. «Da hast du natürlich völlig Recht.» Er lächelte freundlich und wandte sich an die junge Witwe, die reglos am Fenster stand.

«Mistress Willcox, verzeiht, dass ich Euch trotz Eures zweifellos bitteren Kummers ein paar Fragen nicht ersparen kann.»

«Ich will Euch helfen, so gut ich kann, Mylord», erwiderte sie leise. «Aber ich habe Euch schon gesagt, was geschehen ist.» Niemand im Raum blieb vom Anblick dieser würdevollen jungen Frau unberührt. Nicht einmal der Dominikaner, ein namhafter Gelehrter, der unlängst mit seiner Schrift *Contra Malignitatem Mulieris* – Wider die Tücke des Weibes – in Fachkreisen großen Beifall und einiges Aufsehen erregt hatte. Richard, der Wirt, der unbeachtet am Feuer stand, konnte seinen Blick kaum von ihr abwenden. Er hatte sie oft auf der Straße gesehen. Und natürlich wusste er, was für ein widerwärtiger Schweinehund ihr Mann gewesen war, schließlich waren sie Nachbarn. Er hatte sie trotzdem nie wirklich bedauert; sie schien ihm erhaben über sein Mitgefühl.

«Sagt uns, Mistress, wer Eurer Meinung nach Master Willcox erschlagen hat», forderte der Coroner sie freundlich auf.

«Niemand.»

Er seufzte. «Ihr bleibt also bei der Mär vom Holzbalken?»

«Es ist die Wahrheit, Mylord.»

«Dann wiederholt Eure Wahrheit noch einmal, seid so gut.»

«Wie Ihr wisst, liegt unsere Schmiede im Haus des Tuchhändlers Berkley, Mylord.»

Der Coroner nickte.

«Master Willcox hatte die Werkstatt und unsere Wohnung darüber von Berkley gepachtet. Über unserer Wohnung liegt das Tuchlager. Über dem Fenster an der Straßenseite des Lagers war ein Balken mit einem Seilzug angebracht, um Tuchballen ins Lager hinauftransportieren zu können.»

«Wir alle wissen, wozu Kaufleute Seilzüge an ihren Häusern haben», brummte der Mönch ungeduldig.

Sie fuhr fort, als wäre sie nicht unterbrochen worden. «Als Master Willcox letzte Nacht heimkam und unten am Tor stand, löste sich der Balken aus seiner Verankerung, fiel herunter und traf ihn am Kopf.»

Der Coroner nickte bedächtig. «Eine wirklich höchst unglückselige Fügung, Mistress», murmelte er. Seine Zweifel waren unüberhörbar.

Sie hob leicht die Schultern. «Die Wege des Herrn sind rätselhaft, Mylord Coroner.»

Er verzog spöttisch einen Mundwinkel nach oben. «Amen.»

«Mylord, der Kaufmann Berkley hat gesagt, dass sein Seilzug alt und morsch war und in einer der letzten Nächte herabgefallen sein muss», gab der Büttel zu bedenken. «Und der Balken lag vor dem Haus auf der Straße.»

«Ja, aber niemand kann uns sagen, ob er gestern noch dort oben hing oder nicht.»

«Vielleicht ist der Geselle ins Wolllager hinaufgeschlichen, hat den Balken gelöst und dem Schmied auf den Kopf fallen lassen, als er heimkam», schlug der Mönch vor.

Martin Bells schrumpfte noch ein bisschen weiter in sich zusammen und warf der Frau seines verstorbenen Meisters einen flehentlichen Blick zu. Sieh ihn nicht an, dachte der Wirt flehentlich, Gott, mach, dass sie ihn nicht ansieht. Wenn sie es tut, wird der Coroner die Wahrheit wissen. Doch die Witwe schaute weiter unbewegt auf die Leiche ihres Mannes hinab, ihr Gesicht beinah so weiß wie das Leinen ihrer Haube.

Der Büttel schüttelte den Kopf. «Nur der Tuchhändler hat den Schlüssel zum Lager. Niemand außer ihm konnte hinein.»

Der Coroner nickte versonnen, strich sich mit Daumen und Zeigefinger über den Silberbart und betrachtete die junge Witwe aus dem Augenwinkel. Dann fasste er einen Entschluss und gab dem Büttel ein Zeichen.

«So lasst uns den wundersamen Balken einmal genauer ansehen. Er liegt draußen auf dem Karren. Bring ihn herein. Wenn wir Blut oder Haar daran finden, brauchen wir nicht länger zu rätseln, was Master Willcox widerfahren ist. Herr Wirt, seid so gut und geht dem Büttel zur Hand.»

So unwillig war Richard, dass seine Füße sich nicht von der Stelle rühren wollten. Selbst wenn die Witwe Willcox die Wahrheit sagte – was er nicht glaubte –, der Balken würde ihre Aussage nicht bestätigen. Seit dem frühen Morgen goss es wie aus Kübeln. Jedes Haar, jedes Tröpfchen Blut, das jemals daran gehaftet haben mochte, wäre längst abgewaschen. Zumal der Coroner selbst festgestellt hatte, dass die Wunde des Toten nicht stark geblutet hatte. Gott, dachte er, während er dem Büttel nach draußen folgte, wir brauchen ein Wunder.

Der fragliche Balken war so lang, wie ein Mann groß war, aus verwittertem Eichenholz, von Sonne und Regen ausgebleicht. Zusammen mit dem Büttel hievte Richard ihn von dem offenen Karren herunter, auf dem man den toten

Schmied hergebracht hatte, und gemeinsam trugen sie ihn zur Schenke.

Der Büttel ächzte unter der Last und nickte Richard knapp zu. «Geh du rückwärts, du kennst die Stiegen.»

Richard machte einen Schritt nach hinten, packte fest zu, und Gott rammte ihm einen Splitter des verwitterten Holzes tief in den Handballen. Richard blinzelte seine Schmerzenstränen weg und sagte ein Dankgebet.

In der Gaststube legten sie den Balken auf den Tisch neben der Leiche. Richard und der Büttel traten zurück, während der Lord Coroner und der Dominikaner sich darüber beugten und den Balken genau in Augenschein nahmen.

Richard stand wieder am Feuer, wischte seine Hand unauffällig an seinen dunklen Hosen ab und gönnte sich einen verliebten Blick auf die schöne, junge Witwe.

«Da», rief der Lord Coroner verblüfft. «Bei Gott, die Frau sagt die Wahrheit. Seht nur, Bruder, da ist Blut.»

Der Mönch nickte enttäuscht. «Zweifellos, zweifellos.»

Der Coroner richtete sich auf und lächelte, und Richard hätte sein letztes Fass darauf verwettet, dass der Richter erleichtert war.

«Im Namen des Königs ergeht folgendes Urteil», hob der Lord Coroner an. «Master Willcox' Tod wurde verursacht durch einen herabstürzenden Holzbalken. Der schuldige Holzbalken wird morgen auf der Richtstätte von Cheapside öffentlich verbrannt. So verkündet am St.-Cuthbert-Tag, dem 20. März im Jahre des Herrn 1396.»

Fred Breinersdorfer

Drei elegante Herren

Feierabend. Und dann kommen diese drei eleganten Herren. Einer wie der andere solide angezogen, so wie man's hier sonst nicht sieht.

Ich sitze also da, mache die Abrechnung, habe den Rock hochgeschlagen, bin schwitzig, müde und ausgepumpt, die Füße geschwollen, und dann klappt leise die Hintertür auf, und sie treten ein. Der Wirt ist beim Scheißen, und seinen Hund hat er mit einem Knöchelbruch in der Tierklinik. Ich also alleine mit diesen drei eleganten Herren, die durch die Hintertür eingetreten sind und sich lächelnd umsehen. Das war eine feine Sorte von Lächeln, das, was sie auf ihren Gesichtern gehabt haben. Man ist oft empfindlich, wenn bessere Leute über einen lächeln. Aber meistens wird dann noch etwas dazu gesagt, was einen in Wut bringt. Dieses einheitliche Lächeln auf den Gesichtern der drei Männer war fast freundlich, möcht sagen irgendwie einladend. Nicht der Ausdruck einer Überheblichkeit über die Bedienerin, die sie sitzen sehen mit ihren Abrechnungszetteln und der Brille auf der Nase, der Brille, die man tragen kann, wenn's Feierabend ist, weil's da keiner mehr sieht außer dem Wirt. Aber der zählt nicht.

Ich glotz die drei Herren an und sag, dass es Feierabend ist. Sperrstunde. Fünf Uhr am Morgen. Unsereiner hat auch sein Recht auf ein paar Stunden Ruhe. Am Abend geht's weiter. Immer dieselbe Mühle. Und sie sehen sich an und lachen, fröhlich, aufgeräumt. Einer fragt, ob's denn für nette Nachtschwärmer nichts zu trinken gibt. Der Körper verlangt sein Recht, müssen Sie wissen.

Ich schüttle den Kopf, denke, dass das nicht mein Bier ist, weil sich der Wirt drum kümmern muss, wenn er vom Scheißen kommt. Meine Kolonnen gehe ich noch mal durch mit dem Kuli und denk, dass mich die drei am Arsch lecken können. Einer hat in die Jukebox was eingeschmissen. Gleich ein großes Geldstück. Es kommt so ein Blues raus. Musik, die vorne aus den lila Lautsprechern heraustrieft. Einer von den drei eleganten Herren steht vor der Jukebox und wiegt sich in den Hüften. Die Musik dröhnt mächtig, und es ist doch Sperrstunde, Feierabend. Mein Gott, weiß ich denn, wo ich diese drei Männer hintun soll? Wenn ich sie anscheiß, mach ich noch einen Fehler, weil sie Specials vom Wirt sind. Gerade als einer 'ne Flasche Gin aus dem Regal hinten vom Tresen fingert, will ich mein Maul aufmachen. Aber da kommt der Wirt vom Scheißen, reibt sich die Hände wie nach einem guten Umsatz. Er glotzt auf die drei eleganten Herren. Ich kann sein Gesicht sehen, und ich erkenne, wie es in ihm schafft. Für mich ist es heute Nacht over, denke ich, out, baby, fuck yourself. Mein Überschuss heut macht hundertneunundzwanzigdreißig. Diese Gedanken kommen mir in den Kopf, weil ich die Knopfaugen im Gesicht des Wirtes blinken sehe.

Signal lautet Money.

Er hat sich eine Meinung gebildet. Die drei eleganten Herren stehen da und grinsen verbindlich. Natürlich darf der eine Typ die Ginflasche behalten und daraus den anderen einschenken. Sie schnappen sich flink die Gläser vom Abspültisch hinter dem Tresen, drehen sich um, zack, zack ist die helle Brühe eingeschenkt. Eine Bewegung aus der Hüfte, und die vier heben die Gläser, sehen sich an, und dann weg mit dem Zeug.

Mein Wirt schenkt nach. Ob denn die schöne Frau auch noch einen Schluck mittrinkt, fragt endlich einer von den drei eleganten Herren. Und als ich nein sage und aufstehe, da meint der Wirt, dass der Service nicht inbegriffen ist und dass ich mir noch was verdienen kann, bei den Überstunden hier, sozusagen aus dem Handgelenk. Ich denke an die hundertneunundzwanzigdreißig und nehme die Ginflasche in die Hand. Ich schenk aus. Gluck, blubber, gluck. Und ich erwarte, dass einer von den drei eleganten Herren kommt, sich mit einem schiefen Blick neben mich stellt und mir die Pfoten um die Hüfte oder die Schulter legt. Spätestens nach ein paar Minuten fragt man, was ich heute Abend noch so mache, das gehört sich so. Ich warte. Eine Flasche Gin macht bei uns netto zweihundertzwanzig. Das ist kein Nepp. In Nepps legste mehr hin, viel mehr. Dazu kommen noch dreißig für die Bedienung. Dafür lässte schon mal so einen Typ die Pfoten ausruhen auf den Hüften oder den Schultern. Aber von denen kommt keiner mit den Pfoten.

Währenddessen quatschen sie über dieses und jenes. Bis endlich einer der eleganten Herren auspackt und dem Wirt zeigt, was er zu verkaufen hat. Sie haben das in den Anzugtaschen. Und sie ziehen die Sachen heraus und legen sie auf den Tresen. Erst Papiere mit Stempel und Unterschrift, dann lauter grüne Steine. Smaragde. An einer grünen glitzernden Kette liegen sie auf dem dunklen Holz unseres abgescheuerten Tresens. Klicker, klacker und Stück für Stück. Mir laufen die Augen über. Und unserem Wirt erst! Seine Knopfaugen in dem weißen Gesicht glänzen, und seine Nasenflügel gehen flink auf und ab, zittrig wie bei einem Frettchen, das eine Witterung aufgenommen hat. Das wären Smaragde, sagt der eine von den eleganten Herren und trinkt einen Schluck vom Gin. Ich schenke nach. Der Wirt schnalzt mit der Zunge und schneuzt sich. Ich weiß, dass er über'n Tresen noch zwölf Porsche-Sonnenbrillen und Rolex aus Hongkong verkauft und gar nicht so schlecht an den Deals verdient. Pro Brille einen Zehner und pro Rolex, mixed Stahl und Gold, sogar über einen Fünfziger.

Inzwischen trinke ich mit. Habe schon vier Gläser drunten, und eine neue Flasche ist angebrochen. Ich weiß nicht, wie solche Kerle so viel vertragen können. Und keiner quatscht was von Liebe oder vom Bett oder so'm Scheiß. Sie respektieren mich als Frau sozusagen, und sie saufen, saufen, saufen. Und ich schenke ein. Als die zweite Flasche runterläuft, sehe ich nur noch Zahlen vor dem Auge, vierzig Mark. Man kann sagen, dass es sich gelohnt hat. Dass die Männer über die Smaragde quatschen, die immer noch vor ihnen auf unserem Tresen funkeln, versteh ich nicht.

Endlich macht einer der drei eleganten Herren eine große Bewegung mit den Händen und kehrt alles zusammen in einen kleinen Ledersack. Der Ledersack und die Papiere wandern in die Krallen des Wirts, und es wird bezahlt, was man getrunken hat. Ich krieg noch ein Trinkgeld, und ich bin froh, dass keiner von den drei eleganten Herren mit mir pennen will. Ich weiß ehrlich nicht, was ich dann gemacht hätte.

Der Wirt sagt gerade zu einer, dass das Leben schön ist. Der alte Zigeuner muss es ja wissen. Aber es ist sein Getue und Gequatsche, was die Leute in unseren Bunker hier zieht. Sonst wüsste ich nicht, warum, das Bier und die lauwarmen Schnäpse? Klaro, das nicht. Die Mädels kommen zwischen zwei Nummern rein, um sich aufzuwärmen, dann isses gut, wenn einer mal was sagt, auch wenn's nicht stimmt oder wenn er merkt, wann er's Maul halten muss. Na ja, und die anderen? Die paar verklemmten Freier, die sich Mut ansaufen, und die Beschützer der Damen, die kommen wegen der Mädels. So isses bei uns. Und ich bring den Schnaps und das Bier mit der blassen Blume obendrauf und die Buletten mit Ketchup oder Feuersenf, wahlweise. Warme Küche gibt's bei uns nicht. Die Buletten hol ich am Abend vom Metzger.

Ich sag grad, dass ich fünf Klare und fünf Bier brauch. Der Wirt zapft und schüttet schon ganz automatisch. Ich lehne am Tresen, zieh an meiner Kippe, die in einem Ascher kohlt. Ich hör, wie der Wirt zu der sagt, dass eine Geldanlage sicher sein muss und dass doch die Mädels hier die einzigartige Chance haben, dass sie sich was zurücklegen können, solange der Umsatz es trägt und die Haut noch straff ist. Das ist genau der Punkt bei jeder von denen. Wie das Geld reinkommt, so fliegt's wieder raus. Futsch. Und jede schwört sich, wenn se morgens wieder mit'm Schädel wie ein Bernhardiner aufwacht, dass mal was zurückgelegt werden muss. Deswegen sind die Geschäfte besonders gut, wenn eine gerade gekommen ist und noch aus den Augen sieht oder wenn eine das heulende Elend hat, so zwischen zwo und vier. Dann wandern die grünen Klunker auf den Tresen und ein Papier mit Stempel und Unterschrift hinterher. Ich kenn das in den letzten Tagen schon.

Die hier liest laut vor. Echtheitszertifikat und dass ein Institut bescheinigt, was der kleine grüne Stein für Karat hat und was so einer wert ist und dass da ein Professor unterschrieben hat. Ich denk mir, dass bei den Mädels, wo nix schriftlich läuft, gerade das Schriftliche ganz hoch angesehen ist. Dann der zweite Akt. Der Wirt schlägt eine Wirtschaftsillustrierte mit glänzendem Papier auf, jetzt ist es allerdings schon abgegriffen. Und die Kleine liest vor, dass bei den Smaragden eine sagenhafte Wertsteigerung erwartet wird. Wieder hört man die Namen von Professoren. Und die müssen's wissen, denk ich mir auch. Der Wirt hat endlich das Bier rübergebracht und auch den Schnaps. Ich schwirr ab, behalt das Ganze aber im Auge, seh deshalb, wie die Kleine aus den Jeans ein paar eng zusammengelegte Scheine puhlt, die auf den Tresen wandern und von dort in die Tasche des Wirts.

Das läuft wie geschmiert. Der macht sicher Tausende am Tag. Unklar ist, warum er den Zockern nichts anbietet vom grünen Stoff. Die Jungs sind doch immer scharf auf feste Werte. Und für 'nen schnellen Deal hat jeder mal 'ne Mark. Ob's Ware ist, die nicht so koscher ist, das stinkt keinen an. Hauptsache, der Preis ist okay. Also warum denn so 'n Getue? Ich versteh's nicht, halt mich aber dran, wenn er sagt, nichts für die Luden. Ein paar Tage später sind sie ihm trotzdem gekommen. Zwei. Eigentlich keine, die ich immer bei uns seh. Nur so gelegentlich sind die da gewesen. Aber der Wirt hat einem Mädel von denen drei Steine angedreht. Und jetzt wollen die auch ins Geschäft kommen. Mir liegt schon gar nicht der leise Ton, den die zwei anschlagen. Das hört sich nur so an, als wär's ein freundliches Gespräch. Aber die Zeiten bei uns sind nicht so nach freundlichem Gespräch. Das weiß jeder. Dem Wirt sein Gesicht grinst breit, und er kriegt solche Speichelfäden ans Maul, weil es ihm trocken wird vor Muffe, das Maul. Der eine von den zwei ist so eine tätowierte Sau, der einen silbernen Schlagring hat und immer *Tarzan* und *Akim* liest und meint, dass er Tarzan oder Akim ist. Der hat übrigens auch den letzten Dreck an Weibern laufen, den allerletzten. Ich bedien die nicht gern. Alle nicht. Aber jetzt hängen die so rum und wollen auch Steine mit Papieren kaufen, als Geldanlage.

Ich beobachte den Wirt und muss mich wieder wundern, warum der so 'n Gescheiß macht. Ich tät sie denen verkloppen, wenn's sein muss, alle grünen Klunker mit allen Professorenunterschriften, wenn nur der Preis stimmt. Und es glaubt doch keiner, dass so zwei halbe Handtücher kommen können und einen Putz machen mit dem Wirt, der auch noch andere kennt, die vielleicht zu ihm halten. So 'n richtigen Zoff kann sich doch keiner von den zwei leisten. Doch mein Wirt steht mit einer Fresse aus Angst hinter dem Tresen und behauptet, dass ihm die Steine ausgegangen sind und dass er wieder welche besorgt. Morgen oder übermorgen.

Morgen oder übermorgen, wiederholt der Tätowierte und lacht. Es läuft einem kalt runter, wie der so lacht. Erst dann kommt's mir, dass keiner von den anderen Jungs im Lokal ist. Der Wirt stellt zwei Schnapsgläser vor die Kerle. So 'ne Art Friedensangebot. Aber die lachen nur, und der eine langt über den Tresen und holt sich den Wirt am Ohr wie einen Rotzbengel und zieht ihn rüber. Dem Wirt sein Ohr ist feuerrot, und er grinst trotzdem noch. Die Schnapsgläser bleiben leer. Der eine lässt den Wirt los und sagt mit einer Betonung: Morgen! Da weiß jeder, wo er dran ist. Dem Wirt sein Ohrläppchen ist eingerissen, es läuft ein Tropfen Blut auf den Kragen und wird aufgesaugt wie von einem Löschblatt.

Wieder Feierabend, wieder kommen diese drei eleganten Herren. Jeder anders angezogen als letzte Woche, aber alle sind wie aus dem Ei gepellt. Ich bin schon fertig mit den Kolonnen. Und ich schieb natürlich gleich die Brille in die Tasche, wie ich die Hintertür leise aufklappen höre. Sie verneigen sich leicht und einheitlich, lächeln mir zu. Man kennt mich. Klaro. Wo der Wirt ist, fragen sie. Der hat aber nur hinter dem Tresen gekniet und Tonic in den Kühlschrank geschichtet für morgen. Er kommt mit rotem Gesicht hoch, und man sieht ihm an, dass er sich freut, ehrlich freut. Ja, so 'ne Überraschung! Er schnappt sich die Ginflasche, kommt rum um den Tresen, und die drei eleganten Herren lächeln. Gluckerdigluck. Sie trinken alle vier, sind ein Herz und eine Seele. Nach mir fragt keiner. Ich brauch auch nicht mehr zu servieren. Keiner will sich bei mir anlehnen. Sie quatschen über das Geschäft und die Steine. Die Herren haben eine Ausgabe von einer feinen Zeitung dabei, die vorne keine Bilder drauf hat. Sie lesen aus Kolonnen von Zahlen vor, und man hört, dass der Smaragd schon wieder gestiegen ist. Zahlemann und Söhne, sagt der eine von den Herren schließlich. Der Wirt holt eine schmale Ledertasche aus seinem

Büro und zählt dreißig von den großen braunen Scheinen mit der Ritterburg drauf dem einen in die Hand. Man sieht ihnen an, dass sie zufrieden sind. Alle vier. Mich sehen sie nicht, und ich tu, als wär ich noch bei der Abrechnung. Bloß meine Brille habe ich nicht aufgesetzt, weil's nicht nötig ist.

Endlich kommt die Rede auf eine neue Lieferung. Auch mir ist das «Morgen» von vorhin noch gut im Ohr. Da sagt einer der Herren, der bis jetzt fast immer geschwiegen hat, das Wort Vorauskasse. Man schweigt, die drei Herren lächeln vornehm und still. Der Wirt schildert seine Situation, einkommensmäßig mein ich, dass er seinen Schnitt macht, sagt er, ja, okay, aber dass es so ist, dass er gleich noch mal dreißig Riesen laden kann, so auch wieder nicht. Ob's nicht noch mal geht wie neulich, man sieht doch, dass man in ihn Vertrauen setzen kann. Hat er nicht pünktlich alles abgerechnet und gezahlt? Ja, ja, antwortet der Schweigsame, aber die wirtschaftliche Situation sei halt so, und wo der Smaragd jetzt wieder an den Rohstoffbörsen steigt, da hätte man sich selbst engagiert, nein, leider nichts ohne Vorauskasse. So geht's hin und her, bis dann der Wirt eine andere Ledertasche holt, die ich bei ihm noch nie gesehen habe, und fünfundzwanzig aufs Holz zählt. Fünfundzwanzig Vorauskasse, damit waren sie einig. Die restlichen fünf auf Kredit. Und ich seh den Wirt schon, wie er morgen mit seinem zugeklebten Ohrläppchen strahlt, wenn er den Jungs die Klunker verkaufen kann. Und sie geben ihm die grünen Steinchen und die Papiere. Alles kommt zwischen die Schnapsgläser auf den Tresen. Der Wirt macht einen Spaß und fragt, ob das alles denn überhaupt echt ist. Wer ihn kennt, der kann so einen Unterton hören. Die drei eleganten Herren sind amüsiert. Dann klopfen sie dem Wirt auf die Schulter. Na, so was, mein Guter. Er macht Geld und stellt Fragen. So was. Haben denn nicht die Institute und Professoren alles genau geprüft und unterschrieben?

Natürlich.

Also, alles paletti.

Endlich darf ich mit dazu. Großzügigerweise. Und so was stinkt einem dann ganz außerordentlich. Trotzdem komm ich, weil ich sehen will, wie einer fünfunddreißig von diesen braunen Scheinen wegsteckt wie ich einen Groschen als Trinkgeld. Schwupp schlupfen die Scheinchen in eine Krokobörse. Die Börse verschwindet in der Brusttasche eines sehr guten Anzuges. Dann saufen sie noch ein bisschen, labern über Geldanlagen und die Sicherheit von Sachwerten und den Sozialismus, der alles versaut. Einer von denen langt mir so nebenher an die Brust. Da wird nichts mehr draus. Dann empfehlen sich die Herren, verneigen sich wieder so schön gleichförmig. Ich stell mir immer vor, dass Japaner so sind. Endlich sind sie draußen. Ich hab schon dran gedacht, ob einer von denen das nächste Mal vielleicht mit mir pennen will, und was man da verlangen könnte. Mein Wirt hat wieder ein Ledersäckchen mit den Klunkern und seine Echtheitszertifikate. Seine Hände sind dieses Mal nicht so krallig, wie er alles abräumt. Mir kann's egal sein.

Dann, wie wir zusammen rausgehen in den Novembernebel und den Nieselregen, der einem den Husten in die Bronchien setzt, gerade wie der Wirt den Schlüssel in die Tür steckt, um abzuschließen, da kommen die Bullen aus den Löchern. Es sind plötzlich unheimlich viele Bullen da. Einer fuchtelt mit einem Papier herum. Das Papier hat auch Stempel und Unterschrift. Dann filzen sie uns beide. Ich muss zu einer Polizistin, die aussieht wie eine Marathonläuferin und einen Bart hat. Später kommen wir in Begleitung der Polizei wieder zurück zu unserem Lokal. Da haben sie schon gefunden, was sie suchen: Der mit dem Durchsuchungsbefehl zeigt auf die Klunker und die Zertifikate und fragt, wem das denn gehören würde? Warum? Weil die Steine falsch sind, kaum was wert, Smaragde zwar, aber ganz einfache Qualität. Ein Nasenwasser wert.

Man kann die Raserei von meinem Wirt verstehen, die er jetzt um sechs am Morgen veranstaltet, wie er rumbrüllt und tobt. Sie sagen ihm, dass da noch Hehlerei dazukommt, weil die Klunker zu allem geklaut waren. Alles in allem, meint der mit dem Durchsuchungsbefehl, gibt's bei den Vorstrafen von meinem Wirt zwei oder zweieinhalb Jahre, und da ist noch Bewährung auf Strafen, die ausstehen, die noch keine fünf Jahre alt sind. Ich mein zwar, das ist nicht die Welt für einen wie meinen Wirt, der muss doch einen breiten Buckel haben und mal die fünfundfünfzig Mille wegstecken können und die Jährchen auf dem Arsch runterreißen, mit Verlusten muss gerechnet werden. Aber der ist aus dem Häuschen. Er brüllt und schreit.

Und wie der von den drei eleganten Herren anfängt, die nach Feierabend durch die Hintertür gekommen sind und mit ihm Gin getrunken haben, da müssen die Bullen alle lachen, weil seine Beschreibung so komisch klingt und weil er keinen Namen kennt. Da wär nichts Realistisches dran, sagt der eine Polyp und wischt sich die Augen aus vor Lachen, und er meint, dass er als erfahrener Mann sich was anderes einfallen lassen soll. Dann kommt unser Wirt auf den Dreh, dass er die zwei Luden vom Abend beschimpft, dass sie ihn bei den Bullen reingehängt haben, die Säue, bloß weil sie nicht ins Geschäft gekommen sind, brüllt er außer sich. Auch darüber lachen sich die Bullen dumm und dusselig.

Sie führen ihn ab. Sie sagen zu ihm, denk dir 'ne bessere Geschichte aus.

Als sie mich fragen, habe ich mir vorher schon überlegt, dass es ja wirklich einen geben muss, der meinen Chef reingehängt hat. Ob's eine von den Weibern war oder einer von den Jungs? Ich weiß es nicht. Oder die drei eleganten Herren? Nie, die jedenfalls haben das Bare mitgenommen, fünfundfünfzig. Alle

Achtung. Dafür muss 'ne alte Frau lange stricken. Und dann denke ich: Wenn einer von der Schmiere von Anfang an die Pfoten in der Sache hat?

Vorsichtig ist die Mutter der Porzellankiste, sagt meine Mutter. Als sie mich fragen, was ich wahrgenommen habe, dann antworte ich, dass es mir Leid tut, enorm Leid, wenn Sie wissen, was ich meine, aber dass ich auf der Toilette war und dass ich nichts gesehen habe.

Wie ich mit meiner Aussage vor dem Gericht fertig war, hab ich hinüber zu meinem früheren Wirt geschaut und gesehen, dass er schon aufgegeben hat. Ich denk mir, Junge, das ist nicht die Todesstrafe, wenn einer ein paar Jahre weg muss. Aber ich weiß, dass so was schlimm ist für einen, der, wie man so sagt, in den besten Jahren ist.

Ich nick ihm zu. Aber er grüßt nicht zurück. Warum auch. Ich geh raus, weil das Gericht mich als Zeugin entlassen hat. Ich hab ein Zeugengeld zu beanspruchen, das ich mir hol. Wie ich dann raustrete auf die Straße, da seh ich hinten vor dem Ausgang, wo sie die Gefangenen in den Handschellen rausführen, vier Kerle stehen. Und die vier interessieren mich. Ich komm näher und starr sie an, da ist der Bulle mit dem Durchsuchungsbefehl, und da sind alle drei Herren, die uns zweimal besucht haben. Nur, dass sie nicht so elegant wirken, weil sie Freizeitklamotten anhaben und nicht diese schönen Anzüge und diese italienischen Schuhe mit der schmalen Linie. Sie stehen da, haben die Hände in den Taschen, stehen da, rauchen und lachen. Ich nix wie hin und gefragt, warum sie nicht da oben sind, auszusagen wie jeder andere anständige Mensch auch? Und wo überhaupt die fünfundfünfzigtausend Märker geblieben sind, die sie eingeschoben haben?

Da sind sie plötzlich erschrocken und starren mich an. Nur der eine, der an mir rumgefingert hat, glotzt weg. Er fängt auch als Erster mit dem Lachen an. Der Schweigsame sagt, dass ich mich irre, und nennt mich *gute Frau*. Ich krieg den Rappel, weil ich seine Stimme ganz genau erkannt habe, muss ich schreien, dass sie Schweinekerle sind und dass es eine Granatensauerei ist, was da abläuft. Die Passanten bleiben stehen. Ich spucke die Kerle an, aber ich bin so schlau, dass ich fortrenn, bevor sie sich entschließen können, mich zu packen.

Ich um die Ecke und wieder hinauf in den Gerichtssaal, damit ich endlich meine Aussage mach und sag, wie's war und warum ich vorher nichts gesagt habe. Nicht, weil ich das nicht vertragen kann, wie sie mit so einem umgehen, und dass es viel schneller jedem so passieren kann, viel schneller, als man denkt.

Wie ich reinkomm und mich melden will, da plädiert der Staatsanwalt, und den kann man nicht unterbrechen. Ich hör zu. Und wie ich die Richter oben anseh, schwarz wie Krähen und mit ihren kalten Augen, da fällt mir ein, wie der Vorsitzer gesagt hat, dass man bestraft wird wegen einer Falschaussage, auch wenn man was weglässt.

Da denk ich, mein Gott, jetzt bin ich aus der Sache bisher ungeschoren rausgekommen, und ich hab einen guten Job in 'ner Kneipe, der mir heut fast zweihundert die Nacht bringt. Ich hab mein Auskommen und kann auch nach Gran Canaria oder nach Ibiza, wenn ich will. Und ich muss nicht Nacht für Nacht die Beine dafür breit machen wie die Mädels bei uns. Wenn ich jetzt sag, wie's war, glaubt's dann einer? Im Grund kann man doch froh sein, dass unsere Polizei heute so moderne Methoden hat, denk ich, und dass es doch immer den Richtigen trifft. Bin ich denn angeklagt worden? Ich hätt, mal so gesagt, genauso verdächtig sein können. Mich hat keiner angeklagt. So isses doch. Es trifft immer den Richtigen, sag ich mir.

Und der Staatsanwalt fordert zweieinhalb Jahre Freiheitsstrafe, ohne Bewährung, als ich geh.

Peter Gerdes

Wir spielen das Spiel der Liebe

«Wir spielen das Spiel der Liebe!» Der Mann mit dem Mikrophon stolzierte auf seiner verchromten Empore auf und ab wie ein Traumschiff-Kapitän auf seiner Brücke. Dabei sah er mit seiner verbeulten, erdbraunen Bundfaltenhose, dem auberginefarbenen Grobstrickpullover mit dem ausfransenden Loch am rechten Ellbogen und dem klein karierten Pepitahütchen nicht im Entferntesten aus wie ein Kapitän, und sein Wandelgang war auch keine Kommandobrücke, sondern Bestandteil einer fahrbaren Losbude. Das Timbre seiner trainierten Baritonstimme hätte aber durchaus zu einer Galauniform samt weißer Schirmmütze gepasst. Etwas von dieser Stimme, der man ohne weiteres ein Patent für Große Fahrt zutraute, schlug offenbar zurück auf die Haltung dieses Losbuden-Lockvogels, dem man nach seinem Äußeren nicht einmal den Besitz eines gültigen Führerscheins abgekauft hätte. Dieser Mann und seine Erscheinung waren eine Sache, seine Stimme und sein Auftreten eine ganz andere. Backe starrte und lauschte fasziniert.

«Wir spielen das Spiel der Liebe!» Dieser Satz, immer wieder melodiös und bei aller Routine geradezu emphatisch deklamiert, die Betonungen zuverlässig zweimal auf «Spie» und einmal auf «Lie», bezog sich wohl auf die Herzchen auf den Losen. Herzchen in fünf verschiedenen Farben, jede Farbe mit einem anderen Punkte-Wert, außerdem natürlich Nieten. Die

Punkte konnten addiert werden, für einen Hauptgewinn aber brauchte man Herzchen aller Farben, und da steckte natürlich der Haken, Liebe hin oder her.

Grün war der Sperrwert. Backe hatte das leicht herausgefunden durch den Kauf einer Hand voll Lose. Alle Farben waren dabei, Nieten sowieso, aber kein Grün. Backe hatte immer nur ein bisschen Glück, nie das große, das wusste er genau nach inzwischen zweiundvierzig Lebensjahren, darauf konnte er sich verlassen. Für seine Los-Herzchen im Gegenwert von zehn Mark bekam er an der Ausgabe für mindere Gewinne eine Plastikrose und eine kleine Pfeife mit Sirenenton, ebenfalls aus Plastik. Nun ja, wenn schon. Das hier war schließlich der Gallimarkt und nicht die Spielwarenabteilung von Multi.

«Wir spielen das Spiel der Liebe!» Der abgerissene Jahrmarktsausrufer beugte sich ein wenig zur Seite und läutete eine Glocke, und die wohltönende Stimme des Kapitäns verkündete: «Schon wieder ein Hauptgewinn! Die freie Auswahl, meine Dame, Sie haben die freie Auswahl! Hauptgewinne, immer wieder Hauptgewinne! Mitmachen, dabei sein! Wir spielen das Spiel der Liebe.» Seinem Gesicht war keine Freude darüber anzumerken, dass er eine dieser unförmigen Pokémon-Pikachu-Plüschfiguren aus der stufenförmigen Stellage fingern und der Gewinnerin überreichen musste. Genau genommen aber war seinem teilnahmslosen Gesicht überhaupt nichts anzumerken.

Die rothaarige junge Frau nahm ihren Gewinn mit weit ausgestreckten Armen und unbekümmertem Strahlen entgegen. Backe erkannte sie sofort. Sina Gersema, bis vor wenigen Monaten noch die Freundin eines seiner besten Freunde. Nette Frau, echter Kumpel. Jetzt war sie mit diesem Stahnke zusammen. Nun ja, und wenn schon. Es war ihr Leben, und Backe war nicht der Typ, irgendjemandem Vorschriften zu machen. Solange man ihn ebenfalls gewähren ließ.

Sina knuddelte ihr neues Kuscheltier mit kindlicher Begeisterung. Stahnke, der sich soeben durch das dichte Jahrmarktsgewühl zu ihr hinschob wie ein Panzerkreuzer durch eine Flottille von Yachten, grinste schief und säuerlich. Tja, so war er, der Hauptkommissar Stahnke. Backe kannte ihn gut, besser als ihm lieb war. Nun ja, und wenn schon. Es war ja nicht so, dass er keinen Humor hätte, dieser Mann. Aber ihm fehlte die Lockerheit. Und ohne Lockerheit hatte man auf dem Leeraner Gallimarkt einfach nichts verloren.

Jetzt hatte auch Sina Backe erspäht und winkte ihm zu. Langsam setzte sich Backe in Bewegung, ohne die Hände aus den Taschen seiner abgewetzten braunen Lederjacke zu nehmen, kreuzte die vorbeistrudelnden Menschenströme und baute sich breit lächelnd vor den beiden auf. Wenn Stahnke mit seinem massigen, breitschultrigen Körper und dem dicken, runden Schädel voller weißblonder Stoppeln in diesem Getümmel wie ein Panzerschiff wirkte, dann erinnerte Backe an einen Schlachtkreuzer. Immer wieder bereitete es ihm größtes Vergnügen, dass der gewiss nicht kleine Stahnke den Kopf in den Nacken legen musste, wenn er dicht vor ihm stand. Kein Wunder, dass er bei den Verhören immer hatte sitzen müssen.

Sina stupste ihm als Erstes die alberne Riesenpuppe ins Gesicht und boxte ihn in den Bauch. Backe nahm das hin wie ein gutmütiger Bernhardiner die spielerischen Zudringlichkeiten eines Kleinkindes, während Stahnke so alarmiert glotzte wie der dazugehörige Kindsvater. Wenn das mal gut geht mit den beiden, dachte Backe, während er Sina zur Begrüßung in die Wange zwickte. Sie boxte erneut und lachte.

Stahnke lachte nicht. Aus diesem Kerl werde ich nicht schlau, dachte er. Beene Pottebakker, genannt Backe, ehemaliger Automechaniker und Autoschieber, Langzeit-Student und Dealer, fünfmal vorbestraft allein wegen Körperverletzung. Und doch gab es Leute, die schworen, dieser Backe sei ein Vorbild an Aufrichtigkeit, Nachsicht und Hilfsbereitschaft. Sina gehörte dazu. «Er trägt seine Seele offen mit sich herum», hatte sie einmal gesagt. «Der Preis dafür sind Wunden. Und Drogen.»

Dass diese Wunden zuweilen bei anderen Menschen zu finden waren, mit denen Backe zu tun gehabt hatte, ebenso wie die Drogen, die er ihnen verkaufte, stand auf einem anderen Blatt. Stahnke hatte sich mit Sina darüber nicht gestritten. Ihre Liebe war noch zu frisch für solche Belastungsproben. Was nicht heißen sollte, dass er dieser Liebe nicht traute, o nein. Aber man wusste ja nie.

Sina und Backe plauderten, wie man so plauderte, wenn man sich bei einsetzender Dämmerung auf dem Gallimarkt traf. Gallimarkt war in Leer nicht nur Tradition, sondern geradezu Religion. Jahrmärkte gab es viele, und die Fahrgeschäfte waren fast überall die gleichen. In Leer aber spielte sich der Rummel nicht auf irgendeiner feuchten Wiese am Stadtrand ab, sondern mitten im Zentrum, regelrecht hineingegossen in die Altstadt und fest mit ihr verdübelt. Diese Lage und diese enge Verzahnung machten den Leeraner Gallimarkt zu etwas Besonderem.

Stahnke fröstelte, es war Oktober, wurde schon dunkel, und die Kälte begann unter seinen Trenchcoat zu kriechen. Warum konnte er sich nicht einmal einen wärmeren Mantel zulegen? Bei diesem Gedanken fiel ihm ein, dass er genau das ja erst vor ein paar Wochen getan hatte. Das neue Ding musste wohl zu Hause an der Garderobe hängen, wenn er sich recht erinnerte. Wer kam schon gegen seine Gewohnheiten an.

«Wir spielen das Spiel der Liebe!» Immer noch standen sie vor dieser Losbude herum. Wieder einmal wurde eine der großen gelben Puppen mit viel Tamtam überreicht. Ein paar andere fielen dabei von der Auslage herunter. «Welcher Idiot hat denn die Dinger da eingeräumt?», zischte eine Stimme, die nicht dem Kapitän gehörte, dicht neben dem halb abgedeckten Mikrophon. Weitere Pikachus plumpsten dem Ausrufer vor die Füße. Wütend trat er zu, dass die Puppen nur so flogen. «Wir spielen das Spiel der Liebe!»

Stahnke griff nach Sinas Hand: «Wollen wir nicht mal weiter, so langsam?»

«Ist gut.» Erneut boxte sie Backe in den gut gepolsterten Bauch: «Sehen wir uns gleich noch im ‹Tarax›? Da ist wieder Mucke heute Abend.»

«Klar.» Wieder lächelte Backe breit und zeigte sein lückenhaftes Gebiss. Stahnke nahm sich vor, mal in den Akten nachzusehen, wie viele Entzüge dieser Mann schon hinter sich hatte. Ein Mensch von weniger mammuthafter Konstitution hätte das niemals überstanden. Ob Backe wohl wusste, wie viel Glück er in seinem Leben schon hatte?

Jetzt nahm der Riese eine Hand aus der Tasche und führte sie zum Mund. Ein durchdringender, surrender, markerschütternder Heulton erklang, mit einem dunklen «Huu» beginnend und zu einem grellen «iiii» ansteigend. Ein beängstigender Ton, der Panik signalisierte. Und genau so reagierte Sina. Sie riss beide Hände hoch und presste sie auf ihre Ohren, drückte das Kinn auf die Brust und zog den Kopf ein. Stahnke zog die Augenbrauen zusammen.

Backe lachte schallend und wies die Plastikpfeife vor. «Blödmann», sagte Sina, nachdem sie sich wieder aufgerichtet und gefasst hatte. Diesmal boxte sie ihn nicht; anscheinend war sie wirklich etwas verstimmt.

Sie verabschiedeten sich, und Backe schaute den beiden nach, wie sie in den anschwellenden Marktbesucherstrom eintauchten und von ihm weggespült wurden. Dann drehte er sich um und ging in die entgegengesetzte Richtung. Was ihm keine Mühe bereitete, denn die meisten Menschen, die ihm entgegenkamen, wichen ihm aus, und nur hin und wieder prallte ein Betrunkener an ihm ab. Backe achtete nicht darauf.

Auf dem Plakat stand «Das Wrack im Frack», und der abge-bildete Künstler erinnerte stark an Joe Cocker auf der Rück-seite des Covers von «Luxury You Can Afford». Nett, dachte Backe. Er mochte Künstler mit Drogen-Karrieren. Natürlich begrenzten Drogen das Leben, auf der anderen Seite erweiter-ten sie es aber auch. Das war wie bei einem halb gefüllten Luft-ballon, den man auf der einen Seite zusammendrückte und der dafür auf der anderen Seite umso praller wurde. Manch-mal platzte er auch dabei. Nun ja, und wenn schon.

Wie hieß der Mann? Jens-Paul Wollenberg, aha. Ein Dichter. Hm. Aber mit Band, immerhin. Piano und Saxophon. Backe liebte Saxophone, vor allem wenn sie klangen wie knarrende Türen. Und eine bildhübsche Sängerin war auch dabei. Also dann.

Von vorne war das «Taraxacum» eine Buchhandlung, die ihre ehrwürdige Fassade genau da in die Höhe reckte, wo die Brunnenstraße rechtwinklig auf die Rathausstraße traf. Hin-ten aber war das «Tarax», wie es allgemein genannt wurde, ein Restaurant, in dem man es sich wohl sein lassen konnte wie in einer Kneipe – oder aber eine Kneipe mit erstklassiger Küche, ganz wie man wollte.

Zwischen Buchladen und Kneipe, unter demselben Dach, gab es noch eine Weinhandlung. Und wenn abends die schwe-re alte Holztür der Buchhandlung abgeschlossen wurde und man die Kneipe von der Rathausstraße aus nur noch durch eine schmale Gasse, eine so genannte «Lohne», erreichen konnte, wurde der multifunktionale Laden zum Veranstal-tungszentrum. Ein Schaufenster wurde zur Bühne umfunktio-niert, Büchertische wurden verrückt, Klappstühle aufgestellt, und im Durchgang wurde eine Abendkasse eingerichtet. Im «Taraxacum» hatte Kultur ihren Preis. Backe fand das ganz in Ordnung. «Was nichts kostet, kann auch nichts sein» – schließlich war man Ostfriese.

Halb acht war es und inzwischen stockdunkel. Das «Tarax» war nur mäßig gefüllt, was vermutlich am Gallimarkt lag, denn sonst war hier um diese Zeit schon mehr los. Dafür würde die Kneipe am späten Abend, wenn es auf dem Markt zum Feiern zu kalt wurde, rappelvoll sein.

Der größere Teil des Lokals erstreckte sich links vom Eingang, dort waren auch die Toiletten und der Durchgang zum Buchladen, aus dem gerade angenehm knarrende Klänge zu hören waren – anscheinend spielte sich der Saxophonist ein. Rechts vom Eingang war es enger, dort dominierte die lang gestreckte Theke, hinter der sich die Küche verbarg. Zwischen Barhockern und Fensterfront war gerade noch Platz für eine Reihe Tische. Ganz dort hinten, neben der Cappuccino-Maschine, saßen Sina und Stahnke, die dicke gelbe Pikachu-Puppe auf einem Extrastuhl zwischen sich. Backe winkte kurz hinüber, wandte sich dann aber zur anderen Seite. Er war in der Zwischenzeit am Bahnhof gewesen und hatte absolut keine Lust, sich von einem Kriminalkommissar über Ziel und Zweck seines Zeitvertreibs ausfragen zu lassen. Oder war Stahnke inzwischen Hauptkommissar? Nun ja, und wenn schon. Dann ging ihn das doch wohl erst recht nichts an. Und das Röllchen Hunderter in seiner Jackentasche auch nicht.

Obwohl noch nicht viel los war, waren doch alle Tische am Rand und in den Ecken besetzt, überwiegend von Einzelpersonen und Paaren. Typisch Ostfriesen, dachte Backe, denken überhaupt nicht daran, sich zu anderen Leuten dazuzusetzen. Dann setzte er sich an einen der freien Tische in der Mitte.

Am Nebentisch, rechts von der Schwingtür, die den Kneipenraum von Wein- und Buchladen trennte, saß die bildhübsche Sängerin. Backe erkannte sie vom Plakat wieder. Der Mann aber, mit dem sie sich im Flüsterton unterhielt, war nicht der vom Plakat, obwohl auch er etwas von einem Wrack an sich hatte. Das war der Bursche von der Losbude, registrierte Backe erstaunt. Der Mann mit den vielen bunten Herzen und dem wohltönenden Liebesspiel. Was hatte der hier verloren?

Ihm fiel ein, dass es vom Gallimarkt zum «Tarax» ja nur ein Katzensprung war. Schließlich machten auch Marktschreier mal eine Pause. Und dass der unscheinbare Mann in dem auberginefarbenen Lochpullover die bildschöne Sängerin kannte, war vielleicht auch gar nicht so ungewöhnlich. Fahrendes Volk eben, alle beide. Man kam herum, und Musik wurde schließlich überall gemacht. Man musste leben.

Gila kam, die große blonde Gila mit der interessanten Brille und dem hübschen Po, und Backe bestellte sich ein Köstritzer. Das «Tarax» hatte die tollsten Biere im Ausschank, sogar Guinness, und außerdem gute Weine. Eigentlich war das hier ein Ort, den man den ganzen Tag über nicht verlassen musste, überlegte Backe. Morgens gab es hier ein gutes Frühstück, dann konnte man sich in Ruhe durch diverse Zeitungen lesen, immer mal einen Milchkaffee oder eine heiße Schokolade bestellen, mittags gut essen, danach im Weinladen seine Vorräte ergänzen, in der Buchhandlung die Regale durchstöbern, mit einem spannenden Krimi und einer Kanne Ostfriesentee den Nachmittag auf dem gemütlichen Sofa in der Nische verbringen, zwischendurch ein bisschen mit Gila und ihren Kolleginnen flirten, zum Abendessen ein Baguette oder einen dieser herrlichen Salate ordern – der mit den gebratenen Putenbruststreifen hatte es Backe besonders angetan – und anschließend nach vorne zur Lesung oder zum Konzert gehen.

Nun ja, es war nicht jeden Abend Programm. Aber sonst war dieser Plan perfekt.

Am Nebentisch wurde es lauter, und Backe fühlte sich aus seinen Bohemien-Träumen gerissen. Da drüben entwickelte sich ein regelrechter Streit. Beide erhoben ihre Stimmen, er fordernd, sie abwehrend, er drohend, sie entschieden. Das ist kein Streit unter Kollegen, dachte Backe. Da ist mehr im Spiel, ganz egal, ob die sich hier zufällig getroffen haben oder nicht. Ob sie sich vielleicht irgendwann einmal in seine Stimme verliebt hatte? Wir spielen das Spiel der Liebe. Ach ja, und solche Strophen wie diese da gehörten auch dazu.

Sie erhob sich, wollte sich an ihm vorbeidrängen, Richtung Buchladen und Bühne, schließlich gab es einen Job zu erledigen. Er sprang ebenfalls auf. Mit der linken Hand packte er sie, hielt sie fest. Mit der rechten zog er einen Gegenstand aus seiner Hosentasche, der sich zwischen seinen Fingern entfaltete wie ein chromblitzender Schmetterling. Die Frau schrie. Der Mann stach zu, von unten, mit einer fließenden Bewegung. Die Frau verstummte, presste beide Hände auf ihren Bauch und sank auf ihren Stuhl zurück. Blut sprudelte zwischen ihren Fingern hervor. Dann kippte sie mitsamt ihrem Stuhl zur Seite und fiel zu Boden. Es polterte laut.

Als Backe sich wieder bewegen konnte, schoss er förmlich von seinem Stuhl hoch und machte einen Schritt nach links, um seinen Tisch zu umrunden und sich den Kerl zu greifen. Das Messer machte ihm keine Angst. Messer waren gefährlich, ja tödlich, wenn sie überraschend gezückt und sofort eingesetzt wurden, so wie eben. Ein Messer, mit dem einer herumwedelte, war für Backes Pranken und Tentakelarme kein Problem. Eine Finte, ein schneller Griff, und der Gnom war entwaffnet.

Aber dazu kam es nicht.

Backe wurde von hinten gerammt wie von einem Panzerschiff und gegen seinen Tisch geschleudert. Ein Gegenstand segelte über ihn hinweg, polterte gegen die hintere Kneipenwand, schlitterte über den gekachelten Fußboden und blieb vor der Tür zum Herrenklo liegen. Eine Pistole, eine Walther offenbar. Backe drehte sich um und blickte direkt in Stahnkes entgeistertes Gesicht. Der Hauptkommissar hatte offensichtlich schneller reagiert als er und war mit gezückter Waffe an der Theke entlanggestürmt, bis er ihn mit einem Bodycheck gestoppt und dazu noch entwaffnet hatte. Na super.

Der Mann mit dem auberginefarbenen Pullover tänzelte jetzt vor ihnen herum, bis an die Augäpfel voll gepumpt mit Adrenalin, und schien ernsthaft zu erwägen, sich auf die beiden Männer zu stürzen, die da Front gegen ihn machten. Auch Stahnke begann zu tänzeln, schien einen Ausfall in Richtung Pistole zu überlegen, entschied sich angesichts der hin und her schwingenden Klinge aber dagegen und machte stattdessen einen plötzlichen Sprung Richtung Ausgang. Nicht um zu flüchten, sondern um eine Flucht zu verhindern.

Backe war immer noch hinter seinem Tisch eingekeilt, der ihn am Angriff hinderte, warf ihn deshalb um, woraufhin er aber erst recht zurückweichen musste, um nicht an den Tischbeinen hängen zu bleiben. Im selben Moment stürzte der Messerstecher zwischen den beiden Männern hindurch in den hinteren Teil des Lokals.

Er will durch die Küche, dachte Backe. Oder durch eines der Fenster. Aber so war es nicht. Es war viel schlimmer. Der kleine Mann rannte zwischen Theke und Tischen hindurch, packte Sina, die inzwischen ebenfalls aufgestanden war, warf dabei den Stuhl mit dem Pikachu um, drückte Sina die blutige Klinge des Butterfly-Messers an den Hals und hielt sie wie einen Schild vor sich. Backe und Stahnke tauschten einen schnellen Blick und blieben reglos stehen.

Der Losbuden-Mann hielt seinen linken Arm um Sinas Taille geschlungen und drängte sie in Richtung Ausgang, auf Stahnke zu. Sina schrie, wand und wehrte sich. Schon war ihr Hals rot von Blut. Von fremdem Blut oder bereits von eigenem? Stahnke stand geduckt und hielt die Arme ausgebreitet wie ein Eishockeytorwart, schien aber unschlüssig. Alle Augen waren auf ihn gerichtet.

In diesem Moment wurde die Klotür von innen aufgestoßen, und eine struppige Gestalt, die stark an Joe Cocker erinnerte, blickte erstaunt in die Runde. Das Türblatt schwang wuchtig nach außen, traf die am Boden liegende Waffe und ließ sie wie einen Puck über die Kacheln schlittern – genau auf Backe zu. Der ging in die Knie und griff zu. Die drei an der Tür schienen nichts bemerkt zu haben, und alle anderen Gäste waren vollauf damit beschäftigt, hinter ihren Tischen in Deckung zu bleiben. Freies Schussfeld, dachte Backe.

Bedenken hatte er keine. Wer Geiseln nahm, brauchte nicht auf Gnade zu hoffen. Jedenfalls nicht auf seine. Noch nie hatte Backe einen Menschen getötet, aber jetzt, jetzt würde er es tun. Backe hielt viel davon, jeden mit seinem Leben machen zu lassen, was er wollte. Das galt für die bildschöne Sängerin, die da hinten auf dem Boden lag und verbluten würde, wenn hier nicht in den nächsten Minuten etwas passierte, und es galt für Sina. Sogar für Stahnke. Für den Kerl da mit dem blutigen Messer aber galt es nicht mehr.

Die Walther lag gut in der Hand. Acht Meter Entfernung, kein Problem. Anvisieren, Druckpunkt nehmen. Wenn Sina nur stillhalten würde. Das tat sie aber nicht. Sie wehrte sich weiter, fuchtelte mit den Armen, drehte Oberkörper und Kopf hin und her. Der Mann hinter ihr war nicht größer als sie, immer wieder wurde sein Kopf von Sinas verdeckt. Ein Schuss war riskant, viel zu riskant.

Dann fiel es Backe wieder ein. Vorsichtig nestelte er das Ding mit der linken Hand aus seiner Tasche und hob es an den Mund. Ein durchdringendes Heulen ertönte.

Sina hielt sich die Ohren zu und zog den Kopf ein. Backe krümmte den Zeigefinger.

Regula Venske

Auf Reisen II:
Leichenfunde in der Vorweihnachtszeit

Am späten Vormittag des ersten Advent traf Marthe in Rottweil ein. Sie kam aus Karlsruhe, wo sie am Abend vorher zu tun gehabt hatte, und war froh, bei diesem Wetter mit der Bahn gereist zu sein. Seit einer Stunde hatte dichtes Schneetreiben eingesetzt. Dick eingemummelt in diverse Stücke aus isländischer Wolle wartete eine zierliche Schwäbin am Rottweiler Bahnhof auf sie. Als sie Marthes Koffer sah, versuchte sie ihren Schreck in ihrem Schal zu verbergen. Wie sollte dieser Trumm noch ins Auto hinein? Der Kofferraum war bis obenhin gefüllt mit der Weihnachtsdekoration. Wieso musste eine Schriftstellerin auf Lesetour so viel Krimskrams mitschleppen?

«Ich habe für alle Fälle noch ein paar Bücher mitgebracht für den Verkauf», bat Marthe um Entschuldigung. Sie hatte den Blick ihrer Gastgeberin sehr wohl bemerkt. «Falls es keinen Büchertisch gibt. Man weiß ja nie.»

«Natürlich gibt es einen Büchertisch», sagte die Leiterin des kleinen Theaters, in dem Marthes Lesung am Nachmittag stattfinden sollte. «Es ist alles wunderbar vorbereitet. Dürfte ich Ihnen vielleicht den Adventskranz auf den Schoß –?»

Während sich der Wagen den Weg im Schneckentempo durch das Schneegestöber hinunter ins Neckartal bahnte, hielt Marthe den Adventskranz umklammert. Wenn sie jetzt ausrutschten und im Graben landeten, wäre sie schon passend für die Beerdigung dekoriert. Sie unterdrückte mehrere deftige Flüche, denn die Nadeln piksten und stachen, dass es nicht mehr feierlich war. Aber sie wollte beim Sterben natürlich nicht mit einem Fluch auf den Lippen erwischt werden.

Wider Erwarten rutschten sie unversehrt hinab bis ins Tal, wo vor Jahrzehnten, vor Jahrhunderten wohl sogar, eine Pulverfabrik gewesen war. Im alten Badhaus, in dem die Arbeiter sich nach getaner Arbeit gesäubert hatten, war jetzt ein Theater mit Festsaal und Restaurant untergebracht, «in einem idyllischen ehemaligen Industriegelände der Gründerzeit, unmittelbar am Neckar, unter wunderschönen alten Ulmen gelegen». Das hatte sie im Theaterprospekt nachgelesen, man sah davon freilich nichts. Bei diesem Schneesturm ahnte man nicht einmal die Hand vor Augen.

Das war schade, denn Marthe hatte gehofft, einen adventssonntäglichen Spaziergang machen zu können. Aber daran war nicht zu denken. Stattdessen hockte sie nun für den Rest des Tages in diesem Badhaus herum. Im Theatersaal und im daneben befindlichen Restaurant hatten sich ein paar Familien mit Kindern – dem Wetter trotzend – zum Sonntagsbrunch eingefunden. Marthe bat um eine Schale Tee und vertiefte sich in ein Buch. Ab und an schaute sie auf und freute sich an dem fröhlichen Treiben. Der Koch, nachdem er volle Schüsseln mit frisch gedünstetem Lachs, herrlich duftendem Basmatireis und Möhrenlauchgemüse sowie zartrosa gebratene Entenbrust an Apfeltraubenkraut aufgetischt hatte, war jetzt aus der Küche in den Gastraum gekommen und hatte sich ans Klavier gesetzt. Er schüttelte einen temperamentvollen «Erlkönig» von Franz Schubert in der Klavierfassung von Franz Liszt aus dem Handgelenk und stimmte dann ein Weihnachtslied an. Im Nu hatten sich etliche Kinder um ihn herum geschart. «Seht, er kommt mit Preis gekrönt …» Wo gab es so etwas, einen Klavier spielenden Koch? Lächelnd summte Marthe mit. Sie wünschte, sie würde sich trauen, ihr Lieblingsweihnachtslied so fröhlich wie dieser Mann in die Runde zu schmettern.

Später erfuhr sie, dass der Koch in Wahrheit ein Künstler und der Mann der Theaterleiterin, also selbst der Theaterchef, war. Vor ihrer Lesung machte er mit ihr einen Rundgang durch das denkmalgeschützte Gebäude. Marthe verschlug es den Atem. Im Keller gab es noch die alten Badhaus-Badezimmer, da standen rund ein Dutzend Duschen und ungefähr acht denkmalgeschützte Badewannen herum und warteten darauf – ja, worauf warteten sie? Dass Marthe eine Leiche hineinlegte? Natürlich keine echte Leiche, im Leben nicht wollte Marthe mit echten Leichen zu schaffen haben. Sie schrieb sich nur alle naselang ein paar Leichen ins Leben. Ja, in diese Badewannen wären Leichen hineinzulegen, eine malerischer als die andere, stellte Marthe sich vor.

«Gibt es nur diesen einen Zugang zum Keller?», fragte sie mit belegter Stimme.

Der Theaterleiter erklärte ihr, dass es noch einen weiteren Zugang auf der anderen Seite – hinter der Künstlergarderobe – gäbe und dass vor einiger Zeit jemand auf diesem Wege die Tageskasse geklaut hätte. Vielleicht sogar ein früherer Mitarbeiter, der sich hier auskannte –

«Man stelle sich vor, während meine Frau und ich da oben standen und sangen!»

Marthe war elektrisiert. Dies war das ideale Ambiente für ihren nächsten Roman. Vielleicht könnte sie zur Rottweiler Fasnet noch einmal wiederkommen? Narrentreiben und Mummenschanz, und dann im alten Badhaus ein Mord. Das war's. Und zum Ausgleich dafür, dass in einer ihrer Geschichten eine Frau aus Nordrhein-Westfalen sieben Schwaben umbrachte, würde hier eine Nordrhein-Westfälin das Zeitliche segnen. Oder mehrere Nordrhein-Westfalen, in den Wannen war ja ausreichend Platz.

Wie hieß noch der alemannische Fasnetsspruch?

«Narro, siebe Sih, siebe Sih sind Narro gsi ...»

Diese altertümlichen Worte würde sie in ihrer Geschichte mit neuer Bedeutung erfüllen. Sieben Söhne sind Narren gewesen. Ein packender Titel mit sieben Narren musste her. Sieben Leichen in sieben Badewannen. Und eine Wanne blieb leer ...

Marthe geriet ins Schwelgen. Sie sah alles genau vor sich. Fast fiel es ihr schwer, sich auf ihre nun anstehende Lesung zu konzentrieren. Könnte sie vorher noch schnell einen Tee mit Honig bekommen? Doch davon riet ihr der kochende Pianist ab.

«Das Tein ist doch Gift für Ihre Stimmbänder. Und Honig verklebt.»

Stattdessen empfahl er ihr ayurvedisches heißes Wasser.

«Aber rechtsrum gerührt! Eine echte Badhaus-Spezialität, so g'sund!!!»

Marthe sah später, dass diese Spezialität mit zwei Mark fünfzig und drei Ausrufezeichen auf der Speisekarte geführt wurde, zu diesem Zeitpunkt hatte sie bereits einen Zehnmarkschein in Form heißen Wassers verputzt. Das heiße Wasser schmeckte überraschend gut, womit sie nicht im Traum je gerechnet hätte. Ein wenig süß, entfaltete es auf der Zunge einen ganz eigenen Geschmack, der mit dem Abkühlen vom einen Moment zum nächsten verschwand. Und es stimmte, es machte die Stimme geschmeidig.

«Das ist das Schlimmste, was ein Sänger einem anderen vor dem Auftritt antun kann. Einen Keks mit Zucker oder Honig anbieten. Am besten auch noch mit Haselnüssen darin. Das wirkt wie Schmirgelpapier.»

Vielleicht könnte sie dies auch noch für ihre Geschichte verwenden? Sieben nordrhein-westfälische Sänger oder Sängerinnen, die im Badhaus – kam nicht auch der Theaterchef aus

Nordrhein-Westfalen? Zwar hatte er sich zum Spaß einen kleinen schwäbischen Einschlag zugelegt, aber den Ruhrpott verleugnete er noch nicht ganz. Während seine Frau, die aus Rottweil zu kommen schien, ein wenig nach Waterkant klang. Nett waren alle beide, Marthe war fasziniert. Und freute sich auf die lange Bahnfahrt am nächsten Tag, während derer sie ihre Geschichte weiter ausspinnen würde. Vielleicht blieb der Zug in einer Schneewehe stecken, dann hätte sie bei ihrer Ankunft in Hamburg womöglich schon das fertige Manuskript in der Tasche.

Aber es kam anders als vor dem Einschlafen erträumt. Am nächsten Morgen steckte Marthe ein kaltes Weilchen in Mannheim fest, weil der ICE aus Stuttgart nicht kam. In regelmäßigen Abständen hörte sie die Stimme aus dem Lautsprecher den Grund dafür ansagen:

«Wegen eines Leichenfundes bei Stuttgart verspätet sich ICE fünf-sieben-acht um circa sechzig Minuten. Ich wiederhole: Wegen eines Leichenfundes bei Stuttgart –»

Es verstand sich von selbst, dass auch alle anderen Züge Verspätung hatten. «Iris shivered», hieß es bei Agatha Christie zum wiederholten Mal. Marthe fröstelte nicht. Marthe fror. Während sie auf der Stelle trappelte und gelegentlich stampfte, da sie wegen ihres schweren Bücherkoffers ja nicht gut auf und ab gehen konnte, dachte sie über den Leichenfund nach. Ob man die Leiche im Zug selbst gefunden hatte? Oder nur auf der Strecke? Wenn im Zug, so hängte man den entsprechenden Waggon jetzt sicherlich ab. Da musste ja die Spurensicherung ran, die Gerichtsmediziner –

Wollte sie wirklich eine solche Horde von Menschen in das idyllische Badhaus schicken? Was war mit ihrer Verantwortung gegenüber Wirtin und Wirt? Würden die sich je wieder in ihren eigenen Keller hinabtrauen, nachdem Marthe dort zugeschlagen hatte? So freundliche und kreative Leute, und sie schickte ihnen zum Dank Mord und Totschlag ins Haus? Wie kam sie dazu? Und irgendwo bei Stuttgart lag jetzt tatsächlich eine Leiche herum oder wurde gerade abtransportiert.

Als ein Güterzug mit der Aufschrift NORDWAGGON durchfuhr, las sie MORDWAGGON. Und als der verspätete ICE einfuhr, stand ihr Entschluss fest. Im Theater im Badhaus wollte sie keine Leichen entsorgen. Dort sollten Chefin und Chef weiterhin ungestört schalten und walten, sollten sich Kunst und Kochkunst entfalten.

Fred Ufer

Wer Leinöl verachtet

Für die Einheimischen ist er «Onkel Albert», für die Touristen «Herr Albert». Albert hat natürlich auch einen Familiennamen, aber den kennt keiner. Der Wirt der «Dubkowmühle» ist das letzte Original des Spreewaldes. Aus dem Stammtisch in seiner Gaststube scheint er gleichsam herauszuwachsen. Seine muskulösen Unterarme liegen, Wurzeln gleich, auf der Platte. Ein Netz von Runzeln spinnt sich um einen Mund, der ständig über irgendetwas zu lächeln scheint, um eine Nase, aus der Büschel grauer Haare wachsen, um Augen, in deren Winkeln der Schalk lauert. Es ist schwer, das Alter des Mannes zu bestimmen. Die einen meinen, er sei über neunzig, andere geben ihm zehn, fünfzehn Jahre weniger. Danach befragt, grinst Onkel Albert. Im Jahr nach dem großen Hochwasser habe ihn die Mutter ausgetragen. Diese Antwort macht die Leute nicht wissender, es gab viele Überschwemmungen im Spreewald, bevor Talsperren und Umfluter gebaut wurden.

«Das macht Atem von Frosch, dass auf Hof nie Nebel ist. Frosch bläst mit seine heiße Luft immer Nebel weg. Deswegen hab ich Kerl auch gesehen, wie der auf Hof schlich.»

Die «Dubkowmühle» liegt auf halber Höhe zwischen zwei Dörfern. In der Saison ziehen sich die Gäste im Biergarten vor dem Haus oder in den Innenräumen gegenseitig die Stühle unter dem Hintern weg. Doch jetzt, Anfang November, verirrt sich kaum ein Besucher in Onkel Alberts Reich.

In der vergangenen Nacht hat er einen Einbrecher überrascht und gestellt. Nun sitzen ihm zwei Kriminalbeamte gegenüber, um ein Protokoll aufzunehmen. Dieter Konzack, gebürtiger Spreewälder und um sieben Ecken mit Albert verwandt, hatte Klaus Schimmel, den Zugereisten, während der Fahrt zur «Dubkowmühle» gewarnt, ein ungläubiges Gesicht zu ziehen, sollte der Wirt vom Frosch anfangen. Sie wären dann vermutlich erst sehr spät wieder im Büro. Schimmel hat den Rat aber nur halbherzig befolgt, denn Albert knurrt ihn an: «Sie glauben mich wohl nicht? Das mit Frosch und Nebel?» Und so schnell sich Schimmel auch beeilt, das Gegenteil zu versichern, es ist zu spät. Onkel Albert hat ein neues Opfer für seine Froschgeschichten gefunden.

«Ja, der Frosch … ist 'ne lange Geschichte, 'ne sehre lange…» Schon vor dem Kriege hätten sie ihn auf dem Hof gehabt. Eine «Amerikansche», eine Touristin aus Übersee, so eine Überkandidelte, hab ihn mit sich herumgeschleppt. Die Amerikansche ließ sich durch den Spreewald fahren, und der Frosch wäre auf ihrem Schoß gesessen. Doch da sei er noch recht klein gewesen, kaum größer als ein normaler Frosch. Nicht weit von der «Dubkowmühle» sei er der Amerikanschen entflohen. «Direkt von Schoß in Fließ. Ganzen Tag wurde gesucht. Aber den Frosch hat es in Spreewald gefallen. Der wollte nicht mehr heme. Hat sich versteckt, bis die Amerikansche das Suchen aufgab. Anderen Morgen macht Mutter Türe los, da sitzt Vieh auf Hof.» Die Sprache alteingesessener Spreewälder ist von einer gewissen Sorglosigkeit im Umgang mit den Fällen, insbesondere dem dritten und vierten, und durch sparsamen Gebrauch der Artikel gekennzeichnet.

Dem Frosch jedenfalls schienen das Klima und die Verpflegung im Spreewald äußerst gut zu tun. Er sei gewachsen und gewachsen und hätte bald die Größe einer Sechs-Zentner-Sau erreicht. Er habe im Fließ vor der «Dubkowmühle» gebadet und sich von den Touristen füttern lassen. Lange hätte er sich friedlich verhalten, nur zum Spaß habe er ab und an ein paar Urlauber ins Wasser geschubst. Mit der Zeit wäre er allerdings richtig aggressiv geworden. «Das kam, weil er so allene war, keine Freundin hatte. Ich hab ihn in Schweinestall sperren und anketten müssen. Die Kette hab ich selbst geschnitzt. Aus Holz von eine vierhundertjährige Eiche. Eine Kette aus ein Stück. Seitdem hab ich ihn nicht mehr aus Stall gelassen, ist zu gefährlich.»

«Aber anschauen darf man ihn doch?», kann sich Schimmel nicht verkneifen zu fragen. Die Folge ist ein Konzackscher Tritt gegen sein linkes Schienbein.

Albert schneidet eine abwehrende Grimasse. «Was gibt es da schon groß zu sehen. Ist alles vorbei, was ich erzählt hab. Der Frosch ist uralt. Mach ich Stalltüre los, denk ich, vor mich liegt ein Haufen welker Blätter. Schläft ganzen Tag. Nur heiße Luft, die bläst er noch. Wie ein kleiner Drachen. Hab ich Sie ja schon gesagt, dass er damit Nebel wegpustet. Sonst hätt ich ja den Lump nicht rechtzeitig gesehen.»

Die Kriminalisten atmen auf. Endlich geruht Herr Albert sich des Grundes ihrer Anwesenheit zu erinnern. Der Seniorwirt der «Dubkowmühle» ist seit ein paar Tagen allein zu Hause. Tochter und Schwiegersohn sind nach einer anstrengenden Saison mit Siebentagewoche in einen wohlverdienten Urlaub gereist. «Aber gleich nach Karibik. Hoffentlich haben sie hingefunden. Ist erste Mal, dass sie weiter als wie bis nach Berlin machen. Und dann gleich nach Karibik. Hätten sie sich nicht erst mal in das eigene Land umschauen können?»

Die Kriminalbeamten Konzack und Schimmel beeilen sich, dem Dubkowmühlenwirt zuzustimmen.

Am vergangenen Abend hatte Albert schlecht einschlafen

können. In den Dörfern wird davon geredet, an den Schleusen in der Umgebung trieben Tunichtgute ihr Unwesen, rissen Staubohlen aus den Wehren und ließen sie davonschwimmen, zerrten die Schleusentore auf und freuten sich über das unnötig abfließende Wasser. Es wird gemunkelt, es seien zwei Burschen, die vom Wasserwirtschaftsamt wegen ihrer ständigen Sauferei entlassen wurden und die sich auf diese Weise an ihren Arbeitgebern rächen wollen. «Ich hab gelegen und gelauscht. Womöglich tauchten die Kerle auch an unsere Schleuse auf. Aber nicht diese Bengel kamen, der Herr Einbrecher dachte sich, er kann was holen bei alten Mann, der wo allene ist.»

Um drei viertel eins hörte Onkel Albert ein Geräusch, das nicht zu den vertrauten Tönen zählt, die einen einsamen Spreewaldgasthof nachts einhüllen. Er schlich vom Schlafzimmer im ersten Stock ins Erdgeschoss und spähte aus den Fenstern. Aus denen der Gaststube und des Vereinszimmers blickt man zur Straße, dort sei vor lauter Nebel nichts zu erkennen gewesen. Die Küche liegt nach der Hofseite. Auf dem Hof habe es nur ein bisschen dunstig ausgeschaut. «Das hab ich ja schon gesagt. Ist wegen Atem von Frosch.»

Klaus Schimmel ist nicht nur Kriminalbeamter, er ist auch Hobbymeteorologe. Er weiß, Experten gilt der Raum um die «Dubkowmühle» tatsächlich als eine Art Naturphänomen. Selbst bei dichtestem Nebel rundum bleibt der Hof des Anwesens weitgehend frei von dieser Art Wasserdampf. Fachleute sehen die Ursachen in einem besonderen Mikroklima, bedingt durch die Vegetation nahe dem Haus. Klugerweise hütet sich Hobbymeteorologe Schimmel, derlei Überlegungen Froschkundler Albert gegenüber zu äußern.

«Das Geräusch hat Kerl mit Kahn gemacht. Kann nicht mal richtig mit Ruder umgehen.» Ein ungeübter Mensch habe sich gemüht, mit seinem Gefährt am Ufer des Fließes hinter der

«Dubkowmühle» anzulegen und den Kahn festzubinden. Nachdem dem Unbekannten das glücklich gelungen war, sei er zur hinteren Haustür geschlichen und habe angefangen, daran herumzufuhrwerken. Albert habe sich eine von den großen Herdpfannen gegriffen und seitlich neben die Tür gestellt. Als sich die Tür öffnete und der Einbrecher hereinkam, landete die Pfanne auf dessen Kopf. Der Mann ging zu Boden und wurde von Albert an Armen und Beinen gefesselt. Anschließend rief der Gastwirt die Polizei an, sie solle das Paket abholen. «Ich hab nicht sehre dolle zugehauen. Nur wie nötig war.»

Der Einbrecher würde nach Auskunft der Ärzte keine bleibenden Schäden davontragen. Ein Geständnis hatte er auch schon abgelegt, auf Bares habe er es abgesehen. Und Onkel Albert konnte auf Notwehr plädieren. Wie sollte er sich sonst verhalten? Sollte er etwa hinausrennen und den wesentlich jüngeren und kräftigeren Mann zu fangen versuchen?

Der Dubkowmühlenwirt begleitet die Polizisten zu ihrem Auto. «Scheenen Gruß an August.» August ist Konzacks Vater. Albert kehrt in die Gaststube zurück, schenkt sich ein großes Bier und einen doppelten Klaren ein. Seufzend setzt er sich wieder an den Stammtisch. Nichts ist vor Dieben mehr sicher. Die Gummistiefel hatte ihm der Knabe geklaut. Seine Gummistiefel! Sein Markenzeichen! Mehr wert als jede Visitenkarte!

Der kürzeste Weg ins nächste Dorf führt über die Wiesen. Aber es sind welche, die seit Jahren ständig unter Wasser stehen. Kein anderer traut sich, den längst versunkenen Pfad zu benutzen. Nur er tut es noch. Normale Schuhe nimmt er in einer Tasche mit. Vor dem Dorf zieht er die Stiefel aus und stellt sie unter Lehnischs Esche. Der Baum heißt so, weil er auf Lehnischs Grund und Boden steht. Alle im Dorf kennen die Stiefel des Dubkowmühlenwirtes. Sehen sie die unter der Esche, sagen sie, Onkel Albert ist auf Achse. Einmal hatte einer eine Flasche Schnaps in den linken Stiefel gesteckt, einen Zettel drangebunden und draufgeschrieben: «Als Wegzehrung!» Schade, dass er den Spender nicht kannte und der sich auch nicht zu erkennen gab, er hätte ihn im Testament bedacht.

Der Knabe war ihm schon vorher recht unangenehm aufgefallen. In der Stadt betreibt er eine mickrige Kneipe, die er hochtrabend als «Speiselokal» bezeichnet. Wie Albert gehört hat, soll einer der wenigen ständigen Gäste der Gerichtsvollzieher sein. Eines Tages saß der Kerl in der «Dubkowmühle», studierte die Karte und fragte: «Quark mit Leinöl? Bestellt so 'n Zeug tatsächlich jemand?» Der abfällige Tonfall war nicht zu überhören. So redet dieser Mensch von einem Spreewälder Nationalgericht! Leinöl ist die Schmiere der Ewigkeit! Wer es reichlich genießt, wird neunundneunzig oder hundert. Falls nichts dazwischenkommt.

Und ausgerechnet dieser Knabe wagte es, ihm die Gummistiefel zu klauen. Einer, bei dem die Speisekarte aus Pommes mit Ketchup und Pommes mit Mayo besteht. Vor ein paar Wochen war es passiert. Er hatte im Dorf seine Besorgungen gemacht und war auf dem Weg zu Lehnischs Esche. Da kam ihm dieser Speiselokalbesitzer entgegen. Mit seinen Stiefeln an den Füßen! Er glaubte kaum, was seine Augen sahen! Der Knabe hatte eine Angel dabei. Wahrscheinlich hatte er Angst, sich beim Fischefangen nasse Füße zu holen. Albert bezweifelte allerdings, dass bei einem wie dem überhaupt ein Fisch anbiss.

Angehalten und zur Rede gestellt hatte er ihn nicht. Da wäre die Geschichte für den Burschen viel zu glimpflich ausgegangen. Ein solches Sakrileg verdiente eine härtere Strafe.

Tagelang hatte er sinniert, dann war ihm die Lösung für sein Problem eingefallen. Er fand heraus, der Pommesfritze hocke neuerdings jeden Freitagabend in der Kneipe im übernächsten Dorfs. An einem Freitag flogen seine jungen Leute in die Karibik, und an dem Abend kehrte auch er in der Dorfschenke ein.

Überlaut und überdeutlich erzählte er vor allen Gästen, Tochter und Schwiegersohn hätten über ihren Reisevorbereitungen vergessen, das Geld zur Kasse zu bringen. Er könne es ihnen nicht verübeln, wo sie doch das erste Mal so eine große Reise unternähmen. Aber es wäre halt sehr viel Geld, die Einnahmen der ganzen letzten Woche, in der bei dem ungeahnt schönen Wetter nochmals eine ganze Flotte von gut besetzten Kähnen an der «Dubkowmühle» angelegt habe. Und er mache sich Sorgen, weil er das Geld erst am Montag zur Kasse schaffen könne.

Onkel Albert trinkt zufrieden den letzten Schluck Bier. Er war sich sicher gewesen, der Kerl schnappe nach dem Köder. Wer Leinöl verachtet und mit dem Gerichtsvollzieher auf Du und Du steht und ihm die Stiefel klaut, der greift auch in fremde Geldbeutel. Aber musste ihm der Knabe zwei schlaflose Nächte bescheren? Hätte er nicht schon gestern kommen können?

Der Dubkowmühlenwirt überlegt, ob er sich gleich noch ein Schnäpschen und ein Bierchen genehmigen soll. Aber es ist erst an der Zeit, den Frosch zu füttern.

Anke Gebert

Blind

Er kommt jeden Tag ins «Schweinske». Nicht wegen des täglich wechselnden und gut schmeckenden Mittagstisches. Nein, er kommt ihretwegen. Bahnt sich mit dem weißen Stock und der gelben Armbinde mit den drei schwarzen Punkten den Weg. Dann, in der Tür der Kneipe, nein, eigentlich schon etwa zehn Meter davor, wird er unsicher, denn sie könnte ihn vom Tresen aus durch das große Fenster sehen. Sie ist seine Kellnerin.

Er wartet so lange, bis sie ihn am Eingang entdeckt. Dann hört sie augenblicklich auf, Bier zu zapfen, und kommt ihm entgegen, fragt, ob sie ihm behilflich sein könne. Im selben Moment hakt sie sich schon bei ihm ein, so fest, wie sie es bei keinem fremden, sehenden Mann tun würde. Sie führt ihn zu dem Tisch, an dem er jeden Mittag sitzt. Ein Lächeln geht über sein Gesicht, denn genau deswegen ist er gekommen: damit sie ihm hilft. Unsicher presst er seinen Arm an ihren Oberkörper und spürt dabei ihre Brust. Er geht ganz langsam, scherzt darüber, was heute mit ihm los sei, denn inzwischen müsse er den Weg zu seinem Tisch doch kennen. Seine Kellnerin beruhigt ihn und ist fröhlich, sie helfe ihm doch gern.

Sie zieht seinen Stuhl zurück. Es scheint ihr nichts auszumachen, als er sie unbeholfen berührt, so, als ob er sich an ihr festhalten müsse, damit er sich nicht daneben setzt. Wenn er sie anfasst, betrachtet er sie, doch sosehr er es sich auch wünscht, sie sieht ihm nicht in die Augen. Warum sollte sie auch den Blick eines Blinden erwidern? Jetzt nimmt sie das Schild «Reserviert» weg und auch die Speisekarte, weil er die ja sowieso nicht lesen kann. Außerdem weiß sie inzwischen, was er wünscht.

Sie fragt: «Wie immer?»

Er nickt.

Dann sagt sie auf, was er längst draußen an der Tafel gelesen hat: «Heute gibt es Putenbrust mit jungen Erbsen und Kroketten.»

Er lächelt. «Nehme ich.»

«Wie immer» bedeutet auch, dass er zum Essen vom weißen Hauswein trinkt. Als sie die Karaffe bringt, hat er die Finger flach auf den Tisch gelegt, was ihn besonders hilflos aussehen lässt. Sie schenkt ihm ein, nimmt seine rechte Hand und umschließt damit das Glas, damit er es nicht verfehlt.

Ungeschickt greift er nach dem Brotkorb. Sie bemerkt das, hält behutsam seine Hand fest und legt ihm ein Stück Baguette hinein. Er schließt für einen Moment die Augen.

Dieses «Schweinske» scheint nicht besonders gut zu laufen, ist vielleicht zu einfach für diese feine Gegend. Trotz des sehr guten und billigen Essens kommen nur wenige Gäste. Mittags sind es meist Handwerker, die in den nahe gelegenen Villen Aufträge erledigen. Es gibt Tage, an denen ist er ganz allein mit seiner Kellnerin. Dann steht sie hinter dem Tresen und langweilt sich, blättert in der Zeitung oder zieht alle paar Minuten ihren Lippenstift nach und zupft sich die Augenbrauen, wobei sie in den Spiegel der Rückwand des Flaschenregals sieht. Am Anfang vergewisserte sie sich manchmal noch, ob er sie auch tatsächlich nicht beobachtete. Aber nein, er ist ja blind. Dann zieht sie ihren Rock, die Strümpfe oder den BH zurecht, und manchmal kratzt sie sich am Hintern, so ungeniert, dass er statt ihrer errötet.

Er liebt es, wenn er der Einzige ist, heute sollte es wieder so sein.

Sie bringt ihm die Putenbrust mit Kroketten und Erbsen und tut etwas, was sie noch nie vorher getan hat: Sie setzt sich neben ihn. Er ist überrascht und vergisst, erst nach dem Fleisch zu tasten, wie ein Blinder es eigentlich tut, bevor er es schneidet. Doch dieser Fehler fällt seiner Kellnerin nicht auf. Sie lobt ihn sogar, weil er so ordentlich isst, viel weniger krümelt und kleckert als die meisten Gäste, die sehen können. Sie ist so nah, dass es ihm fast den Atem nimmt. Dabei hat sie den Oberkörper auf ihre auf dem Tisch verschränkt liegenden Arme gestützt, fast ordinär sieht es aus, wie sich dadurch ihre Brüste aus dem zu engen T-Shirt hervordrücken. Er kann seinen Blick nicht davon abwenden. Sie lacht und fährt zur Sicherheit vor seinen Augen mit der Hand durch die Luft. Er blickt so starr wie möglich. Sie sagt, er würde sie ansehen, als wäre er gar nicht blind. Und dass er schöne Augen hätte, eigentlich. Er hat Lust, ihre Hand festzuhalten und die Wahrheit zu sagen, doch dann wäre es wohl aus zwischen ihm und ihr.

«Wie heißt du?»

«Lisa», sagt sie. «Und du?»

«Reiner.»

Sie nickt und weiß nicht, was sie noch sagen soll.

Reiner beschließt, sein Glas umzustoßen, so, dass ihm der Wein über den Körper fließt, damit seine Kellnerin ihn überall anfassen und säubern muss. Bevor er aber seinen Plan durchführen kann, treten zwei Männer ins Lokal.

Lisa steht mit einem «O nein!» auf. Als wäre das ganze Lokal bis zum letzten Stuhl besetzt, nehmen die neuen Gäste grinsend am Tresen Platz, genau dort, wo sie immer steht und Biere zapft. Beide Männer sind jung, der eine fast schön mit seinen vollen, dunklen Haaren und den muskulösen Armen, wäre da nicht dieser dümmliche Ausdruck in seinem Gesicht. Der andere ist schmächtig und hat eine missglückte Tätowierung auf dem Unterarm. Mit Genugtuung sieht Reiner, dass seine Kellnerin die Männer keines Blickes würdigt. Ohne zu fragen, zapft sie zwei Biere.

Der Muskulöse mustert sie grinsend. «Heute versetzt du mich nicht. Ich hole dich ab, wenn du Feierabend hast. Wann ist denn hier Schluss?»

Wortlos stellt Lisa die Biere auf den Tresen.

Die Männer trinken, wischen sich den Schaum mit dem Handrücken vom Mund.

«Ich habe gefragt, wann du hier raus kommst.»

Der Schmächtige reicht seinem Kollegen die Speisekarte hinüber. «Steht doch alles da drin, wann der Laden schließt.»

Lisa verschränkt die Arme über der Brust. «Mein Freund holt mich heute ab.»

«Nicht mal ein Blinder mit 'nem Krückstock glaubt dir, dass du plötzlich einen Freund hast.»

Der Schmächtige lacht blöd. «Das war gut. Blinder mit 'nem Krückstock … Vielleicht ist der dort ja ihr neuer Freund.»

Die beiden Männer rutschen auf den Tresenhockern herum und sehen zu Reiner. Der schneidet seine Kroketten.

«Lasst ihn ja in Ruhe!», sagt die Kellnerin.

«He, he. Wir tun ihm doch gar nichts. Dich wollen wir uns vornehmen. Aber wahrscheinlich ist was faul mit dir, wenn nur ein Blinder bei dir anbeißt. So wie du aussiehst, müsstest du doch längst einen Macker haben.»

Die Kellnerin weicht ein Stück nach hinten und kommt dann hinter dem Tresen hervor.

«Du willst uns doch nicht verlassen?»

«Die Kohlensäure ist alle.»

Reiner erschrickt. Wie kann sie jetzt allein in den Keller gehen? Wenn die beiden Typen ihr folgen? Sogar die Kasse hat sie offen stehen lassen. Doch die Männer interessieren sich nicht für das Geld.

«Heute Abend holen wir sie uns.»

Der Schmächtige winkt ab. «Du spinnst. Ohne mich.»

Eine Weile streiten sie, versuchen dabei leise zu sein, sehen sich immer wieder nach dem Blinden um. Der tut so, als könnte er auch nichts hören.

Als die Kellnerin wiederkommt, stehen die Männer auf. Der Muskulöse legt einen Geldschein auf den Tisch. «Stimmt so, meine Süße. Bis heute Abend.»

Zum Abschied klopfen beide Männer mit der Faust auf den Tresen. Lisa antwortet nicht, legt das Geld in die Kasse und nimmt sich gedankenverloren ihr Trinkgeld heraus.

Schon seit zwei Stunden hält sich Reiner gegenüber der Kneipe versteckt. Er ist erleichtert, denn der Muskulöse und der Schmächtige sind nicht gekommen. Nur der Pächter des «Schweinske» war dort, hat wie jeden Abend kurz vor Schluss die Kasse überprüft und ist mit dem größten Teil des Geldes in seinem alten Mercedes davongefahren.

Beim Abschließen des Ladens sieht sich die Kellnerin mehrmals vorsichtig um. Dass sie gar keine Angst haben muss, weiß sie nicht. Reiner ist in ihrer unmittelbarer Nähe. Wie schon so oft begleitet er sie heimlich nach Hause. Gerade will er seiner Kellnerin nachgehen, da sieht er, dass der Muskulöse aus einem Hauseingang heraustritt und der ahnungslosen Lisa in sicherem Abstand nachgeht. Reiner stockt der Atem. Wie könnte er den Verfolger aufhalten? Plötzlich spürt die Kellnerin, dass jemand hinter ihr ist. Sie dreht sich ängstlich um, entdeckt aber niemanden. Sie geht schneller. Dann dreht sie sich wieder um. Nichts. Sie beginnt zu laufen. Der Muskulöse findet immer wieder Deckung zwischen den parkenden Autos am Straßenrand.

Warum sieht die Kellnerin ihren Verfolger nicht? Ist sie denn blind? Reiner möchte zu Lisa laufen, sie warnen, doch wie soll er erklären, dass er in dieser Nacht plötzlich ohne Stock und Armbinde auskommt?

Lisa rennt. Der Muskulöse ist ihr jetzt ganz nah, will sie packen. Reiner kommt ihm zuvor, drückt den Verfolger zwischen zwei Autos nieder.

Lisa dreht sich noch einmal kurz um und verschwindet dann in ihrer Seitenstraße.

Ein Auto naht von weitem.

Der Muskulöse ist stark. «Ey, lass mich los! Was soll denn das?»

Reiner hat keine Chance. Der Verfolger kann sich losmachen und richtet sich auf.

«Dich kenne ich doch. Du bist doch der …»

Reiner nickt, bevor er den Mann vor das Auto stößt. Der Fahrer des Wagens kann nicht mehr bremsen.

Der Aufprall. Ein Geräusch, das man vielleicht nie wieder vergessen wird. Gut, dass Lisa nichts davon mitbekommen hat. Es dauert eine Weile, bis der schockierte Fahrer aus seinem Auto steigt und zu dem Mann geht, der bewegungslos auf der Straße liegt. Reiner ist längst in Lisas Seitenstraße verschwunden.

Er kommt jeden Tag ins «Schweinske». Als seine Kellnerin ihn an der Tür sieht, lässt sie ihre Zeitung auf dem Tresen liegen, in der sie eben noch gelangweilt geblättert hat, und eilt ihm entgegen.

Ein schrecklicher Unfall habe sich ereignet, hier ganz in der Nähe. Zeugen würden gesucht. Sie habe nichts gesehen. Reiner weiß längst, dass die Presse sich nicht einmal die Mühe gemacht hat, ein Foto von dem Verunglückten abzudrucken. Auch von einem dritten Mann am Unfallort ist keine Rede. Der Fahrer des Wagens muss blind gewesen sein.

Seine Kellnerin hakt sich bei ihm ein. Er spürt ihre Brust an seinem Oberarm.

«Ach, Reiner, es geschehen so schreckliche Dinge. Manchmal kannst du froh sein, dass du nichts siehst.»

Reiner nickt. Er weiß nicht, warum er sich heute so sehr an Lisa festhalten muss.

«Wie immer?», fragt sie und geht im nächsten Moment die Karaffe Hauswein holen.

Heute wird er das Glas umstoßen, damit seine Kellnerin ihn überall anfassen muss, wenn sie ihn säubert. Das ist sie ihm schuldig. Sie hat eine Menge gutzumachen bei ihm.

Er kommt jeden Tag.

Maeve Carels

Erzengel Raphael und die Sache mit der Austernsuppe – wie es wirklich war

Es gibt Dinge, die kann man als Schriftsteller einfach nicht machen. Zum Beispiel: die Wahrheit schreiben. Literatur, und ganz besonders Kriminalliteratur, muss der Logik und etlichen anderen strengen Regeln folgen, ästhetischen und ethischen zum Beispiel. Die Realität dagegen hält das absolut nicht für nötig.

Ich weiß nicht, ob Sie meine Geverensand-Geschichten kennen. Friesische Kleinstadt, netter Kommissar, ziemlich abgedrehte Ehefrau. Der fünfte Band heißt «Raphaels Frauen». Wenn Sie ihn gelesen haben, dann erinnern Sie sich bestimmt an die Sache mit der Suppe. Austernsuppe mit Sherry-Schaum, eine Spezialität des Geverensander Nobelrestaurants, das «Snutenschrapper» heißt, weil es früher mal ein Frisiersalon gewesen ist.

Und diese Sache mit der Austernsuppe ist ein Beispiel für das, was ich eingangs meinte: Die Szene im Buch entspricht nicht ganz der Realität. Das besagte Restaurant existiert so oder ähnlich tatsächlich, bloß war es früher kein Friseurgeschäft, sondern eine Apotheke. Böse Zungen behaupten prompt, den Preisen merke man das immer noch an. Das halte ich für reine Wortspielerei.

Austernsuppe steht allerdings nicht auf der Speisekarte, weder mit noch ohne Sherry-Schaum. Ehrlich gesagt: Ich hab nicht die leiseste Ahnung, ob Sie überhaupt irgendwo auf der Welt Austernsuppe kriegen, und fragen Sie mich bloß nicht, was Sherry-Schaum ist. Aber obwohl ich Ihnen heute die Szene so schildern will, wie sie in Wahrheit abgelaufen ist, wollen wir die Austernsuppe der Einfachheit halber beibehalten, genau wie den Namen «Snutenschrapper».

Im «Snutenschrapper» also pflegt Dr. Raphael Steiner zu speisen, der Lehrer, der in dem Buch «Raphaels Frauen» die tragende Rolle spielt. Vielleicht haben Sie ihn sogar schon mal dort gesehen: so 'n großer Schwarzhaariger, sehr attraktiv und bemerkenswert gut gekleidet. Bei dem merkt man sofort, wovon das Wort «gut betucht» sich ableitet. Und bevor Sie sich wundern, dass in Geverensand die Lehrerbesoldung für Kreationen von Versace reicht: Der Mann hat bäuerliche Vorfahren, auf deren ehemaligen Viehweiden inzwischen lauter hübsche Einfamilienhäuschen stehen. Bauland ist Gold wert. Dr. Steiner hat schon in jungen Jahren mehr Geld geerbt, als ein Lehrer in Laufe eines noch so langen Beamtenlebens anhäufen könnte.

Es soll uns also nicht wundern, dass auf dem hübschen Gesicht des jungen Kellners ein Lächeln erstrahlt, wenn Dr. Raphael Steiners Kaschmirmantel durch die Tür geweht kommt.

Übrigens … das ist so 'ne Marotte von mir. Nicht nur der Kaschmirmantel – gegen Schafwolle bin ich nämlich allergisch, während ich Ziegenhaare gut vertrage, was niemanden wundert –, nein, auch Kellner sind eine Marotte von mir. In meinen Büchern finden Sie immer Kellner. Im real existierenden «Snutenschrapper» werden Sie dagegen die Freude haben, von Damen bedient zu werden.

Aber diesen einen Kellner werden Sie mir noch mal verzeihen müssen. Es geht nicht ohne ihn. Er ist Mitte zwanzig und hat weißblondes Haar, das zwar künstlich aufgehellt ist, ihm aber ausgezeichnet steht. Der Kontrast zu den dunklen Brauen ist faszinierend. Er hat schokoladenbraune Augen und ein Lächeln, bei dem einem die Austernsuppe glatt aufs Hemd tropft, wenn es einen im falschen Moment erwischt. Seien Sie also vorsichtig, die Flecken kriegt man nämlich schlecht wieder raus. Es ist der Sherry-Schaum, nicht die Austern, wissen Sie. Versuchen Sie's gar nicht erst zu Hause, das ist ein Fall für die Reinigung.

Der junge Mann ist noch nicht lange in Geverensand. Und dass er kellnert, ist ungewöhnlich. Wäre sein Lebensweg geradlinig verlaufen, täte er das nicht. Nun ja – wäre mein Lebensweg geradlinig verlaufen, dann säße ich jetzt auch nicht hier. Ich wäre Friseuse. Oder Psychologin. Aber geradlinig verlaufende Lebenswege sind nun mal nicht mein Ding. Und so bin ich Schriftstellerin geworden, und dieser gut aussehende junge Mann wurde Kellner, obwohl er zum Chirurgen geboren war.

Dass er diesen Beruf nie ausüben wird, liegt daran, dass er vom Gymnasium geflogen ist. Um genau zu sein: Er ist von dem Gymnasium geflogen, an dem die Studiendirektorin Janna Müller damals seine Lehrerin war und außerdem die stellvertretende Schulleiterin. Heute, am Tag dieser Restaurant-Szene, hat die Studiendirektorin Müller längst einen höheren Posten: Sie leitet das Gymnasium in Geverensand.

So. Und nun stellen Sie sich diesen jungen Kerl vor, der inzwischen längst Medizinstudent hätte sein können, wenn nicht sogar schon Assistenzarzt, stattdessen aber Suppe servieren muss. Weil seine Lehrerin der Ansicht war, wer ständig in Prügeleien steckt, habe kein Recht, auf einem deutschen Gymnasium geduldet zu werden. Vor allem, nachdem er mit dem Messer auf zwei Mitschüler losgegangen ist.

Janna Müller hat damals die beiden angegriffenen Schüler konsequent geschützt. Und sie hat dafür gesorgt, dass der Junge, der die beiden Kameraden mit dem Messer attackiert hat, schnurstracks von der Schule entfernt wurde.

Die beiden Kameraden haben auf jener Schule selbstverständlich inzwischen längst ihr Abitur absolviert. Ihr weiterer Lebensweg entzieht sich meiner Kenntnis.

Ich will nicht behaupten, Janna Müller habe grundsätzlich falsch gehandelt. Ich behaupte allerdings Folgendes: Wenn zwei kurz geschorene Jungs in Springerstiefeln und Bomberjacken einen Jungen mit blondierten Haaren täglich im Waschraum der Schule zusammenschlagen, dann sollte man sich mindestens zwei Dinge fragen. Die erste Frage befasst sich mit den vier Springerstiefeln: Wieso läuft so was in einem deutschen Gymnasium rum? Immerhin war es in Niedersachsen möglich, einer Lehrerin das Tragen eines Kopftuchs zu untersagen. Das ging.

Meine zweite Frage lautet: Warum zum Teufel hat niemand dem Blondierten geholfen? Aber nachdem er das Messer gezückt hat, hat man ihm dann ja doch geholfen: Seit er vom Gymnasium geflogen ist, verprügelt ihn keiner mehr. Merkwürdigerweise hat er sich aus seiner Gymnasiastenzeit nicht nur eine entschiedene Abneigung gegen Springerstiefel und Bomberjacken bewahrt, sondern auch gegen Volantröcke, Späthippie-Blusen und Studiendirektorinnen, die dergleichen tragen. Wie Janna Müller zum Beispiel.

Und nun kommt also dieser Kellner im «Snutenschrapper» aus Richtung Küche um die Ecke. Er trägt eine Tasse Austernsuppe. Die soll er Herrn Dr. Steiner servieren, dem Englischlehrer des Geverensander Gymnasiums, der hinten im Restaurant darauf wartet.

Und um die andere Ecke kommt, restaurantbetretenderweise, mit rauschenden Volantröcken eine Dame. Die beiden prallen zusammen, die Austernsuppe kippt. Der Sherry-Schaum ergießt sich über die Volants und rutscht zu Boden, wo er einen hässlichen Fleck hinterlässt. Für den Teppichboden ist das schlimm. Für den Volantrock hingegen macht es keinen großen Unterschied, der war auch vorher schon hässlich.

Erschrocken stellt der Kellner den Unterteller mit der umgekippten Suppentasse auf einem Beistelltischchen ab und bückt sich mit seinem Tuch nach der nassen Bescherung. Und da er ein guter Kellner ist, tupft er mit seinem Tuch nicht den Fußboden, sondern die Volants der begossenen Dame ab. Er tut es angeekelt, nicht nur weil er Volantröcke hasst, sondern auch, weil die billige Baumwolle sein makellos weißes Tuch mit roter Biofarbe aus kontrolliertem ökologischem Anbau versaut. Er schaut dennoch demütig auf, Hunderte von braven Entschuldigungen schon fast auf den hübschen, fein geschwungenen Lippen, denn der Gast ist ja König und der Kellner selbstverständlich immer schuld – da bleiben ihm diese Entschuldigungen im Halse stecken und er erstarrt.

Er liegt auf den Knien, wie so oft, damals auf dem Schulklo, nur diesmal in einem Restaurant, und das ausgerechnet vor der Studiendirektorin Müller. Die malträtiert ihn natürlich nicht mit Springerstiefeln. Sie tritt lediglich einen Schritt beiseite, ohne ihn eines Blickes gewürdigt zu haben, und herrscht ihn an: «Lassen Sie nur, es ist ja nicht so schlimm.» Schon rauscht sie mit feuchten Volants weiter, schnurstracks in den hinteren Teil des Restaurants hinein. Dorthin, wo Dr. Steiner bei einem Glas Wein seiner Vorsuppe harrt.

Der Kellner erhebt sich langsam. Das fällt ihm nicht leicht, denn seine Knie zittern. Er nimmt die Suppentasse vom Beistelltischchen, und auch seine Hände zittern jetzt. Die Tasse klirrt auf ihrer Untertasse. Er hält sie fest, und versucht auch seine Gesichtszüge irgendwie festzuhalten, während er sich bemüht gemessenen Schrittes zurück in die Küche begibt.

«Wat is nu denn», herrscht ihn der Koch an – dass ein Rest Austernsuppe zurückkommt, hat es noch nie gegeben. Dazu ist sie einfach zu teuer.

«Ich bin mit einem Gast zusammengestoßen», erklärt der Kellner. «Das Ganze nochmal, bitte.»

«Na, ist ja kein Problem», sagt der Koch tröstend, denn der Kellner sieht aus, als wolle er über den Verlust der Tasse Suppe weinen. «Kannste in ein paar Minuten abholen.»

«Ich geh solange eine rauchen», meldet der Kellner.

Der Koch nickt bloß. So viel ist im Moment noch nicht los, dass man sich eine Zigarettenpause nicht leisten könnte.

Der Kellner geht nach hinten. Dort gibt es einen kleinen Raum, in dem man seine Sachen in einem Spind unterbringen kann. Da hängt auch ein Spiegel, denn das Restaurant legt Wert darauf, dass das Personal präsentabel wirkt.

Der Kellner wirkt präsentabel. Ein kurzer Blick genügt ihm, um das festzustellen. Seine Lippen zittern ein wenig, aber wenn er lächelt, ist das kaum zu sehen. Merkwürdig, dass er lächeln kann. Und merkwürdig, dass es das gleiche, bezaubernde Lächeln ist wie sonst. Er schaut es sich an und findet es unverändert.

Verändert hatte er sich damals, als sie anfingen, ihn zusammenzuschlagen, und noch einmal verändert hat er sich, als er deswegen von der Schule flog. Ein drittes Mal hat er sich verändert, als seine Eltern ihn rauswarfen. Es war derselbe Tag.

Danach hat er sich nicht mehr viel verändert. Auch jetzt nicht. Es ist nur so, dass er plötzlich weiß, was er zu tun hat.

Er nimmt das kleine Döschen aus seinem Mantel, das Emailledöschen mit dem Putto drauf, dessen winzige Flügelchen den molligen Körper garantiert nicht in den Himmel tragen könnten. Andererseits – wenn Hummeln fliegen können, wieso nicht so 'n fetter, kleiner Putto?

Der Kellner öffnet die Dose und kippt den Inhalt in seine Hand. Es sind nicht viele Pillen. Schließlich sind sie verdammt teuer. Er schluckt sie nur am Wochenende, wenn er in die Disco geht. Und auch das nicht immer. Eigentlich nur, wenn er wirklich total deprimiert ist. Jedenfalls reicht die Menge aus. Sein eigenes Herz schlägt manchmal Purzelbäume, wenn er bloß eine davon nimmt. Was da auf seiner Handfläche liegt, würde einen Elefanten umbringen. Der Kellner hat aber nicht vor, Elefanten umzubringen. Er will nur auf Nummer Sicher gehen.

Auch hinterher. Was immer die Studienrätin Müller bestellen wird – er wird das benutzte Geschirr abräumen und es in der Küche durch ein harm- und spurenloses ersetzen, noch bevor die Dame in himmlische Gefilde abhebt wie ein Putto. Das ist überhaupt kein Problem.

«Tisch sieben zweimal Austernsuppe», meldet der Koch, als der Kellner zurück in die Küche kommt. «Dr. Steiners Tischdame will auch eine Tasse.»

Wunderbar. Das vereinfacht die Sache.

Er nimmt dem Koch das Geschirr aus der Hand. «Lass mal, ich mach den Sherry-Schaum schon selber drauf.» Darunter lassen sich die Pillen teuflisch gut verbergen. Und er hat Recht, sie lösen sich in der heißen Suppe wie durch Zauberspruch auf. Er muss nicht mal rühren, sie zerfallen einfach.

Er nimmt die zwei Tassen Suppe, die für Herrn Dr. Steiner mit der rechten Hand, die mit der tödlichen Dosis für die Studienrätin mit der linken. Auf diese Weise ist es unmöglich, die Tassen zu verwechseln. Einen Ehering trägt man nämlich rechts. Und er muss nicht nachdenken, um zu wissen, dass ein intelligenter Mensch lieber mit Dr. Steiner verheiratet wäre als mit der Studiendirektorin Müller.

Routiniert stößt er mit einer Schulter die Küchentür auf und trägt die Suppe flotten Schrittes ins Restaurant. Die Schaumhäubchen auf den Tassen zeigen nicht einmal ein leises Kräuseln am Rand. Er geht, als hätte er Flügel – nicht nur auf dem Rücken, wie der Putto auf seiner Pillendose, sondern auch an den Fersen. Wie Merkur, der himmlische Bote.

Sein Lächeln trifft Dr. Raphael Steiner, den Mann mit dem Vornamen eines Erzengels. Es ist, als sei das eine Art Zeichen.

Schließlich gehört auch der Kellner jetzt zum Himmelsgeflügel: als Racheengel.

Dr. Steiner lächelt zurück, als sei die Studiendirektorin Müller, die da an seinem Tisch sitzt und ganz offensichtlich heftig mit ihm streitet, gar nicht vorhanden.

Schwungvoll nimmt der Kellner den Bogen um den Stuhl der aufgebrachten Tischdame von Dr. Steiner herum. Denn er wird selbstverständlich korrekt von links servieren. Da steht sie abrupt auf, und ihre Schulter prallt mit Wucht gegen die Tassen. Zwei Portionen Austernsuppe mit Sherry-Schaum ergießen sich über den roten Volantrock und tropfen zu Boden.

«Offenbar habe ich kein gutes Verhältnis zu Austern», sagt die Studienrätin unbeeindruckt. «Lassen Sie nur. Mir ist der Appetit sowieso vergangen.» Spricht's und rauscht mit tropfenden Volants hinaus, Spuren von Sherry-Schaum mit jedem Schritt quer durch das Restaurant verteilend, bis auf die Straße.

Auch um den Kellner herum hat sich einiges verteilt. Nicht nur der Sherry-Schaum, nicht nur Austern, auch der Rest des Personals umringt ihn. Alle wischen und schrubben eifrig und überschütten Herrn Dr. Raphael Steiner mit Entschuldigungen.

Der Kellner klaubt die Tassen und Teller vom Boden – einer ist zerbrochen, alles andere hat den Unfall überlebt – und geht hinaus.

Dr. Steiner ist aufgestanden. «Bringen Sie mir vielleicht doch lieber gleich den Fisch. Einigen wir uns darauf, dass ich statt der Vorsuppe einen Nachtisch nehme. Vielleicht haben wir damit mehr Glück.»

Der Lehrer geht hinaus, um auf der Gästetoilette zu überprüfen, ob Versace-Hose und Kaschmirpullover nicht doch einen Spritzer Sherry-Schaum abgekriegt haben. Durch die offene Tür zum Hof sieht er draußen den Kellner, eine Schachtel

Zigaretten in der Hand. Er hat keine angezündet. Er steht still wie eine Statue und starrt hinaus in die Nacht.

Dr. Steiner sieht, dass der junge Mann zittert. Er spürt es förmlich, als sei die Luft voller Vibrationen, ähnlich den Wellen, die entstehen, wenn man einen Stein in einen Teich wirft. Der Junge sieht aus, als würde er ertrinken,

«Ephraim», sagt Dr. Steiner leise.

Der junge Mann dreht sich um. «Raphael», antwortet er, und es hört sich an wie eine flehentliche Anrufung des Erzengels mit den heilenden Kräften.

Da Dr. Steiner kein Engel ist, aber ein guter Pädagoge, nimmt er den jungen Mann in den Arm. Er steht ganz still, als Ephraim sich an ihn klammert, als habe der Englischlehrer wirklich die Autorität, göttliche Vergebung zu erwirken, und die Erlösung.

«Nicht weinen», sagt Raphael. «So gut ist die Austernsuppe nun auch wieder nicht.»

«Nein», antwortet der Kellner. «Das ist wahr. Aber ich fürchte, sie war unersetzlich.»

Sabine Deitmer

Duell im Damenklo

Ich folgte den mattgelben Leuchtpfeilen und lief durch einen dunklen Korridor in Richtung Damenklo. Es ist garantiert die letzte Tür am Ende aller Berge, die den Damen vorbehalten ist. Ein Typ mit einem Haarschopf, der vor Pomade glänzte, drosch mit seiner Faust auf einen Zigarettenautomaten ein. Wumm, hallte es durch den Gang. Wumm, wumm.

Die letzte Tür des Gangs fiel hinter mir zu. Helle Leuchtröhren, himmlische Ruhe, das Damenklo. Ich entspannte mich. Soweit das möglich ist, ohne mit einem Toilettendeckel Kontakt aufzunehmen. ‹Ich ficke jede. Alter und Aussehen egal. Ruf einfach an›, war mit Kuli in die Toilettenwand geritzt. Daneben eine siebenstellige Telefonnummer und die stark vereinfachte Darstellung des männlichen Fortpflanzungsapparats. Apart.

Eine Tür knallte gegen die Wand. Schrittegetrampel. Eine hysterische Frauenstimme. Mit meiner Ruhe war es vorbei.

«Hau ab», schrie die Frau. Das Geklapper von Stöckelschuhen kam näher. Die Tür der Nachbartoilette sprang auf, schlug zu. Der Riegel scheppert. «Zieh Leine», schrie sie mit einer Stimme, die sich zu gefährlichen Höhen aufschwang. «Zisch ab.»

«Komm raus», röhrte eine kräftige Männerstimme vor der Tür. «Sag mir das ins Gesicht.» Er rüttelte an der Klinke.

Ich warf einen Blick durch eines der Löcher, das wackere Spanner in die Wand zum Nachbarklo gebohrt hatten.

Jetzt schlug er mit der flachen Hand auf die Tür.

«Komm raus», brüllte er.

Ich blickte auf schwarze, stoffumspannte Hüften, aus Spannersicht zweifellos die interessanteste Partie der weiblichen Anatomie.

«Hau ab, du Blödmann», schrie sie zurück. «Ich will nicht mehr.»

Mich hätten ganz andere Körperpartien interessiert. Zum Beispiel der Ausdruck auf ihrem Gesicht. Spannermäßig langweilig, vermute ich.

Er hatte sich auf die Kraft seiner Füße verlegt. Rums, donnerte ein Tritt gegen die Tür, rums. Langsam wurde es mir zu bunt. Ich fischte meine Walther aus der Tasche und zog die Spülung. Das Wasser rauschte. Einen Moment lang waren beide still.

Dann legte er wieder los. Diesmal ging der Fußtritt gegen meine Tollettentür. «Halt du dich da raus», warnte er mich.

Er wandte sich wieder der Nachbartür zu. Rums.

Ein günstiger Moment. Ich machte die Tür auf. Ein Ausfallschritt mit dem rechten Bein, und ich stand lehrbuchmäßig adrett mit lockeren Knien, gestreckten Armen und der Walther zwischen beiden Händen da. «Hände hoch.»

Es war der Typ mit der Pomade, der auf den Automaten im Gang eingedroschen hatte. Mit einem Ausdruck ungläubigen Staunens blinzelte er mich an. Das Neonlicht knallte ihm voll in sein Milchgesicht.

«Keine Bewegung», befahl ich. «Rüber an die Wand.»

Er tat, was ich wollte, brav wie ein Lamm. Die Begegnung mit mir und meiner Walther hatte in Sekundenschnelle einen friedlichen Mitbürger aus ihm gemacht. Ich klopfte ihn nach Waffen ab.

«Alles okay», beschied ich ihn. «Hau ab.»

«Was soll das?», maulte er.

«Ich hab was gegen Typen, die ihre Freundinnen verprügeln. Außerdem ist das hier 'n Damenklo, falls du das noch nicht gemerkt hast.»

«Bist du 'n Bulle oder was?»

«Schlimmer», sagte ich. «Kripo. Und jetzt hau ab.»

Er ging mit erhobenen Händen rückwärts zur Tür.

«Du kriegst es mit mir zu tun, wenn du sie anpackst.»

Die Tür fiel hinter ihm zu. Mit der Fußspitze stieß ich sie wieder auf, sah ihm mit gezogener Waffe nach. Er rannte mehr, als er lief, über den Gang.

«Sie können rauskommen», rief ich laut. «Er ist weg.»

Eine junge Frau mit kurzen roten Haaren stöckelte auf mich zu. «Danke.» Sie zog an ihrem Schlauchkleid. «Das war knapp.»

Ich steckte die Walther in meine Tasche zurück.

«Was haben Sie denn mit dem gemacht?», wollte ich wissen.

«Abgehängt», sie strich sich vor dem Spiegel mit beiden Händen die Haare aus dem Gesicht. «Für 'n neuen. Ich hab noch keinen Typen getroffen, der das einstecken kann.»

«So sind sie», gab ich ihr Recht. «Und jetzt? Alles okay? Trauen Sie sich wieder raus?»

«Draußen lässt er mich in Ruhe», beruhigte sie mich.

«Na, dann wollen wir mal.»

Seite an Seite liefen wir durch den schlecht beleuchteten Gang in die Kneipe zurück.

«Eigentlich hab ich was gegen Bullen», verriet sie mir.

«Ich auch», sagte ich. «Meistens.»

«Trotzdem danke», verabschiedete sie sich.

Unter warmen Lichtern steuerte ich den leeren Barhocker an. Ein Mann, den ich nicht erst seit gestern kannte, wartete auf mich.

Beckmann empfing mich mit frohem Blick und einem blauen Gesicht. «Richtig langweilig ohne dich.»

Hinter ihm kletterte ein kräftiges Blau die Windung einer Leuchtröhre hoch, fiel wieder herunter, schwang sich den nächsten Bogen hoch.

«Nase pudern muss auch sein», teilte ich ihm mit.

Love war das Wort, das in schwungvollen Buchstaben auf der dunklen Scheibe stand. Es blitzte dreimal blau auf. Das Gesicht meines Begleiters blinkte blau mit. Jetzt stieg ein leuchtendes Rot die Röhre hoch.

«Wie gefällt es dir hier?» Beckmann in Rot. Ein aparter Anblick. Der Stolz, mich in so ein exquisites Etablissement entführt zu haben, stand ihm gut.

Ich knabberte an einer Cocktailkirsche, die am Ende eines Holzstabs aufgespießt war, und suchte nach einem Wort, das meine Gefühle halbwegs treffend umriss.

«Cool», antwortete ich lässig. Das traf es so ziemlich. Die Rothaarige in dem schwarzen Schlauch stand jetzt an einem Tisch mit einem Typen, von dem ich nur den Lederrücken sah. Ich hielt nach ihrem alten Freund Ausschau. Jede Menge pomadegetränkte männliche Haarschöpfe unter den Propellern, die an der Decke kreisten, aber nicht das passende Gesicht.

«Hast du schon die Fotos gesehen?» Beckmann machte eine elegante kleine Drehung auf dem Barhocker und zeigte auf die Wand hinter sich. Seinem Gesicht nach zu urteilen, wartete dort eines der sieben Weltwunder auf mich.

Ich stärkte mich mit dem Schluck eines Gebräus, das als *Kuss der Spinnenfrau* auf der Getränkekarte stand. Dann konzentrierte ich meine geballte Sehkraft auf die Wand hinter seinem gelben Gesicht. Herren mit Schlapphüten vor Oldtimern. Daneben Koffer. Mehr sah ich nicht.

«Prohibition, Chicago», lieferte er mir eifrig die Stichwörter. «Na?», fragte er ungeduldig. «Sagt dir das nichts?»

«Cotton Club, Blues.» Die Anregung verdankte ich einer schwarzen Lady, die im Hintergrund stöhnte und sang.

«Gib dir ein bisschen mehr Mühe», forderte er mich. «Was glaubst du, warum ich dich hierher schleppe? Bestimmt nicht, weil das 'n Musikerschuppen ist.»

Ich strengte mich an. Also keine Musiker. «Die Unberührbaren?» Die Truppe war zwar nicht bei der Kripo, sondern beim FBI. Solche Feinheiten interessierten Beckmann vermutlich nicht.

«Die falsche Seite.» Er schüttelte enttäuscht den Kopf. Ein trauriger Anblick. Beckmann, seine Enttäuschung und das grüne Gesicht.

Ich war sicher, jetzt hatte ich's. «Al Capone und seine Jungs», triumphierte ich. Genau, die Kästen auf dem Foto waren nicht für Musikinstrumente, sondern für MGs.

«Fast.» Beckmann war endlich mit mir zufrieden. Er lächelte. Diesmal in Gelb. Und sah wie ein glücklicher Löwe aus. «Meyer-Lansky und Co», teilte er mir mit. «Nach dem haben sie die Bar benannt.»

Soweit ich mich erinnerte, war Chicago fest in der Hand der Mafia, römisch-katholisch und kein bisschen jüdisch. Aber ganz sicher war ich nicht. Im Feststellen der Religionszugehörigkeit verblichener amerikanischer Gangster bin ich nicht ganz fit. Außerdem war alles, was jetzt zählte, Beckmanns zufriedenes Gesicht.

«Trinken wir noch einen?», fragte er mich.

«Immer», balzte ich. «Mit so einem schönen Mann.»

Geschmeichelt blinkte er mich mit seinem blauen Gesicht an. In Blau war Beckmann geheimnisvoll und stolz wie ein Pfau.

Ich blätterte die Getränkekarte durch. Hunderte von Cocktails, sonst nichts. Der *Kuss der Spinnenfrau* war okay. Aber für den Rest des Abends schwebte mir etwas Romantischeres vor.

Ein Kellner mit schwarzem Jackett nahm unsere Gläser mit.

«Engelsläuten», entschied ich mich.

«Mineralwasser», bestellte Beckmann mit grünem Gesicht. Grün war eine Katastrophe. Er sah aus wie ein Krokodil, das seine Schnauze verloren hat.

Auf der Bank unter dem Neonschild wurden zwei Plätze frei. Ich hüpfte vom Barhocker. Entschieden romantischer als getrennte Sitzgelegenheiten, fand ich.

«Das ist das Schönste hier.» Beckmann setzte sich schräg auf die Bank und zeigte in die Dunkelheit vor der Scheibe.

Ich schwang ebenfalls zur Seite und sah hinaus in die Nacht.

Rechts von mir leuchtete ein riesiges blauweißes Viereck. Die Tankstelle. Da war nicht viel los. Aber geradeaus, keine fünfzig Meter entfernt, tobte der Bär. Rote Lichter, weiße, gelbe. Personenwagen, Transporter, Brummis mit Leuchtkerzen auf der Scheibe, eine hell erleuchtete Bahn.

Was für eine Aussicht. In Achterreihe zog vor uns der gesamte nächtliche Verkehr über die B 1.

Beckmann ist nicht umsonst bei mir im Bett gelandet. Er hat eben einen ganz besonderen Geschmack.

«Ist das nicht toll hier?»

Berauscht von den beweglichen Lichtern blickte er hinaus in die Nacht.

(Auszug aus: «NeonNächte», Fischer-Tb. 12761)

H. P. Karr

Charlys Story

Charly saß an der Bar, als Koehler hereinkam, und so, wie er dasaß, musste er schon seit einer ganzen Weile hier sein. Die Bar im «Europa-Haus» war fast leer; Lolita hatte das Licht heruntergedimmt und sah von ihrer Ecke aus hinaus auf den Kennedyplatz. In einer Ecke knutschte sich unter dem Plakat von «Essen sein Doktor» ein Liebespärchen ab. Die Weinstube nebenan, in der Koehler jeden zweiten Dienstag mit den Kollegen vom Journalistenverband die Mitgliedsbeiträge in feine Tröpfchen umsetzte, war leer.

«Koehler!» Charly versuchte ihn im Fokus seines wässrigen Blicks zu behalten. «Komm her. Setz dich zu mir!»

Er rieb sich über die streichholzkurzen Haare. Lolita stellte ihm einen doppelten Wodka hin. Koehler bekam ein Wasser und einen genervten Blick.

«Ich hätte mich nicht austauschen lassen sollen.» Charly leckte das Wodkaglas mit der Zungenspitze an und leerte es in einem Zug. «Dann hätte ich eine geile Geschichte zum Schreiben gehabt!»

«Charly!», sagte Koehler. «Du hast doch immer was zu schreiben. Du bist ein guter Reporter.»

Charlys Zeigefinger schoss hoch. «Po-li-zei-reporter!» Andere Reporter gab es für ihn sowieso nicht. Die Fuzzis vom Feuilleton, der Politik und der Wirtschaft waren für ihn nur

Schreibtischhengste. Charly wedelte nach einem neuen Wodka.

Koehler wartete, bis er ihn bekommen und ausgetrunken hatte. Lolita drehte das Licht noch ein bisschen herunter und brachte dem Liebespärchen unterm Doktor die letzten Drinks. Vor einer halben Stunde hatte sie Koehler angerufen. «Besser, du schaust mal vorbei! Charly sieht gar nicht gut aus. Ihr kennt euch doch von früher, oder?»

«Charly», sagte Koehler. «Alles klar?»

«Klar.»

«Wieso glaub ich dir das jetzt nicht, Charly?»

Charlys Tränensäcke zuckten. «Ich hätte mich nicht austauschen lassen dürfen!»

Lolita sammelte sein Glas ein, putzte den Tresen und sah Koehler an. «Das geht jetzt schon seit vier Stunden so.»

«Weißt du noch, die Sache mit dem Brotmesser?» Charlys Wodka-Atem umwehte Koehler. «Das war 'ne Geschichte, was?»

«Das war eine Geschichte!», bestätigte Koehler. «Komm, ich bring dich nach Hause.»

«Will nicht.» Charly wischte Koehlers Hand weg. «Wir waren ein tolles Team, das waren wir doch?!»

Wenn Koehler sich richtig erinnerte, hatte er damals gerade mal seit zwei Wochen die Dreckarbeit erledigen dürfen: die Polizeisprecher abtelefonieren, Informanten klarmachen, Fotos besorgen.

«Weißt du …», Charly fing Lolitas Blick ein, «die Bullen haben auf dem Schlauch gestanden, weil sie bloß diese Tussi hatten, aber nicht das Brotmesser, mit dem sie ihren Macker abgestochen hatte. Rotlicht-Geschichte, ganz fies, jede Menge Kohle, Goldkettchen, dreckiger Sex …»

Charly hatte Koehler zur Mutter der Tussi gejagt, um ein paar Famillenfotos zu schütteln. Irgendwie war dabei herausgekommen, dass es da noch einen Schrebergarten mit einer

Laube draußen im Erlengrund gab, und da hatten sie dann das Brotmesser gefunden, mit trockenem Blut an Griff und Klinge.

«Exklusiv!» Charly malte eine Schlagzeile in die Luft: «Kurier-Reporter entdecken: Das Messer! – Von Charly Töteberg und Heinz Koehler.»

«Super Geschichte!» Koehler nahm einen Schluck von seinem Wasser. «Und jetzt komm. Lolita ist müde.»

«Saumüde!», sagte Lolita. Hinter ihnen machte sich das Liebespärchen davon. Novemberwind wehte durch die Tür. Ein Streifenwagen rollte über den Kennedyplatz. Lolita fing an, die Stühle hochzustellen.

Charly suchte nach seinem Wodka. «Ich hätte mich nicht austauschen lassen sollen!», nuschelte er. «Der Bankraub … haste mitgekriegt?»

Endlich verstand Koehler. Er hatte es im Lokalradio gehört.

«Theaterplatz. Zwei Typen, Tschetschenen. Raus aus dem Wagen, rein in die Bank und paff … Scheiße gebaut!»

Wie Koehler gehört hatte, war ausgerechnet heute noch der Geldtransportfahrer in der Bank gewesen. Bei der Schießerei hatte es den einen Gangster erwischt. Der Fahrer hatte es mit einem Bauchschuss noch nach draußen geschafft, und der zweite Gangster hatte sich mit ein paar Geiseln nach hinten in die Büros zurückgezogen.

«Ich war noch vor den Bullen da!», sagte Charly stolz. «War gerade in der Nähe, als sie den Code 38 übern Funk gegeben haben. Ich natürlich sofort hin, die Bank gecheckt. Da ist nebendran so eine Durchfahrt in den Hof, und da hinten hab ich den Typen dann durchs Fenster gesehen … und als der mich sieht, zielt er auf mich … schweres Kaliber, Tokarew, verstehst du?» Er angelte unter die Theke nach der Wodkaflasche und goss sich zielsicher sein Glas voll. «Ich bin natürlich stehen geblieben», sagte er. «Denn …»

«Wer wegläuft, kriegt die Story nicht!», sagte Koehler.

«Genau!» Charly leerte das Glas und goss nach.

«Im Radio haben sie gesagt, dass jemand vermittelt hat», sagte er. «Das warst du, ja?»

Charly nickte in sein Glas. «Der Kerl hat nur Russisch gesprochen, und die Bullen haben auf die Schnelle keinen Dolmetscher gekriegt. Außerdem hab ich schon mit ihm geredet, als sie überhaupt erst mal angerollt sind.»

«Du kannst Russisch?» Charly überraschte immer wieder mit seinen verborgenen Talenten.

«Volkshochschule!», kicherte Charly. «Hab ich mir draufgeschafft wegen der Geschichte über diese Russennutten, die sie hier einschleusen.»

«Ah ja», sagte Koehler.

«Der Kerl wedelt da also mit der Knarre rum, dass ich reinkommen soll», nuschelte Charly. «Und dann geht's zackzack … die Geiseln schwitzen Blut und Wasser, draußen sperren die Bullen ab, und dann geht das Telefon, weil sie verhandeln wollen.»

«Und du mittendrin.» Koehler entfernte behutsam die Wodkaflasche aus Charlys Reichweite, aber der krallte sie sich sofort wieder. «Lass das. Ich kann auf mich selber aufpassen.»

«Sicher?»

«Vladimir!» Charly nahm einen Zug aus der Flasche. «Das war der Kerl. Fix und fertig, weil es seinen Kumpel erwischt hatte. War drauf und dran, alles abzuknallen. Und ich mittenmang.»

«Klar», meinte Koehler. «Wie immer.»

«Ich hab für ihn verhandelt.» Charly studierte das Etikett auf der Wodkaflasche, als könnte es ihm irgendeine Erleuchtung bringen. «Behrendt war draußen. Kennst du ja.»

Es gab wohl kaum einen, der den EKHK Bernd Behrendt

nicht kannte. «Baby Behrendt!», sagte Koehler. «Schöne Scheiße.»

«Du kannst es dir eben nicht aussuchen», sagte Charly. «Ich sag Behrendt also übers Telefon, dass wir … also dieser Vladimir, dass der einen Fluchtwagen und eine halbe Million will.» Er hob den Blick. «'n halbe Million ist irgendwie realistisch, was meinst du?»

«Absolut», sagte Koehler. «Was hat dein Vladimir dazu gesagt?»

«Der war froh, dass da überhaupt einer da war, der ungefähr wusste, wo es langgeht.» Charly rülpste. «Sein Kumpel hatte ihm die ganze Scheiße eingeredet. Hat ihm weisgemacht, dass so eine Bank ganz easy ist … egal. Behrendt rödelt also draußen rum, und ich denk schon, dass wir mit der Sache bis vier oder halb fünf durch sind, damit ich den Redaktionsschluss für den Rhein-Ruhr-Teil noch mitkriege …» Charly schüttelte den Kopf.

«Da fängt diese Mutti an rumzukreisen. Eine von den Geiseln. Kriegt einen hysterischen Anfall, dem Vladimir brennt was durch und …» Er formte mit dem Zeigefinger einen Pistolenlauf und drückte ab. «Boing. So eine Scheiße.»

Lolita sah Koehler kurz an, ehe sie nach hinten verschwand, um sich umzuziehen. Es wurde Zeit, Charly wegzubringen.

«Danach war der Vladimir echt fertig», sagte Charly. «Und Behrendt fängt am Telefon an zu mauern. Dass es den Fluchtwagen und das Geld erst gibt, wenn die Geiseln freikommen und die ganze Arie. Ich hab mir den Mund fusselig geredet, bis der Vladimir das geschnallt hat. Da war's schon fast halb fünf, und ich hab meine Story schon den Bach runtergehen sehen. Okay, sag ich zu dem Vladimir, die Bullen geben dir die Kohle und den Wagen und einen von ihren Leuten als Ersatzgeisel. Damit kommst du erst mal weg … ich wollt da raus, verstehst du?»

Lolita kam in Jeans und einer bunten Fleece-Jacke zurück. Die Haare hatte sie sich zu einem Pferdeschwanz gebunden. Sie knipste ein paar Schalter im Sicherungskasten herunter. Im «Ambiente» wurde es dunkel. «Nun macht schon!», sagte sie.

«Ich hätt mich nicht austauschen lassen sollen!» Charly rutschte von seinem Hocker. Koehler griff ihm unter die Arme. Ehe er ihn zur Tür bugsieren konnte, schnappte Charly sich noch die Wodkaflasche.

Draußen war es kühl, ein fetter Vollmond schimmerte über dem Durchgang zum City-Center. Charly fummelte in seiner Hosentasche. «Da vorn … mein Wagen.»

«Nichts da!» Koehler legte sich Charlys Arm um die Schulter. Hinter ihnen schloss Loilta das Europa-Haus ab. Von der Backsteinfassade des Kabarett-Saals im zweiten Flügel verkündete «Essen sein Doktor» überlebensgroß: «Heute komm ich mit meinem Bein!»

«Das sah alles ganz wunderbar aus», murmelte Charly, während Koehler ihn zu seinem Geländewagen bugsierte. «Wagen war da. Koffer mit der halben Million war da, Bulle in Badehose war da …» Er schwankte aus der Bahn und konnte sich gerade noch an einem Mäuerchen abstützen. Die Wodkaflasche ging zu Bruch, und dann kotzte Charly alles heraus, was er vorher in sich hineingeschüttet hatte. Koehler wartete. Ein Opa schob einen Kinderwagen mit einem Paket druckfrischem *Kurier* am Café «Extrablatt» gegenüber vorbei und stopfte die Zeitungen in die Briefkästen. Koehler fischte einen Heiermann aus der Tasche. «Gib mal eine.»

Charlys Vladimir hatte es auf den Titel geschafft. «Bankraub brutal – Geiselgangster bei Geldübergabe getötet. Polizist bezahlte seinen Einsatz als Ersatzgeisel mit dem Leben. *Kurier*-Reporter über Stunden in der Gewalt …»

Charly zerrte Koehler die Zeitung aus der Hand und stierte auf die Schlagzeile. «Erst hat er die Geiseln rausgelassen»,

krächzte er. «Mich hat er bis zum Wagen mitgenommen …»
Charly legte sich den Pistolenfinger an die Schläfe. «Da hat der
Bulle gewartet, der Ersatz, in Badehose und Turnschuhen.»
Charly würgte es noch einmal, aber außer einem langen Spei-
chelfaden kam nichts mehr heraus. Charly bewegte seinen
Pistolenfinger auf Koehlers Stirn zu. «Und gerade als der Vladimir mich tauschen will … da knallt's auch schon. Das war
ein Scharfschütze, irgendwo auf einem Dach gegenüber, der
hat ihm das Ding genau zwischen die Augen gesetzt. Der Vladimir war sofort ex, aber irgendwie fällt er komisch gegen den
Bullen in der Badehose, oder es war nur ein Reflex, mit dem er
die Tokarew noch durchzieht … boing!» Charlys Fingerge-
schoss traf Koehler neben dem linken Auge.

Charly ließ den Arm sinken und lehnte sich an Koehler.
«Wenn ich weitergemacht hätte, wär das nicht passiert. Ich
hätt mich nicht austauschen lassen dürfen, verstehst du? *Ich
hätte als Geisel bei ihm bleiben sollen!»*

Koehler nahm Charly die Zeitung weg. «Behrendt hätte
trotzdem schießen lassen», sagte er.

«Klar», sagte Charly. «Hundert Pro.»

«Und dieser Vladimir hätte dann dich erwischt.»

«Kann sein», nuschelte Charly. «Aber dann wär das meine
Geschichte gewesen, ganz allein meine Geschichte … wenn ich
dumme Sau mich nicht hätte austauschen lassen.»

Uli Aechtner

One-Night-Stand

Der alte Weinkeller liegt ein Stück von der Straße entfernt, fast im Wald. Um ein Haar wäre sie daran vorbeigelaufen. Eine Viertelstunde ist sie jetzt schon auf dieser einsamen Straße unterwegs, links Wald und Fabrikgebäude, rechts Wald und Bahnschienen. Sie betrachtet zögernd das kleine rote Licht über dem Eingang. Was wird sie drinnen erwarten? Andererseits hat sie keine Lust, zum Südbahnhof zurückzulaufen. Nicht noch mal allein durch diese dunkle, menschenleere Gegend. Seltsame Gedanken gehen ihr durch den Kopf. Wenn sie hier draußen schreit …

Niemand wird sie hören.

Caro erzählt nicht jedem, dass sie Schmuckvertreterin ist. Für ihre Arbeit sucht sie sich billige Hotels aus. Abends geht sie dann in eine Kneipe.

Es ist nicht einfach für eine Frau, allein in eine Kneipe zu gehen. Wenn sie zur Tür hereinkommt, fliegen ihr schon alle Blicke zu. Nein, nicht alle. Die der hungrigen Wölfe, die hier auf Fleisch warten.

An der Theke ist der schönste Platz. Caro kann sich mit dem Wirt unterhalten. Das wirkt nicht so wie bestellt und nicht abgeholt. Caro kann ihre Reize auch besser entfalten, wenn sie redet, wenn sie sich bewegt. Nicht jede ist schön, wenn sie stumm dasitzt. Der Tresen macht auch die Männer mutig. Sie können näher kommen, ohne sie direkt zu meinen. Können mit dem Wirt reden statt mit ihr.

«Wen hast du denn da?»

«Machst du der Schönen mal ein Bier? Auf meine Rechnung!»

Allein an einem Tisch zu hocken, das macht Caro nervös. Es sei denn, sie tut so, als wäre sie gern allein. Sie liest eine Zeitschrift, schreibt einen Brief neben dem Bier. Aber das geht schlecht in einem lauten schummrigen Keller. Außerdem kommt dann auch keiner an den Tisch.

Der Moment, wo sie in die Kneipe eintaucht, bleibt der schwierigste. Und dann muss sie sich schnell entscheiden: Tisch oder Tresen?

An jenem Abend im Spätherbst, als ihre Augen das verrauchte Halbdunkel abtasten, stoßen sie auf schwarze Wände, auf blutrote Deckengewölbe. Und auf Greta. Wie peinlich. Greta hätte sie hier nie vermutet. Sie kommt aus Bad Homburg. Sie haben einen Sommer lang in derselben Eisdiele in der Fußgängerzone bedient. Adressen haben sie nie ausgetauscht.

Greta bittet sie gleich an ihren Tisch. Hier, im ersten Kellergewölbe, ist es zurzeit noch ruhig. Die meisten Gäste hocken einen Keller weiter und lauschen einem Dichter, der verzweifelt seine Zeilen deklamiert. Caro lächelt Greta verlegen an, streicht eine Haarsträhne zurück.

Dann das übliche Du-hier. Irgendwann ist es wieder Sommer. Irgendwann stehen imaginäre Eisbecher zwischen ihnen auf dem Kneipentisch.

Caro fängt gerade an, sich zu langweilen, und überlegt, wie sie Greta loswerden kann, als diese einer Lederjacke zuwinkt, die Caro gar nicht hat hereinkommen sehen. Der Typ winkt zurück. Caros Herz setzt einen Schlag lang aus. Der Knabe ist bildhübsch. Sein Gesicht wirkt jung, satt und ebenmäßig. Sein Mund hat einen spöttischen Zug. Er reckt trotzig sein Kinn hoch. Seine kurzen, schwarzen Locken fallen aufsässig in die blasse Stirn. Er trägt eine Motorrad-Lederjacke. Draußen in der Nacht steht sein Moped.

Caro schiebt ihr Bierglas ein Stück weit weg, lehnt sich zurück, greift mit beiden Händen in ihr Haar. Ihre Zunge fährt unwillkürlich über ihre Lippen. Sie richtet sich auf und strahlt ihn an. Er mustert sie kurz und grinst, geht aber weiter in den nächsten Raum hinein, zu dem deklamierenden Dichter. Er geht ganz nah an ihr vorbei. Er lässt sie sitzen.

Greta lässt den Padrone der Eisdiele auferstehen. Caro hält sich gerade, lacht öfter und lauter. Sie hofft, dass die Lederjacke zurückkommt.

Greta betet die Eiskarte herunter.

Endlich steht der dunkle Knabe wieder neben ihnen, gibt Greta einen Nasenstüber, na, wie geht's, und feixt zu Caro rüber.

«Stellst du mir deinen Freund mal vor, Greta?», stößt Caro hervor.

«Klar, das ist die Caro. Das ist der …»

Greta zieht fragend die Brauen hoch. Caro auch.

«Wir kennen uns nur flüchtig», entschuldigt sich Greta, «von einer Geburtstagsfete.»

«Tassilo», sagt er.

«Aha.»

«Stör ich euch?», fragt er.

«Nee, nee.»

Greta lacht. Wie gut, dass ich Greta hier getroffen habe, freut sich Caro. Sie kommen schnell ins Gespräch.

Greta ist irgendwann gegangen. Tassilo ist sein Spitzname, seine Freunde nennen ihn so. Er lebt in Berlin und hat in Frankfurt seine Mutter besucht. Mit dem Moped. Er ist Mathe-Lehrer, unterrichtet eine elfte Klasse. In Berlin. Bei seiner Mutter in Ginnheim muss er auf dem Sofa übernachten. Und seine Mutter schläft jetzt schon. Schade, meint er. Bei ihm können sie keinen Kaffee mehr trinken. Winke mit dem Telegrafenmast.

Er legt den Kopf schief, die Locken rutschten tiefer in die Stirn.

Caro holt Luft. Sie zögert kurz, beißt sich auf die Lippe.

«Also gut. Du kannst ja noch mit zu mir», sagt sie leise.

Er stutzt. «Zu dir? Du wohnst doch …»

«Ich habe hier ein Hotelzimmer», verrät sie verschwörerisch. «Ich bin Vertreterin für Modeschmuck.»

«Ja, das ist ja …»

«Ich mache so was sonst nicht», beteuert Caro. Sie ist jetzt etwas verlegen. Ein Leuchten huscht über sein Gesicht.

«Aber mich willst du mitnehmen?»

Ja, das will sie.

Die Nacht ist mild. Auf dem Weg zum Südbahnhof fühlt sie sich beschützt. Sie wirft nur einen kurzen Blick über die Schulter auf die Bahnschienen im Wald. Er hat seinen Arm um sie gelegt, stumm passieren sie die toten Fabrikgebäude. Es gibt nicht mehr viel zu bereden.

Im Hotelzimmer ist er unerwartet zärtlich. Und verspielt. Er stöhnt und lacht. Lacht immer wieder, wie ein Kind. Caro lacht mit. Sie ist selten so frei gewesen.

Sie vergisst, wer sie ist.

Es ist schön.

Später spielt er mit ihren Haaren, streichelt ihre Brüste.

«Wie schön sie sind», murmelt er. «O mein Gott, war das schön.»

«Das war es.»

«Aber du tust das doch nicht oft?»

«Nicht mit jedem.»

Er wird unruhig. «Du musst vorsichtig sein. So was ist gefährlich! Du könntest mal an den Falschen geraten!»

«Ich weiß.»

«Du kennst mich gar nicht! Oder?»

Sie lacht. «Immerhin haben wir gerade zusammen geschlafen!»

Er atmet schneller. «Du verliebst dich doch nicht in mich? Nein? Das wäre schrecklich. Das täte mir Leid für dich.»

Aha. Ein Freiheitskämpfer. Der einsame Wolf.

«Nein», verspricht sie. Sie streichelt seine Arme. Sie sind zart und kraftvoll, von dunklem Flaum bedeckt.

«Du musst auf dich aufpassen», beschwört er sie. «Du bist ganz schön leichtsinnig. Viel zu leichtsinnig. Und nicht verlieben, nein?»

«Nein», sagt sie.

Er geht im Morgengrauen. Er zieht seine Lederjacke über. Klopft mit beiden Händen dahin, wo die Schlüssel sind, das Portemonnaie. Er lächelt.

«Nicht verlieben», flüstert er noch einmal.

«Keine Adressen. Okay.»

Sie schließt die Augen, als er sie küsst.

«Bye bye.»

Sie schmeckt seinem Kuss nach. Alles geht so schnell. Er gleitet aus der Tür. Wenig später schaut sie aus dem Fenster und sieht, wie er die Straße hinunterfedert. Er verharrt einen Augenblick und zündet sich eine Zigarette an. Das Bild frisst sich in ihr Hirn. Ihr Magen krampft sich zusammen.

Sie rutscht an den kleinen Tisch am Fenster, greift zum Telefon. «Rezeption? Bitte machen Sie die Rechnung fertig. Ich komme gleich runter.»

Sie wäscht sich nicht. Sie zieht sich nur rasch an. Schlüpft in ihre Stiefel. Sie zieht die Nachttischschublade heraus. Sie betrachtet das Foto, das darin liegt. Eine Frau, wenig älter als sie, kurze, blonde Haare. Sie sieht ihr entfernt ähnlich. Seine Lebensabschnittsgefährtin. Sie schmeißt sie in die Schublade zurück. Fischt das Geld aus der Lade. Es hat mal wieder funktioniert. Er hat genug Bier gehabt und einen tiefen Schlaf. Und er war einer von denen, die immer viel Knete bei sich haben. Manche Kerle brauchen das. Caro hat es noch immer gerochen.

Sie steckt die Scheine in ihren linken Stiefel, richtet sich auf, drückt das Kreuz durch. Sie fährt sich mit dem Handrücken über den Mund. Langsam geht sie die Treppe hinunter. Wird den Zug nach Köln nehmen. Köln ist gut gegen Blues.

Es kommt nicht oft vor, dass sie sich verliebt. Schließlich labern sie alle viel Mist. Und mit den Jahren hat sie sich an fast alles gewöhnt.

Wolfgang Burger

Ciao, Django

Studenten! Nichts als Studenten! Warum konnte nicht mal ausnahmsweise ein allein stehender und stinkreicher und vielleicht auch schon ein bisschen kränklicher Unternehmer im Vogelbräu sitzen? Der ein Herz für, nun ja, für Frauen mit Problemen hatte? Seufzend setzte Tanja sich an einen Ecktisch, schmiss den Lezard-Trenchcoat über eine Stuhllehne und trat die pralle Imitation einer Louis-Vuitton-Tasche, die ihren derzeitigen Besitz enthielt, unter die Bank. Sie tastete nach der aufgeschlagenen Lippe. Es blutete nicht mehr.

«Stress mit Django?», fragte Tinchen mitfühlend, als sie das Pils brachte, das Tanja noch gar nicht bestellt hatte.

«Schluss mit Django», schnaubte sie.

«Auweia», sagte Tinchen traurig und wollte gehen. «Wurd ja aber auch Zeit.»

Tanja hielt sie am Ärmel fest. «Hör mal. Kann ich vielleicht bei dir pennen? Nur heute Nacht?»

Tinchen kaute auf der Backe. «Natürlich … Im Prinzip …»

«Also nicht», sagte Tanja und ließ sie los. «Kein Problem. Werd was finden. Der Abend ist jung.»

«Ist ja nur wegen Maren.» Tinchen zupfte verlegen an ihren Ohr-Piercings. «Sie ist doch so eifersüchtig. Und … Wenn du 'n Kerl wärst …»

Tanja trank einen vorsichtigen Schluck und verzog das Gesicht. Das Bier brannte an der Lippe. Dann musterte sie mit finsterer Miene die anwesenden Männer. Studenten, nichts als Studenten. Und es wurden immer noch mehr. Alle Augenblicke schwang die Tür auf. Halb elf, die erste Welle brandete aus den Kinos. Das Vogelbräu füllte sich mit Leuten, Rauch und Lärm, und die Zapfhähne wurden kaum noch geschlossen.

Ein paar Studies, die in der Nähe saßen, taxierten Tanja, aber keiner sah aus, als hätte er mehr als zwanzig Mark in der Tasche. Weit und breit niemand, den man anpumpen oder um ein Bett für die Nacht bitten konnte. Sie nippte an ihrem Bier. Das konnte ein langer Abend werden.

Gegen elf kam endlich einer, den sie kannte: Gerd. Erst schrak sie zusammen, weil er wieder diese blöde karierte Fleece-Jacke trug, in der er von weitem wie Djangos Zwilling aussah. Dieselbe Statur, ähnliche Haarfarbe und dasselbe Macho-Gehabe. Aber dann erkannte sie ihn. Gerd trug eine Sporttasche unterm Arm und war ziemlich außer Atem. Kam vermutlich aus der Muckibude und suchte ein Opfer, an dem er seinen Testosteron-Überschuss abbauen konnte. Hektisch sah er sich um und entdeckte sie schließlich. Mit mir nicht, Junge, dachte Tanja, lieber schlaf ich auf der Parkbank. Aber da war etwas in seinen Augen, was eher nach Stress- als nach Brunfthormonen aussah. Der Junge hatte Angst.

«Und wie?», fragte er gepresst, als er schnaufend auf den Stuhl fiel.

«Geht so», sagte sie wachsam. «Und selbst?»

«Kannst mir 'nen Gefallen tun?»

«Den Teufel werd ich.»

«He! Nur mal eben auf die Tasche aufpassen, ja?» Nervös sah er zur Tür, die schon wieder aufging, kickte die Sporttasche unter Tanjas Bank – «bin gleich wieder da» – und war schon verschwunden. Nach hinten, zum Hofausgang. Augenblicke später wurde klar, was sein Problem war. Es kam in

Form von zwei Russen herein, Georgi und ein Schmaler mit Rattengesicht und knochigen Händen, den Tanja nicht kannte. Es war unverkennbar, dass sie jemanden suchten, und leicht zu erraten, wen. Tanja machte sich klein und nippte an ihrem Glas.

«Hi, Tanja», säuselte Georgi, der sie natürlich sofort entdeckt hatte. «Du hast nicht vielleicht den Gerd gesehen?»

Georgi war angezogen wie der Türsteher eines Edelpuffs und hatte das Gesicht und zum Glück auch das Temperament eines Bernhardiners.

«Wen?», fragte sie mit ihrem treuherzigsten Blick.

«Wie siehst du denn aus? Wieder mal Stress mit Django?»

Tanja kam nicht zu einer Antwort. Das Rattengesicht packte sie am Handgelenk. Eine Stimme, so angenehm wie eine Handkreissäge. «Hast ihn gesehen oder nein?» Der schien eher das Gemüt eines Bullterriers zu haben.

«Lass los, du tust mir weh! Sucht, wen ihr wollt, aber ohne mich.»

Der Kerl ließ tatsächlich los, betrachtete sie kurz mit mahlendem Kiefer, gab Georgi einen Wink, und sie verschwanden nach hinten. Eine halbe Minute später kamen sie Flüche knurrend zurück. Im Vorbeigehen schnippte Georgi ein Kärtchen auf Tanjas Tisch. «Wenn du ihn siehst, sag ihm, er soll anrufen. Sofort. Man kann reden.»

Sie studierte die Visitenkarte: echt Bütten. «Georgi Kowatschenkov – Security Services. Wir lösen Probleme jeder Art». Darunter eine Handynummer. Tanja knüllte das Ding zu einem Kügelchen, warf es in den Aschenbecher und fischte ihr eigenes Handy aus der Manteltasche. Aber bei Feli war der Anrufbeantworter immer noch allein zu Hause. Um Rückruf zu bitten war bei ihr zwecklos.

Vorne gab es Krach. In voller Montur marschierte ein Trupp Skinheads herein. Sieben oder acht, man konnte sie schlecht zählen, weil sie sich so ähnlich sahen. Sie flegelten sich an einen Tisch gleich neben dem Eingang, bestellten eine Lage nach der anderen und suchten Streit. Tinchen brachte Tanja ohne Aufforderung ein neues Pils.

«Könnt ich das morgen bezahlen? Eventuell?»

«Ich schreib's den Skins auf die Deckel. Haben sie morgen was zum Angeben», sagte Tinchen und lächelte ausnahmsweise ein bisschen.

Tanja beschloss, langsam zu trinken. Der Alkohol stieg ihr schon in den Kopf, und wie es aussah, würde sie den diese Nacht noch brauchen. Die Studies hatten inzwischen das Interesse an ihr verloren und erzählten sich die neuesten Microsoft-Witze. Weiter hinten an der Bar saß ein langer Blonder mit hellledernem Aktenköfferchen. Vermutlich nicht gerade Unternehmer, aber immerhin war er allein und sah nicht übel aus. Aber mehr als einen desinteressierten Ganzkörperblick hatte er für Tanja nicht übrig, obwohl sie den weiten Kragen des Pullovers über die Schulter rutschen ließ und die Beine in Positur brachte. Vermutlich schwul. Oder kurzsichtig.

Plötzlich saß Piet an Tanjas Tisch, hielt ein Wasserglas mit beiden Händen fest, als könnte es geklaut werden, und sah sie schweigend an.

«Sei bloß still», zischte sie ihn an.

«Ich sag doch gar nichts», sagte Piet.

«Warum sitzt du nicht in deinem blöden Taxi? Hast du im Lotto gewonnen?» Tanja legte eine Hand auf den Ärmel seiner fleckigen Wildlederjacke und fragte milder: «Wieder mal Ärger?»

«Kann man von einem verlangen, dass man zu jedem Arsch nett ist? Nur wegen 'nem bisschen Kohle?», murmelte er in seinen Stalin-Bart.

«Schon wieder einen rausgeschmissen?»

Piet nickte in sein Wasser.

«Morgen ist die Rate für den Daimler fällig. Ich brauch fünfhundert.»

«Und wie viel hast du?»

Piet kippte sein Wasser auf ex. «Vielleicht krieg ich ja noch 'ne Tour nach Frankfurt. Flughafen oder so was.»

Sie lachte. «Warum nicht gleich Paris?» Tanjas Blick wurde weich. «Ich wollt so gern mal nach Paris. Die tollen Geschäfte da und alles. Wenn ich im Lotto gewinne, darfst du mich hinfahren, und dann bist du saniert.»

«Hast du getippt?»

«Vergessen.»

«Dann gewinnst du auch nichts.»

«Weiß man's?» Tanja wurde wieder ernst und beugte sich vor. «Piet, hör mal. Könnt ich in deiner Wohnung pennen? Nur für 'n paar Tage? Du bist doch nachts sowieso nie da.»

«Ich schlaf im Taxi. Schon seit Wochen. Seit Heike …» Er zwinkerte die Wand an. «Ich kann da nicht sein. Nicht allein.»

«Du wohnst gar nicht mehr in deiner Wohnung? Und warum gibst du sie dann nicht auf?»

Empört sah er sie an. «Aber es ist doch unsere Wohnung! Ich kann nur nicht … Ich geb dir den Schlüssel. Wenn du willst.»

«Du darfst nicht immer dran denken, Piet. Du bist nicht schuld», sagte sie leise. «Depressionen sind auch 'ne Art Krankheit.»

Als Piet sich hochstemmte, um zu gehen, hob Tanja den Blick. «Was läuft da eigentlich mit den Russen? Weißt du irgendwas?»

Piet nagte auf der Unterlippe und zögerte lange. «Kunst. Um Kunst geht es», murmelte er dann, beugte sich herunter und sprach noch leiser weiter: «Geklaute Bilder aus dem Osten. Momentan geht's um 'nen Chagall aus Petersburg, hab ich gehört, den sie 'nem Baden-Badener Geldsack andrehen wollen.

Aber irgendwie hat's Stress gegeben. Misch dich da lieber nicht ein.»

«Wie groß ist eigentlich so ein Teil?», fragte Tanja unschuldig. «Ich meine, hast du nicht mal Kunstgeschichte studiert, oder so?»

«Kommt ganz drauf an. Wieso?»

«Würd' der in 'ne Tasche passen? In so 'ne Sporttasche? Zum Beispiel?»

«Kommt drauf an», sagte Piet wieder und musterte sie sorgenvoll. «Wenn man ihn aus dem Rahmen nimmt.»

Tanja fühlte mit dem Fuß unter der Bank. Beide Taschen waren noch da.

«Ich guck vielleicht später noch mal rein», sagte Piet müde und schlurfte auf seinen breiten Schuhen davon. «Jetzt muss ich endlich Kohle machen.»

Tanjas Handy düdelte «We don't need another hero» – Django, wer sonst. «Mädchen, wo steckst du denn? Mach doch keinen Scheiß! Es tut mir ja Leid, verdammt noch mal!»

Tanja drückte mit Genuss den roten Knopf und wählte noch einmal Felis Nummer, wo sie das Ding schon in der Hand hatte. Feli meldete sich erst, als sie schon auflegen wollte. Sie klang merkwürdig unkonzentriert.

«Was?», kam es atemlos auf Tanjas Frage.

«Ob ich bei dir pennen kann?»

Feli keuchte und machte seltsam kieksende Geräusche. «Sag mal, spinnst du?» Da keuchte noch eine zweite Stimme.

«Ach, vergiss es.» Wütend killte Tanja das Gespräch.

Das zweite Pils war inzwischen warm und fast leer, und der große Blonde verschwunden. Die Studies zahlten nach und nach und gaben Tinchen pfennigweise Trinkgeld, und der erste von den Skins schlingerte mit käsigem Gesicht und kämpferischer Miene aufs Klo zum Kotzen.

Um halb eins kamen zwei Jeans-Typen in Lederjacken und

Nikes, schlenderten gelangweilt durchs Lokal und verschwanden wieder. Dass Bullen auch in der besten Verkleidung immer wie Bullen aussahen! Tanja schob Gerds Tasche mit dem Fuß etwas weiter nach hinten. Sie war ziemlich schwer. Nein, ein Gemälde war da bestimmt nicht drin.

Dann wieder das Handy: Zur Abwechslung war es diesmal Gerd. «Die Tasche?», zischelte er. «Du hast doch die Tasche noch?»

«Logisch», sagte Tanja gelangweilt. «Was ist?»

«Kann ich jetzt nicht erklären. Wir müssen irgendwas drehen. Bleib da, ich ruf später noch mal an.»

Als Tanja das Handy wegpackte, spielte es schon wieder Tina Turner. «Mädchen, jetzt stell dich doch nicht dümmer, als du bist! Wo steckst du denn? In 'ner Kneipe oder was? Ich such dich überall! Tanjachen, morgen gehn wir in die Stadt, und ich kauf dir was Hübsches, okay?» Djangos Stimme klang nicht mehr ganz so selbstsicher. «Diesen Mantel, den mit dem Tiger-Kragen …»

Tanja schwieg.

«Und von mir aus auch noch die saublöden Stiefel dazu!»

«Die im Schlangenlook?», fragte sie gedehnt.

«Ja, verdammich, die im Schlangenlook!»

«Und du zahlst?»

«Alles.» Er hörte Festungsmauern knacken und schaltete sofort den Nachbrenner ein. «Mädchen, es tut mir doch wirklich Leid. Ich weiß ja auch nicht, was … Es wird bestimmt nie wieder vorkommen! Ehrlich!»

«Weiß nicht», sagte Tanja zögernd. «Ich meld mich später. Vielleicht.»

Als sie auflegte, standen die Russen wieder am Tisch. Dieses Mal führte das Rattengesicht gleich das Wort.

«Müssen reden», sagte er durch die Zähne und setzte sich.

«Nicht mit mir», sagte Tanja. «Macht euren Scheiß alleine.»

Das Rattengesicht starrte sie mit gefährlich kleinen Augen an. «Wollen nichhhts von dir. Wollen nur Gerd. Aber wo ist Gerd?»

«Will später kommen und seine dämliche Tasche holen.»

«Tasche?», fragten die Russen gleichzeitig. «Wo Tasche?»

Tanja trat dagegen. «Na hier. Hat er mir gebracht. Vorhin.»

«Nichhht Gerd Tasche!» Die Ratte packte sie hart am Unterarm. Sie hatte gar nicht gewusst, dass sie auch da einen blauen Fleck hatte. «Du uns geben Tasche, oder wir machen Borschtsch aus dir!»

«Vorher machen die Skins da hinten Gulasch aus euch», zischte Tanja mit schmerzverzerrtem Gesicht. «Die polieren schon die Messer für eure Speckbäuche. Verpisst euch lieber, bevor ich um Hilfe schreie!»

Zum Glück sahen zwei der Skins gerade her. Nie hätte sie gedacht, dass sie einmal für eine Horde besoffener Schläger so warme Gefühle empfinden würde. Tanja lächelte ihnen zu, da sahen sie schnell weg.

Das Rattengesicht sprang auf wie eine gespannte Feder und musterte sie wie ein seit zwei Wochen hungernder sibirischer Wolf. «Wir hier warten. Und du hier nichhht weg! Und Tasche auch nichhht weg!», sagte er rau. Es klang beunruhigend überzeugend. Die beiden setzten sich in der Nähe an die Bar, bestellten Cola und Wodka und ließen sie nicht mehr aus den Augen.

Tanja nuckelte an ihrem Bier und dachte lange nach. Schließlich erhob sie sich, zerrte umständlich die zwei Taschen unter der Bank hervor und schenkte ihren Wachhunden ihr bravstes Lächeln. «Keine Panik! Nur mal pinkeln.»

«Was ist in der anderen Tasche?», fragte Georgi misstrauisch.

«Klamotten. Schmuck. Schuhe. Was man als Frau so braucht», sagte Tanja immer noch lächelnd. Georgi flitzte schon zum Hinterausgang, vermutlich um von außen die Klofenster zu bewachen, der andere hing ihr an den Fersen wie ein Bodyguard, traute sich dann aber doch nicht aufs Damenklo.

Als Tanja nach Minuten wieder herauskam, stand er vor der Tür, kaute auf einem Streichholz und musterte sie mit schmalen Augen.

«Du dichhh umgezogen?», fragte er verblüfft. «Warum?»

«Gibt später noch 'ne Party», sagte sie freundlich und hob die Taschen, um zu zeigen, dass alles in Ordnung war. «Kann sie ja nicht einfach stehen lassen da drin, oder? Wird so viel geklaut heutzutage.»

Die flachen Schuhe hatte sie gegen die flammend roten High-Heels von Prada getauscht, und am Körper trug sie jetzt das sündteure Yves-Saint-Laurent-Fummelchen, das Django damals für den ausgeschlagenen Schneidezahn hatte bezahlen müssen. Hüftschwingend stolzierte zu ihrem Tisch und schob die Taschen wieder unter die Bank. Der Russe folgte ihr mit Stielaugen und kletterte schweigend auf seinen Hocker. Auch Georgi kam wieder herein. Ziemlich nass, inzwischen schien es zu regnen.

Dann war plötzlich Piet wieder da, setzte sich wortlos, bestellte mit einem Wink sein Wasser und schüttelte seinen schweren Kopf. Georgi und seinen Kumpel schien er nicht zu bemerken.

«Und wen hast du diesmal rausgeschmissen?»

Stöhnend rieb er seine Augen. «So 'n Doktor-Arsch mit seiner Klunker-Trutsche. Wollten vom Staatstheater nach Palmbach und haben von der ersten Sekunde an rumgenölt. Das Auto sei uralt, die Federn quietschen, es riecht so komisch, und der Aschenbecher ist ja voll, da hat wohl jemand drin geraucht …»

«Und?»

Tinchen brachte das Wasser und ein drittes Pils für Tanja.

Piet fischte die Zitrone aus dem Glas und lutschte sie andächtig aus. «Hab getan, als sei ich bekifft, und bin Schlangenlinie gefahren. Kurz hinter Wolfartsweier wollten sie aussteigen.»

«Regnet's denn arg draußen?», fragte Tanja mitfühlend, und Piet grinste zum ersten Mal an diesem Abend.

«Katzen und Hunde.»

Tanja fuhr mit dem Finger über den Rand ihres Glases und leckte den Schaum ab. «Piet, wann geht der Nachtzug nach Paris?», fragte sie leise. Aber die Russen hatten es wohl trotzdem gehört.

«Halb eins. Der ist weg», sagte Piet und zog eine Braue hoch. «Willst du verreisen?»

«Nur so», sagte Tanja und sah verträumt zum Fenster. Eine Weile schwiegen sie. Piet seufzte in sein Wasser, und Tanja sah hinaus in den Regen. Inzwischen hatte sich das Lokal ziemlich geleert, es ging auf halb zwei. Die Russen bestellten die nächste Runde, und die Skins versuchten, einen Song von den Toten Hosen nachzusingen, wurden sich aber über den Refrain nicht einig.

«Pass mal auf, Piet», sagte Tanja endlich und beugte sich vor. «Hab vielleicht 'ne Idee, wie du morgen deine Rate zahlen kannst.»

Die Russen spitzten vergeblich die Ohren, denn Tanja sprach jetzt sehr leise. Piet nickte hin und wieder und verschwand dann wortlos. Tanja rief Django an.

«Hinterm Vogelbräu, in zehn Minuten», sagte sie in normaler Lautstärke. «Ja. Nein, kann ich nicht. Lass dich überraschen.»

Dann wählte sie die Hundertzehn und sagte nur wenige, gemurmelte Worte, die die Russen trotz beängstigend langer Hälse sicher nicht verstehen konnten. Ruhig leerte sie ihr Glas, erhob sich, schwang den Mantel über die Schulter, packte die Taschen und ging mit federnden Schritten und unter teuren Stoffen schwingenden Hüften zum Hinterausgang.

Die Russen warfen einen Schein auf den Tresen und folgten ihr, Georgi schon das Handy am Ohr. Tinchen zählte ihr Geld und sah kaum auf. Die Skins schunkelten zum gesummten Horst-Wessel-Lied und hatten keinen Blick mehr für Busen und Beine.

In der Ferne schlug die Sankt-Bernard-Kirche Viertel nach zwei. Das Licht im Hof war natürlich längst aus. Zum Glück hatte es aufgehört zu regnen. Hinter sich hörte sie eilige Schritte im Kies, aber die beiden machten keinen Versuch, sie aufzuhalten. Nach Sekunden sah sie ihn: Django lehnte an der Mauer, eine Kippe glühte in seinem Gesicht. Und wie er so dastand, groß und in der unvermeidlichen karierten Jacke, hätte man ihn tatsächlich für Gerd halten können. Sie ging auf ihn zu und hielt ihm die Sporttasche hin.

«Hier», sagte sie. «Mein Abschiedsgeschenk.»

«Was?», fragte er blöde und griff unwillkürlich zu. «Wieso Abschied?»

«Ciao, Django», sagte Tanja fast ein wenig wehmütig und ging.

Sie hörte noch, wie er «Ja, aber ...» stammelte, dann trampelten Schatten an ihr vorbei, und als sie an der Ecke zurücksah, lag Django schon am Boden. Die Russen waren mindestens zu fünft und arbeiteten stumm und konzentriert an ihm. Alles, was man hörte, waren dumpfe Schläge und Tritte, Keuchen und hin und wieder ein zerquetschtes Stöhnen. Hart im Nehmen war Django immer gewesen, da gab es nichts.

Dann flammten Scheinwerfer auf, eine Megaphonstimme bellte: «Aufhören! Polizei!», und sie durchquerte rasch den Torbogen zur Brunnenstraße. Die Polizisten, die mit gezückten MPs an ihr vorbeistürmten, bemerkten sie nicht einmal. Das Handy warf sie in die Biotonne, die im Durchgang stand.

Wie versprochen, stand Piets Taxi mit nagelndem Diesel vor dem Weißen Stern. Tanja stieß ihre Tasche auf den Rücksitz und ließ sich daneben fallen. «Einmal Paris einfach. Aber Nichtraucher, wenn ich bitten darf.»

«Das wird teuer!», sagte Piet vergnügt und ließ das Getriebe krachen. «Das wird aber verdammt teuer!»

«Macht nichts.» Tanja drückte die Tasche an die Brust wie einen funkelnagelneuen Liebhaber. Sie fühlte sich hart an wie ein gut trainierter Mann. Und innen raschelte Papier. Viel Papier. «Macht überhaupt nichts.»

Piet bog in die Kapellenstraße ein und gab Gas. Und morgen werd ich mir als Erstes was zum Anziehen kaufen müssen, dachte sie, kurbelte das Fenster ein wenig herunter und lehnte sich aufatmend in die speckigen und in der Tat sehr bedenklich riechenden Lederpolster. Die Nachtluft war unglaublich leicht zu atmen und roch wie neu.

Die Russen standen im harten Scheinwerferlicht breitbeinig an der Bruchsteinmauer und fluchten in ihrer rollenden Sprache vor sich hin. Django lag am Boden und gab keinen Laut. Und ein paar schwer bewaffnete Polizisten schoben mit ihren Stiefelspitzen ratlos den am Boden verstreuten Inhalt von Gerds Sporttasche im nassen Kies herum: Seidige Damenunterwäsche in verschiedensten Farben, teure Strümpfe mit und ohne Naht, zwei, drei knapp geschnittene Kleidchen, jede Menge Schuhe, Lippenstifte, Puderdöschen, Parfümflakons. Was man als Frau so braucht.

Jürgen Alberts

J. B. Cool und die Wette

An diesem Morgen lachte die Sonne ihr hässlichstes Lächeln, verborgen hinter dicken Regenwolken. Theo stand im Türrahmen und dachte sich seinen Teil. Ich saß auf meinem blauen Schafbeinsessel, platter als Backnang. Die Botschaft, die uns vor drei Minuten erreicht hatte, hätte den Waller Fernsehturm ins Wanken gebracht. Die Hansestadt lag im Koma. Kein Spielraum mehr, nicht mal ein finanzieller. Kein Lüftchen, das sich regte. Keine Penunze übrig. Ohne Moos nix los. Der Theaterintendant verließ mit seiner grimmigen Bande die Stadt, etwas Besseres als vergeigte Millionen findest du überall …

«Wir brauchen einen Schiedsrichter», lautete der erste Teil der Botschaft, und der schien mir ziemlich harmlos. Wer will nicht mal gerne Schiedsrichter sein? Im schwarzen Röckchen über Werders Grün hoppeln und den ägyptischen Mittelstürmer mittels roter Karte ins Aus abschieben. Schiedsrichter, sagen die Franzosen, sind die Menschen, die sich nicht zwischen Gut und Böse entscheiden müssen. Und der Wallone fügt an: Wer einen Schiedsrichter beleidigt, fällt nach elf Metern auf die Fresse. Was den Schotten zu dem Spruch veranlasst: Ein Schiedsrichter hat auch vorne keine Augen.

«Es geht um das Fortbestehen unserer Hansestadt», so ging die Botschaft weiter. Als hätten wir je etwas anderes gemacht als Seiltanzen, Hängebrückenbauen, Trapez- oder Luftnummern. Überhaupt ist das Fortbestehen die philosophische Frage wert: Wer will das überhaupt? Und wenn nur ein Gerechter, hat damals ER zu Abraham trompetet. Jedoch gab es denn noch einen Gerechten? Und wenn ja, wer sollte ihn spielen? Es standen nicht mehr viele Kleindarsteller zur Verfügung.

«Um 15 Uhr 15 ist ein Wettkiffen angesagt.» Nun war es heraus.

«Was?», fragte Theo zum dritten Mal.

«Ein Wettkiffen!»

«Nie gehört.»

«Man muss nicht von allem gehört haben, was zwischen Himmel und Erde herumschwirrt.»

«Aber wieso Fortbestand? Warum denn bloß die Eile? Hätte das nicht bis morgen Zeit.»

Ich wusste, worauf Theo hinauswollte. Mein Chefdenker und Assistenzkoch verrät sich mehr durch seine Fragen als die davor liegenden Antworten. Theo wollte sich einen ruhigen Nachmittag im Kino machen. Ein paar Süßigkeiten, ein bisschen dösen, ein paar schöne Stunden. Vielleicht mit einer Blondine oder deren zwei. Eventuell mit Cappuccina, der Schwester des italienischen Getränks. Oder mit Fräulein Wodka.

Ich fasste die Botschaft zusammen. Ich sollte Schiedsrichter bei einem Wettkiffen sein, bei dem es um das Fortbestehen der Hansestadt … Aber warum nur Schiedsrichter? Da wäre ich doch lieber selbst angetreten. Und wenn ich mich allein gegen eine ganze Elf aufbäumen müsste. Oh, Himmel, wirf Hirn, es fehlt an allen Ecken und Einfällen.

Im Rathaus erfuhr ich mehr. Der größte Protestant auf Bremer Boden reichte mir beide Hände zum Bruderkuss, seine Zunge spielte in meinem rechten Ohr: «Du musst uns helfen, J. B.!» Warum duzte er mich plötzlich? Er umarmte mich so lange, bis mir grün und blau an den Schultern wurde. Mit seinen kräftigen Pranken hob er mich in die Höhe, schleuderte mich einmal um die Mittelachse, bevor er mich in seine Höhle verschleppte. Büro hinten rechts, bitte eintreten, ohne anzuklopfen. Sein Pressesprecher, ein ehemaliger Ehemaliger, reichte mir Wasser, Kaffee, trockenen Weißen, Champagner, Grappa und zwei Flaschen vom Feinsten.

Das Feinste, was es zu dieser Zeit in der Hansestadt gab, war ein Gesöff, das auf den Namen «Nichts» hörte. Nichts war weiß, durchsichtig, geschmacklos, hatte aber achtzig Prozent unter der Mütze, und das versprach einen Rausch, der von hier bis zu den Kapverden reichte. Und zurück.

Nach Einnahme des einen oder anderen Getränks, der Bürgermeister hatte inzwischen vier Pressetermine mit behinderten Walen, aufgedunsenen Berlinern, fetten Hamburgern und kläffenden Maulkörben hinter sich gebracht und rund zweihundert feuchte Hände geschüttelt, war mir so wohl, dass ich die missliche Lage, in der ich mich befand, kaum noch bemerkte. Um es ehrlich zu sagen, ich ahnte nicht mal, was mein Auftrag sein könnte. Kein Dunst von einem Schimmer eines Verdachtes auf einen Fingerzeig. Dreifacher Hopplativ. Toll, was? Hätte von Handke sein können.

«Es wird nachmittags ein Wettkiffen stattfinden», begann der salbadernde Bürgermeister, «wir müssen drei Mann hoch stellen. Und wenn wir verlieren …» Augenblicklich rannen Tränen aus seinen Bärenhöhlen, die bei anderen Menschen von den Poeten dereinstmalen so liebreizend besungen wurden. «Ach, die Äuglein dein, mein Liebchen fein», und was die französischen Amourensongs so auf Reime gezogen haben.

«Wenn wir verlieren», versuchte ich den Weinerling wieder auf die Fährte zu setzen.

Nichts da. Er war untröstlich. Sein Pressesprecher wedelte ihm Air fresh zu. Keine Regung. Als habe ihm ein nächtlicher Vampir alles Blut ausgesaugt. Oder war es Edward Hyde persönlich.

Ich bekam ein Fax zu lesen, das es in sich hatte. *Ho fatto un fax,* sagte der Italiener, der vernehmlich und laut in der Sauna einen streichen ließ.

«Die abendliche Runde beim Berliner Bundesinnenministerium hat beschlossen, dass mittels eines Wettbewerbes entschieden werden soll, wer die restlichen Schulden der Expo zu übernehmen hat. Die ausstehende Summe beträgt 2 Milliarden DM (in Worten: zwei). Der saarländische Kollege hat ein Wettkiffen ins Gespräch gebracht, weil die ewige Würfelei um Entscheidungen die meisten hinlänglich ermüdet hat. Austragungsort ist die Hansestadt Bremen, die sich als Ausrichter verdient machen kann, wenngleich auch sie drei Teilnehmer für den Wettbewerb zu stellen hat. Wer immer die *competition* verlieren sollte, muss das Urteil akzeptieren und sich den Schuldenberg zu Eigen machen.»

Wie brav die Berliner Bürokraten unter der Anleitung des Chiliasten das formuliert hatten.

Ein Wettkiffen, soso. In der Hansestadt, na ja. Und der Verlierer, auwei.

«Haben Sie jetzt begriffen, um was es geht?», murmelte der oberste Murmler. Und sein Pressesprecher nickte dazu im Takt. Das sah nicht aus, als würden die beiden Peter und der Wolf aufführen.

Ich hatte begriffen.

Sie brauchten einen Schiedsrichter, der bestimmte, welche drei Senatoren zu dieser *competition* anzutreten hatten. Warum sie gerade das englische Wort in ihrer Dienstanweisung verwandt hatten, konnte ich mir nicht erklären. Aber die Lösung dieses Rätsels lag noch hinter der Sphinx, und die kam gleich nach dem delphinischen Orakel und den Zaubersprüchen von Meersburg.

Die Senatorenrunde traf sich wie immer in der Sauna. Lauter blanke Menschen, denen man lieber nicht begegnen wollte.

«Das Wort hat mein Freund J. B. Cool!», sagte der oberste Nackte der Stadt.

«Nun», stotterte ich ein wenig verlegen. «Hier werden wir die Ausscheidung nicht durchführen können. Es ist viel zu heiß.» Mit einem kleinen Tanzschritt zum Musicalhit versuchte ich die Belämmerten und Beleidigten zu erheitern. Hatten sie nicht alle zusammen das Image aus der Stadt getrieben?

«Welche Ausscheidung?», schrie die Gesundheitssenatorin entsetzt. Offensichtlich war die Runde nicht über den Stand der Dinge informiert, noch weniger über mein Hiersein.

«Wir müssen herausfinden, wer die bremischen Farben beim Wettkiffen vertritt!», sagte die Kunstsenatorin, die wahrscheinlich früher mal an einem Joint gezogen hatte. Aber die anderen?

Nun trat Verzweiflung ein. Und das war die Schwester von Depression. Und die Tante von Hoffnungslosigkeit. Oder die Großmutter von Cappuccina, mit der Theo … ich schweife ab.

«Wenn sich keiner freiwillig meldet», rief der Bürgermeister und schnippte den Stirnschweiß in Richtung des verdatterten Kollegiums.

«Ich», rief der Bildungssenator, dessen grünweiße Karriere zumindest ein biographisches Detail aufwies, das zum Thema passte. In der Halbzeit hatten sich seine Werderboys häufig zum Sieg gekifft.

«Gut, und die anderen!» Der lange Evangele hatte die Zügel fest in der Hand, deswegen hielt er sich ja so lange auf dem hohen Ross. Der Hafensenator kippte zur Seite. «Raus mit ihm», kam der prompte Befehl des Feldherren.

Auch ich war froh, dass ich die erhitzte Diskussion verlassen konnte.

«Mir geht es ganz gut», sagte der Hafensenator, «aber mich nicht verraten. Ich konnte das Geschwätz nicht mehr ertragen.»

Vier Stunden und zwei Kommissionen später standen die Bremer Kompetanten fest: der Bildungssenator, der Polizeisenator und die Kunstsenatorin, die am Ende dran glauben musste.

Ich wählte das Restaurant «Am Deich 68» und bestellte die Teilnehmer zu einem Probekiffen, zwei Stunden vor ihrem Einsatz gegen die Länderkollegen. Dieses Bistro hatte sich einen Spitzenplatz in der hansestädtischen Gastronomie erkocht. Hier gab es Häppchen und Hämmchen, Süppchen und Nüdelchen, von Henner und Conny, und zum Nachtisch einen *hot shot*. (Ich hoffte auf ein paar Zugverspätungen, sodass die anderen Teilnehmer nicht rechtzeitig erscheinen konnten. Das regele ich, sagte der Bürgermeister, dessen liebster Spruch war: Der Etat bin ich. Tatsächlich hielt er Wort: Über seine Kontakte zum Bundesbahnpräsidenten ließ er ein paar Züge entgleisen, die sich dann in den Weg stellten, setzten, legten und dann ... warum eigentlich immer diese Umwege, J. B.?)

Theo Zenker, mein Chefkoch und Haschistent, hatte Material und Wasserpfeifen parat gestellt und sich dann in die Küche getrollt, um endlich mal zu lernen, wie man Bratkartoffeln richtig zubereitete.

Ich zeigte den Bremer Kompetanten und -onkeln, wie man eine Alufolie durchlöcherte, wie man den schwarzen Afghanen aufbröselte, wie man mit dem schwedischen Streichholz Glut erzeugte und wie man sich einen Zug verpasste, der jede Höchstgeschwindigkeit wie Kriechgang aussehen ließ.

«Das Wichtigste aber», erhob ich meine Stimme, nachdem ich Henner und Conny eingeweiht hatte, was sich hier vor ihren Augen und in ihrem Lokal in den nächsten Stunden abspielen sollte, «das Wichtigste aber, meine Freunde, das ist der freie Flug mit fremden Federn auf frischen Flügeln in ferne Felten ...» Ich war schon vom Zusehen bekifft, was ich von den senatorischen I-Männchen nicht gerade behaupten konnte.

«Ich spür nix», sagte der Bildungssenator.

«Ich spür auch nix», echote der Polizeisenator, der ohne seine vier Mastinos aussah wie ein Albino im Kohlebergwerk.

«Ich spür noch weniger», kam es kleinlaut von der Kunstsenatorin. Aber da hörte ich schon den leisen Anflug des herbeigeführten Irreseins in der Stimme. «Ich spüre so wenig wie wenn der grüne Bismarck von seinem Sockel reitet und den zweiten Platz im Stechen macht ...»

«Im Stechen?», krakeelte der Polizeisenator, der seine politischen Qualifikationen beim Skatspielen in der Vorhalle der Bürgerschaft erworben hatte.

Plötzlich nahm der Probelauf ernstere Formen an. (Wenn nun plötzlich die Kollegen aus den anderen Ländern vorzeitig hereinschauten? Hatte nicht Woody Allen den unsterblichen Satz geprägt: Wenn ich zu spät in die Uni komme, dann haben die schon ohne mich angefangen. Er lehrte damals Onanie an der New York State University.)

Die Kunstsenatorin stieg auf einen der blank polierten Holztische und rezitierte freihändig Dantes Höllenvisionen gemischt mit Goethes Gretchenphantasien und gewürzt mit Büchners Hetzpamphleten.

Der Polizeisenator entledigte sich der Militärstiefel und schwang sich mit Conny zu einem Wasserballett im Sektkübel auf.

Der Bildungssenator entwarf sich als Torhüter und hielt Elfmeter, die gar nicht geschossen wurden.

Das hätte ewig so weitergehen können, wenn nicht vor der eisernen Kneipentür ein Auflauf entstanden wäre, der in keinen Backofen mehr passte. (Oh, Kalauer, Kalauer, wie lange müssen wir noch auf das K lauern. Oder doch die roten Teufel vom Betzenberg. Na, wer knackt diese Synapse?)

Ein Stoßtrupp der Polizei bahnte sich den Weg durch die gaffende Menge: «Kommen Sie mit hoch erhobenen Händen heraus, leisten Sie keinen Widerstand, Sie sind umzingelt, legen Sie alle Waffen aus der Hand, hier warten ein paar Handschellen auf Sie, zu denen können Sie Vater sagen.» Der Einsatzleiter schien auch nicht gerade nüchtern zu sein, was ich seiner aufgedunsenen Wortwahl entnehmen konnte. Alk gegen Hasch, die alte Dichotomie, oder war es die Hypertonie …

Als die Beamten ihren obersten Dienstherrn erkannten, wie der auf autographierten Weltmeisterfußbällen ins Trudeln geriet, fielen sie auf die Knie und riefen: «Allah, Allah.» Das müssen Sie glauben, sie riefen seinen Namen.

Ich gab eine Erklärung ab, die in jeder Lokalspalte einen Ehrenplatz erhalten hätte, wenn denn jemand sie zur Kenntnis genommen hätte. (Aber das ist ja mein Fatum, zur Kenntnis nehmen gibt es nur noch auf Krankenschein …)

«Verehrte Bullerei, bei dem, was Sie hier sehen, handelt es sich um eine Fata Afghana. Es geht um nichts weniger als den Gottesbeweis: Welcher Senator kann höher fliegen? Und dieses geschieht im Auftrag des obersten aller Dienstherren, denn siehe, wir müssen uns rüsten für den finalen Flug. Jeder von Ihnen sollte sich diesem Experiment einmal stellen.»

Inzwischen waren zwei Dinge passiert, die sich behinderten: Zum einen kamen, über Polizeifunk alarmiert, die Heerscharen der Medien, zum anderen naschten Jungbullen von Theos schwarzer Ernte, und die war ja bekanntlich nicht zu verachten.

Sosehr der fast wieder nüchtern gewordene Polizeisenator Drehverbot zu erteilen versuchte, so wenig hielt sich die Medienmeute daran und filmte munter drauflos.

«Wo bleibt ihr denn?», tönte es über den Lautsprecher des Lokals. Es war der Protestant, der wissen wollte, was seine Kombattanten machten. Die anderen Bewerber stünden schon im Rathaus bereit. Bis auf das Saarland wären alle Länder vertreten. War die Saar denn schon wieder deutsch?

«Nichts anmerken lassen», rief ich den drei Bremern zu, «nur so können Sie den Vorsprung nutzen.»

Im Gänsemarsch führte ich die drei schwankenden Gestalten zum Ort des Geschehens.

Die Kunstsenatorin wimmerte, es sei ihr plötzlich so kalt, ob sie nicht doch noch ihr fuchspelzbesetztes Winterwestchen holen dürfe.

Nichts da.

Der Bildungssenator, dessen Kopf zu einem rosafarbenen Fußball geworden war, schickte sich an, durch Dribbeln und Hakenschlagen kein Aufsehen zu erregen.

Hoppla, er startete durch.

Der Polizeisenator hielt eine kleine Rede an kein Volk, die mit großem Beifall bedacht wurde.

Als wir im Rathaus ankamen, sahen wir die Bescherung. Das heißt, wir sahen erst nichts und dann nur den Bürgermeister mit seinem Pressesprecher, die aus Überzeugung einheimisches Wasser tranken.

«Mist», sagte der Pressesprecher, «das hätte ich nun nicht gedacht.»

«Geld her», sagte sein Dienstherr, «die Wette hab ich glatt gewonnen.»

Missmutig zückte der Ehemalige unter den Journalisten einen Tausi und reichte ihn dem Bürgermeister. «Alles für die Aktion: Ein' feste Burg ist unsere Stadt …» Nun kam er auch noch ins Singen. Welche Lieder diese Protestanten kennen …

«Danke, Mr. Cool», bekam ich zu hören, «dass sie so fein mitgespielt haben.»

Erst drei Tage später erfuhr ich, in welches Schachspiel ich geraten war und welchen Bauern ich gegeben hatte. Theo Zenker klärte mich ein wenig auf. Zum schieren Schandudel hatten sich die beiden Rathäusler eine Wette ausgedacht, damit sie was zum Spaßvergnügen hatten.

Nur die Aussicht, dass sich noch ein paar hundert Brösel Libanösel, die Theo auf Staatskasse gekauft hatte, in unserem Vorratskämmerle befanden, milderte meine miese Laune. Ich eilte ins Restaurant zurück und fegte die Reste zusammen.

Henner sagte: «Und Weihnachten gibt es Plätzchen.»

«Aber mit Füllung», bat ich.

Anke Cibach

Hexenritt

Viel Wasser ist seitdem die Elbe hinabgeflossen, Jahr für Jahr. Der Höhbeck im Wendland steht noch immer, weithin sichtbar in flacher, grüner Umgebung, geschmückt mit dunklen Kiefern, die sich sanft im Westwind wiegen, der vom Wasser heraufzieht. Ich liebe diese Landschaft wie eh und je, selbst die schweren, finsteren Eichenwälder haben ihren Reiz … und bewahren so manches Geheimnis aus vergangenen Zeiten.

«Hör endlich auf zu flennen und probiere den köstlichen Apfel-Streuselkuchen, solange er noch warm ist», herrschte ich meine Nichte Judy an. «Vom Heulen kommt dein Helmut auch nicht zurück.»

Wir saßen an einem der letzten schönen Spätsommertage hoch oben in dem verwunschenen Gartenlokal der Schwedenschanze und ruhten uns von der Wanderung «auf den Spuren Karls des Großen» aus. Ich hatte Judy auf diese Reise in meine alte Heimat eingeladen, um sie auf andere Gedanken zu bringen. Bei ihr war das verflixte siebente Ehejahr bereits vor dem zweiten Hochzeitstag eingetreten. Helmut hatte den Treueschwur gebrochen, ging fremd, hurte rum.

«Es liegt ja nur an dieser blonden Sirene aus dem Kirchenchor», schmollte Judy und schaufelte den köstlichen Kuchen lieblos in sich hinein. Das durfte ich natürlich nicht länger zulassen.

«Blonde Sirene? Du meinst wohl Sopran. Wäre dir eine Brünette etwa lieber gewesen? Nein, Judykind, du solltest niemals den Frauen die Schuld geben. Wir sind eben geborene Verführerinnen. Es ist eine Frage des Anstands, ob ein Mann der Versuchung widersteht oder nicht. ‹Einmal ist keinmal› lautet die Devise, aber danach ist Schluss mit der Toleranz.»

«Vor der Sirene waren es schon die Aushilfs-Sekretärin und seine Fitness-Trainerin, und jetzt schleicht er um das neue Au-pair-Mädchen herum.»

«Also ein Wiederholungstäter», meinte ich nachdenklich, «das ändert natürlich die möglichen Strategien …»

Wir wurden von Helga G. unterbrochen, einer der beiden Schwestern, die dem Familienbetrieb vorstanden.

«Das ist schön, Lotti, dass du dich mal wieder bei uns sehen lässt, alles in Ordnung in deinem Leben?»

Sie brachte uns auf Kosten des Hauses einen Schlehensaft und wandte sich dann lächelnd an Judy.

«Ihre Tante ist immer noch Mitglied in unserem Verein zur Pflege weiblichen Brauchtums. Sie hat gerade wieder eine sehr großzügige Spende überwiesen. Wenn Sie also einmal Fragen zu unseren alten Traditionen haben oder gar unseren Service in Anspruch nehmen möchten?»

«Das mit dem Geld war doch Ehrensache», unterbrach ich Helga. «Wo wäre ich wohl heute, wenn mir der Frauenverein damals nicht so selbstlos geholfen hätte?»

Judys Tränen waren inzwischen versiegt, sie starrte mich neugierig an, als Helga sich zurückgezogen hatte.

«Du in einem Heimatverein? So mit Trachten und Kreuzstich?»

«O nein, es geht eher um historische Bräuche und Gepflogenheiten, die Frauen seit langem praktizieren. Man könnte es als eine Art, nun, Hilfe zur Selbsthilfe bezeichnen. Wenn du verstehst, was ich meine», schloss ich lahm, es war ja auch wirklich nicht leicht zu erklären, was wir da taten.

«Ich verstehe kein Wort. Habt ihr Clubabende oder so was?»

«Jein. Wir treffen uns eher in freier Natur. Und zwar nur, wenn es erforderlich ist, weil eine von uns dringend Hilfe braucht. Die Vorbereitungen für diese Treffen sind ein wenig pikant, manchmal auch umständlich und zeitaufwendig.»

«Pikant? Du? Aber Tante Lotti, das möchte ich erleben!»

Wie schön, dass Judy wieder einmal herzhaft lachen konnte. Nur zu gerne hätte ich meine Lieblingsnichte für immer glücklich gesehen. Aber war sie wirklich schon bereit für einschneidende Veränderungen in ihrem Leben?

Ein riesiger, gelber Kater strich kurz um unsere Beine und wetzte dann seine Krallen an der altmodischen Gartenbank mit der abblätternden grünen Farbe, bevor er maunzend in der dichten Lorbeerhecke verschwand. Konnte das Urian sein?

«Nein, natürlich nicht.» Helga hatte uns beobachtet und schien wie immer meine Gedanken zu erraten. Diese Frau verfügte über eine Intuition, die man bei den eher spröde wirkenden Menschen des Wendlands nicht sofort vermutete.

«Der Urian, den du kennst, ist eines Tages im Wald erschlagen worden. Direkt auf unserem Platz, natürlich von Männern. Aber wir sind sicher, dass er seine Anlagen noch rechtzeitig weitergeben konnte. Sein Nachfolger leistet uns ähnlich gute Dienste.»

«Miez, Miez, komm!» Meine katzenliebe Judy versuchte, den Kater aus dem Gebüsch zu locken.

«Es ist zwecklos», erklärte Helga, «er ist kein Haustier.»

In diesem Moment stolzierte Urian II aus der Hecke, würdigte weder Helga noch mich eines Blickes, sondern sprang mit einem Satz auf Judys Schoß, wo er sich schnurrend an sie drückte und dabei seine unergründlichen Augen auf sie richtete. Helga und ich schauten uns überrascht an.

«Er hat sie ausgewählt, das ist kein Zufall», meinte Helga halblaut.

«Nötig hätte sie es bestimmt», bestätigte ich, «aber sie weiß noch nichts über unser Netzwerk.»

«Dann wird es Zeit, dass du sie aufklärst. Von Frau zu Frau. So haben wir es immer gehalten. Bring sie morgen Nacht mit zu unserem Platz.»

So plötzlich, wie der Kater aufgetaucht war, zog er sich wieder zurück.

«Helmut hasst Katzen», berichtete Judy. «Er hält sie für falsch und tückisch.»

«Klassische Projektion», murmelte ich vor mich hin und hoffte, dass uns das Thema Helmut nicht wieder über Stunden beschäftigen würde.

Auf dem Rückweg, am alten Grenzkastell vorbei, zückte Judy ihren Reiseführer. «Der mit Eichenbohlen verstärkte Erdwall barg früher zur Elbseite hin ein mittelalterliches Munitionsdepot … Lagerung von Wurfsteinen, blabla. Halt, hier steht was über die Schwedenschanze: In hundert Metern Länge auf dem Steilufer hinziehend … in der Zeit nach dem Dreißigjährigen Krieg prägten die Bauern aus der Umgebung den Namen ‹Hexentanzplatz› … angeblich fanden hier Beschwörungen statt … Menschen verschwanden spurlos … schwarze Magie! Tante Lotti, ein Hexentanzplatz! Gib's ruhig zu, der Frauenverein pflegt heimlich pikante alte Traditionen wie Besenreiten und Zaubertränkebrauen.»

«Nein, wir machen Harry Potter keine Konkurrenz. Und ich persönlich glaube auch nicht an schwarze Magie. Wie dir sicher bekannt ist, hat man im Mittelalter vor allem die intelligenten und aufgeschlossenen Frauen verbrannt. Damit ist ihnen großes Unrecht geschehen. Heute würde man sagen, sie hatten eben keine Lobby.»

«Zugegeben, in der Gegenwart geht es uns Frauen besser. Aber wer schützt uns vor untreuen Ehemännern?»

Na endlich, Judykind machte langsam Fortschritte.

«Du wirst dich sicher kaum noch an meinen ersten Mann erinnern können.»

«Der lustige Onkel Bernd? Mit dem roten Gesicht?»

«Richtig», bestätigte ich trocken, «wenn er getrunken hatte, konnte er besonders lustig sein.»

«Woran ist er eigentlich gestorben?»

«Herzversagen. Aber vorher war ihm noch das Lachen vergangen», fügte ich gedankenvoll hinzu. «Du wirst morgen mehr darüber erfahren.»

Am nächsten Tag war die Luft klar und kühl. Ein einsamer Roter Milan zog seine Kreise über dem Gartower See, während sich ein Zug Wildgänse in perfekter Formation auf den Weg in mildere Gefilde machte. Ein Hauch vom nahenden Herbst war bereits zu spüren, Zeit, seine Angelegenheiten zu ordnen.

Ich lud Judy zu einem Einkaufsbummel in Lüchow ein und spendierte ihr eine teure, handgestrickte Jacke.

«Es wird nachts schon kühl. Der Nebel steigt abends aus der Elbe-Seege-Niederung bis hoch in die Wälder. Und manchmal wird es eine lange Sitzung.»

«Und was machen wir jetzt hier auf der Schwedenschanze?», fragte mich Judy leicht fröstelnd, als wir uns nach Einbruch der Dunkelheit auf dem verborgen gelegenen Hochsitz häuslich niedergelassen hatten.

«Von hier aus hast du einen guten Blick auf den Hexentanzplatz.»

«Also gibt es ihn wirklich? Werden noch andere Leute kommen?»

«Wie du weißt, wird der Platz gemieden. Die Leute sind abergläubisch. Überirdischer Gesang, Schreie, Spuren von Blut und Federn, es wird gerne übertrieben. Tatsächlich gab es allerdings einige ungeklärte Vorfälle …»

«Dort am Rand der Lichtung, ich sehe etwas, das sich bewegt.» Judy verfiel unwillkürlich in ein Flüstern und drückte sich enger an mich.

Ein Paar trat aus dem Schatten. Eine junge, außergewöhnlich schöne Frau, deren lange Haare im Mondlicht golden schimmerten, und ein Mann, der sich offensichtlich misstrauisch umschaute. Die Frau umarmte den Mann, warf den Kopf nach hinten und schüttelte ihre Haare. Lachte sie? Dann fing sie an zu tanzen, geschmeidig und verlockend. Immer wieder drängte sie sich an ihren Partner, um sich ihm kurz darauf wieder zu entziehen. Zwischendurch machte sie einmal Pause, um einem bereitgestellten Korb eine Flasche zu entnehmen.

«Bestimmt Champagner», hauchte Judy, ganz fasziniert von dem Schauspiel.

«Nein, eine Mischung aus Schlehenwein und Kräutern», erläuterte ich, die ja zu den Eingeweihten gehörte.

«Gleich werden sie sich zum Lieben aufs weiche Moos legen. Es sei denn, er widersteht der Versuchung.»

Was er natürlich nicht tat, wie sich wenig später herausstellte. Genau wie die vielen vor ihm in all den Jahren. Das Paar blieb kurze Zeit eng umschlungen liegen, bis plötzlich ein fahles Tier wie aus dem Nichts auftauchte. Die Frau löste sich sofort von ihrem Partner und liebkoste das Tier, das ihr sehr vertraut schien.

«Aber das ist doch Urian!», rief Judy laut.

«Wer sonst? Ein magisches Zauberwesen? Psst, wir wollen nicht stören.»

Auf das Zeichen der Frau traten weitere Gestalten auf die Lichtung und schlossen einen engen Kreis um den Mann, der nun reglos auf dem Moos lag. Leiser, fremdartiger Gesang tönte zu uns herüber.

«Ist er etwa tot?» Judy wurde unruhig. «Und wer sind die anderen?»

«Frauen von hier, aber auch Mitglieder von auswärts. Die Gesänge und Rituale, die wir hier pflegen, sind uralt. Das Wissen wird von Generation zu Generation an Frauen weitergegeben. Der Mann ist nicht tot. Er hat nur Schlehenwein, versetzt mit dem Extrakt von Boletus luridus, dem netzstieligen Hexenröhrling, zu sich genommen. Seine Träume sind grell, er wird nach dem Aufwachen nur ein wenig müde und verwirrt sein. Keine Spätfolgen.»

Es sei denn … der Boletus luridus war leicht mit dem giftigen Satanspilz zu verwechseln, also war ein kleiner Betriebsunfall nie ganz auszuschließen, aber das konnte Judy auch später noch erfahren.

«Man wird ihn entkleiden und sein Bargeld als Spende behalten, so ist es Sitte.»

«Das ist Raub», empörte sich Judy.

«Du brauchst kein Mitleid mit ihm zu haben. Er ist ein EHEBRECHER. Wiederholungstäter.»

«Ach so, ja dann.» Judy war noch nicht restlos überzeugt. «Aber es ist gegen das Gesetz.»

«Die meisten Gesetze werden von Männern gemacht, deshalb haben Frauen sich schon immer zum Schutz ihrer Rechte zusammengetan. Der moderne Feminismus ist uns zu stillos, so besannen wir uns auf unsere ureigenen Waffen. Und der Mann hier ist für schuldig befunden worden.»

«Wer ist die blonde Frau, die getanzt hat?»

«Bestimmt nicht seine Ehefrau. Sie gehört zu den Sirenen, den schönsten und attraktivsten Frauen aus unserem Verband. Ihre Aufgabe ist es, nach Auftragserteilung der Ehefrau den untreuen Gatten in den Wald zu locken. Als Mutprobe oder

Liebesbeweis, sie sind sehr begabt und erfinderisch. Je nach Härte des Vergehens nehmen sie auch vorher Schecks und teure Geschenke in treuhänderische Verwahrung für die betrogene Ehefrau. Wir haben einen Extrafonds für Spesen, bis es soweit ist.»

Judy war bei dem Wort Sirene zusammengezuckt. «Ich glaube nicht, dass Helmut widerstanden hätte.»

«Eben, Judy, eben. Jeder Mann bekommt vorher eine letzte Chance auf Bewährung. Wenn er treu bleibt, passiert ihm nichts. Wenn nicht, gibt es mehrere Varianten der Strafe.»

«Und Onkel Bernd hat damals auch …?»

«Ja», gab ich offen zu, «sogar immer wieder, es konnte langfristig nicht nur bei Geldstrafen bleiben. Man verurteilte ihn zum Hexenritt.»

«Also doch.» Judy kicherte. «Wo habt ihr die Besen versteckt?»

Ich atmete tief durch, aber irgendwann musste sie es doch erfahren. Von Frau zu Frau.

«Dein Onkel war zu seiner Zeit ein berüchtigter Schürzenjäger, und je älter er wurde, desto jünger mussten seine Gespielinnen sein. Er galt als unbelehrbar. Schließlich gab man ihm Schlehenwein mit potenzstärkenden Kräutern und versprach ihm eine unvergessliche Mittsommernacht. Auf unserem Platz hier warteten bereits dreizehn entzückende Sirenen. Mein Gatte durfte sich auf den Rücken legen und verwöhnen lassen. Die Kräuter taten ihre Wirkung, sodass er recht lange durchhielt.»

«Und das soll eine Strafe sein?», fragte Judy ungläubig.

«Warte das Ende ab. Die Frauen ritten ihn, bis sein Herz versagte. Es dauerte fast bis zum Morgengrauen. Exitus.»

Ich legte eine kurze Erzählpause ein, bis meine Nichte sich wieder gefasst hatte.

«Der Hexenritt ist ein sehr humaner Tod, wir sind keine Unmenschen.»

Schweigend verließen wir unseren Aussichtspunkt und gingen in die überfüllte Schwedenschanze, in der die Frauen den jüngsten erfolgreichen Arbeitseinsatz feierten. Es war schön, viele bekannte Gesichter wieder zu sehen. Urian sprang sofort auf Judy zu und strich trotz der Enge schmeichelnd um ihre Beine.

«Oh, er hat sie ausgewählt. Sie wird eine von uns sein.»

Ich überließ Judy den jungen Sirenen, die sie darüber aufklärten, dass der Kater mit sicherem Instinkt immer nur die schönsten und fähigsten Frauen für den ehrenvollen Einsatz als Sirene auswählte.

«Schau sie dir an, endlich kann sie wieder strahlen», sagte ich zu Helga, die sich mit mir freute.

Gleich würde ich Judy auch die letzten, gerade eingetroffenen Vereinsmitglieder vorstellen: Helmuts Blondine aus dem Kirchenchor, seine Fitness-Trainerin und das neue Au-pair-Mädchen. Im Voraus von mir engagiert und bezahlt aus dem Spendentopf als kleine Aufmerksamkeit des Hauses. Helmut hatte den Test wie erwartet nicht bestanden. Judy sollte nun entscheiden, welche weiteren Maßnahmen sie für angemessen hielt.

Dabei würde ich sie natürlich beraten. Von Tante zu Nichte. Von Frau zu Frau.

Kai Engelke

Reine Privatsache

Vier Fehler habe ich: rauchen, trinken, fremdgehen und lügen. Wer treibt sie mir aus? Handwerker, Ende dreißig, sucht aufgeschlossene Sie. Chiffre A 739.

Ist doch geil, was? Mit der Masche klappt's fast immer. Klingt doch irgendwie ehrlich, oder? Auf alle Fälle nicht so verlogen wie all die andern Anzeigen:

Gut aussehender Sportwagenfahrer, sympathisch und gebildet, in gehobener beruflicher Position. Kulturell interessiert, finanziell unabhängig, sucht hübsche Blondine für alle Lebenslagen.

Müsste eher heißen: für alle Lebenslügen. Ist doch Scheiße! Liest du doch glatt drüber weg! Nimmt dir doch sowieso keiner ab! Und wenn sich mal eine auf so 'ne Anzeige meldet, dann hängen die Erwartungen gleich so hoch, das kannste total vergessen. Da siehst du alt aus, mein Freund! Geht gleich in die Hose, da wett ich drauf!

Aber mit meinem Text, sag mal ehrlich, was kann mir da schon passieren? Die Weiber finden's irgendwie witzig. Wollen mal gucken, was das für einer ist. Ich meine, rauchen und trinken ist ja normal.

Was? Genau. Prost!

Und fremdgehen? Da fragen die: Stimmt das denn wirklich mit dem Fremdgehen? Und dann sage ich: Das kommt ganz auf dich an, Baby! Wenn's mit uns gut läuft, dann hab ich das doch gar nicht nötig! Na ja, dann lachen die, und alles ist paletti.

Was mit dem Lügen ist? Na, das hab ich doch nur so aus Gag geschrieben, wegen der Optik, verstehst du? Ist doch geil. So läuft das, ey. Du siehst vor dir den absoluten Kontaktanzeigen-Profi. Da kannst du noch was lernen.

Ich treff mich mit denen aber jedes Mal woanders. Hab bald alle Kneipen durch: Klimbim, Wundertüte, Haarlem, Scarabee, Licher Bierstuben, Irish Pub – und irgendwann geht die Tour wieder von vorne los.

Nein, hierher komme ich meistens alleine. Zum Erholen. Muss ja auch mal sein. Bestellst du mir 'n Bier mit? Danke.

Der Ulenspiegel ist halt meine Ruhestätte. Ja, stimmt, hört sich komisch an. Aber hier haben die Perlen nix verloren. Ich meine die, mit denen ich rummache. Hier will ich meine Ruhe. Obwohl, ruhig geht's ja hier auch nicht grade zu. Immer total viele Leute. Vor allem, wenn Konzert ist oder Karaoke. Aber das ist was anderes. Hier, zwischen den Marx Brothers und Charlie Chaplin, neben Marlene Dietrich und Bogie, da fühl ich mich einfach wohl, da kann ich relaxen. Alte Filmplakate haben eine beruhigende Wirkung auf mich.

Siehst du den hölzernen Eulenspiegel da vorne? So wie der bin ich auch. Der zog früher die satten Bürger über den Tisch, und ich, ich hab mich halt auf die Weiber spezialisiert. Mir kommt keine mehr zu nahe, so gefühlsmäßig meine ich, die Zeiten sind vorbei, das kannst du mir glauben!

Ich hab hier irgendwas am Hals. Guck mal hier, kannst du was sehen? Das juckt so. Was meinst du? 'n Vampir? Ja, kann sein, wird mich beim Mittagsschläfchen 'n Vampir angezapft haben. Andererseits: war doch helllichter Tag … egal.

Hab grad meine Wohnung renoviert. Hat mich über zweitausend Mark gekostet. Nur reine Materialkosten. Neue Tiefkühltruhe hab ich auch. Und 'ne Satelliten-Anlage. Bin ich günstiger dran gekommen. Beziehungen. Kennste ja, eine Hand wäscht die andere. Vitamin B, weißt Bescheid? Ja, das musste schon sein. Wenn mein Sohn mal übers Wochenende da ist, der will doch was sehen! Der wäre stinksauer, wenn ich ihm nur drei Programme anbieten könnte. Na ja, und dann holen wir immer noch 'n paar Videos. Elektronische Großmutter – bin ja nicht blöd! Das gibt zwar hinterher meistens Ärger mit Erika, aber die ist sowieso immer zickig, die Alte.

Ich arbeite momentan so viel wie noch nie. Offiziell bin ich ja arbeitslos. Doch, schon seit Oktober. Dabei kriege ich so viele Aufträge, die kann ich gar nicht alle annehmen. Wenn ich wollte, könnte ich noch ein, zwei Mann einstellen, aber dann würde 's schwierig: Arbeitsamt, Sozialversicherung, weißt Bescheid.

Nachmittags bin ich immer so kaputt, da hau ich mich schon mal 'ne Stunde aufs Ohr. Abends muss ich ja wieder fit sein. Du weißt ja, wegen der Mädels. Ich krieg sie alle! Ich leg jede flach!

Rauchen, trinken, fremdgehen und lügen. Ha, ha, ha! Sollte ich mir direkt patentieren lassen.

Im Moment hat sich die Claudia bei mir eingenistet. Hat neulich meine Anzeige in der Zeitung gelesen. War ziemlich sauer. Ich hab ihr dann erzählt, dass da jemand meinen Text geklaut hat. Hat sie mir geglaubt. Schön blöd!

Jedenfalls muss die raus, aber ganz schnell. Sonst geht's ja nicht weiter. Dann ist Stau. Die tut doch glatt so, als wären wir schon 'n Paar. Fängt sogar an, sich für meine Spinnentiere zu interessieren. Jedenfalls sagt sie das. Aber an die lass ich keinen ran. Und die Claudia schon gar nicht! Da kann sie noch so viel rumlabern. So weit kommt's noch! Meine Terrarien sind tabu! Die sind reine Privatsache.

Ja, ich nehm noch 'n Bier.

Ich hab über dreißig Adressen von Frauen auf meinem

Handy gespeichert, das läppert sich. Kann ich nach Bedarf anrufen.

Klar, is 'ne Studentenkneipe hier. Aber das macht mir nix aus. Ich studier ja auch: die Weiber nämlich! Ha, ha, ha! Fall ich doch gar nicht auf, oder?

Guck mal, die da! Echt krass sieht die aus! Könnte mir glatt gefallen, die Alte! Aber erst mal muss ich die Claudia loswerden.

Wie die da an der Theke lehnt! Sieht genauso schnuckelig aus wie die alte Registrierkasse daneben. Könnt ich direkt schwach werden.

Meine Fresse, Ingo, reiß dich am Riemen. Du bist hier im Ulenspiegel. Das ist nicht dein Jagdrevier! Hier musst du clean bleiben. Sonst kannst du dich hier auch nicht mehr sehen lassen.

Mir wird irgendwie so komisch. Ob das am Bier liegt? Hab doch erst zwei Licher getrunken! Vielleicht macht mich ja auch die Alte da an der Theke verrückt. Mir wird so heiß. Dabei brennt im Kamin doch gar kein Feuer. Die Marionetten grinsen mich an. Nee, wirklich! Guck doch selbst, die lachen, die lachen mich aus! Ich glaub, ich mach heut früher Schluss.

Wieso dreht sich die Eule? Alles dreht sich. Ob ich was Verkehrtes gegessen habe?

Oh, mein Handy! Wer kann das sein? Bestimmt eine von den blöden Perlen. Wenn ich nur wüsste … ich hab jetzt kein' Bock … wer? Claudia? Du? Weshalb rufst du hier an? Ich hab dir doch ausdrücklich gesagt, du sollst … Was? Wie's mir geht? Wieso fragst du? Gut natürlich! Das heißt, nein! Mir geht's nicht gut. Genau genommen geht's mir beschissen. Absolut beschissen! Sag mal, bist du bescheuert? Wieso lachst du jetzt? Claudia, wieso lachst du, wenn's mir … was? Die Feuerwehr? Ja, wieso denn? Brennt es oder was?

Die beiden tropischen Skorpione? Ich versteh nur Bahnhof!

Meine Scorpiones arachnida? Im Bett? In meinem Bett? Sag mal, bist du komplett übergeschnappt? Wie ist das passiert? Hast du etwa vorhin ... sag mal, bist du wahnsinnig? Du kannst mich doch jetzt nicht so ... Claudia! Ich liebe dich doch! Claudia, das kann doch nicht dein Ernst ... Claudia ... ich glaub, ich ... mir wird schlecht.

Lilo Heimann

Cadavre exquis

Sie fanden ihn alle ein bisschen verrückt. Und er kam von der Hauptstraße her durch den historischen Torbogen genau auf ihren Tisch zu, auf den weißen Klapptisch, an dem sie auf weißen Klappstühlen saßen. Die Sitzgruppen standen auf dem mit kleinen Steinen gepflasterten Rund eines Innenhofes mitten in Heidelberg um einen vierbogigen Brunnen, von dem das Türkis des Vorjahres schon abblätterte. Der Hof gehörte zum Kurpfälzischen Museum, in dessen Garten Licht und Schatten auf Bäumen und Rasen ihr sommerliches Spiel trieben.

Beate, die ihren Lieblingsplatz eingenommen hatte, die mächtige Kiefer im Rücken, blickte auf die gelben Barockgebäude mit den Sandsteinfassungen, auf die beiden Heiligenfiguren, von denen sie nicht genau wusste, wen sie darstellten, und auf das Wirtshausschild mit dem goldenen Schwan.

Es kam ihr vor, als ob jemand einen Blaufilter über Heidelberg gestülpt hätte, so unwirklich war dieser Juninachmittag.

«Die blaue Ferne scheint hell», hatte sie gerade zu Ami Beardi und zu Dagmar gesagt, «aber Blau zunächst ist auch die Farbe der Finsternis.» Das hatte sie irgendwo gelesen, Klawuhn, der mit am Tisch saß und nur halb zugehört hatte, vermutete, im Zusammenhang mit Goethes Farbenlehre.

Und Fabian, der nun an ihrem Tisch angelangt war und Klawuhn begrüßte, den er seit langem kannte, trug einen leichten blauen Pullover und passte ins Bild.

Er hat Krokodilsaugen, dachte Beate, die noch nie einem Krokodil ins Auge geblickt hatte. Schillernde graue Augen. Oder grüne? Sein Blick, der sie nur streifte, verursachte ein Rumoren über ihrem Magen, ein Poltern im Brustkasten. Ein Tod wird kommen. Und er wird deine Augen haben.

Grüne Augen.

Sie wandte den Blick von ihm ab und betrachtete Dagmar.

Er hat Musikerhände, dachte diese. Ich werde ihn heiraten.

Und Ami Beardi mit dem naturblonden Pferdeschwanz, die schon mit einem Ingenieur verlobt war, sagte leise zu Beate: «Das ist ja Christian Buddenbrook.»

Und obwohl sie es nur geflüstert hatte, hatte es auch Klawuhn gehört und sagte: «Quatsch, das ist Fabian Höll, auch ein Germanist.»

«Ungsteiner Honigsäckel», sagte Fabian ein bisschen abschätzig, als er an Klawuhns Glas schnüffelte, nachdem er sich neben Dagmar gesetzt hatte. Die Edelrosen Königin von England hinter Dagmar standen schon in voller Blüte. «Und was trinkst du?» Fabian in seinem blauen Pullover, der so gut zu dieser bläulichen Stunde passte, bestellte Ewig Leben, einen Wein aus Franken. «Der ist herb, sauer, bitter wie das richtige Leben», sagte er zu Dagmar, die gerade dachte, wie gut, dass ich heute mein Haar hochgesteckt habe, oben die bauschige Tolle, die Seiten glatt. «Willst du davon kosten?»

«Kosten ja, nur kosten», sagte Dagmar. Es war ihr absolut egal, wie Ewig Leben schmeckte, sie hatte es auf das Glas abgesehen und setzte ihre Lippen genau an die Stelle, von der Fabian getrunken hatte.

«Und?»

«Ja», sagte Dagmar nur. Und noch einmal und nachdrücklicher: «Ja.» Und dann gab sie Fabian das Glas zurück. Und er trank den zweiten Schluck vom Glasrand, an dem Dagmars Lippenstift eine Spur hinterlassen hatte.

Als er ihre Gitarre entdeckte, sagte er: «Ich spiele auch.»

Aber das hatte sie nicht nur vermutet, das hatte sie von Anfang an irgendwie gewusst.

«Ich spiele am liebsten Klavier», sagte Dagmar. «Du kannst mir zuhören. Ich wohne in einer Mansardenwohnung in der Plöck. Die hat meinem Großvater gehört, der ist seit drei Monaten tot. Aber sein Flügel ist noch da. Ein Jugendstilflügel, Ahorn, schwarz poliert mit Messing und Elfenbeinintarsien.»

«Eine ganze Wohnung», fragte Fabian, «du hast eine ganze Wohnung?» Denn er wohnte in einer Studentenmansarde am Heumarkt.

«Wenn ich das Fenster in meiner Bude auflasse», sagte er dann, «dann springt eine getigerte Katze herein.»

«Nur eine Katze», sagte Dagmar, «mir ist's lieber, wenn mich Menschen besuchen.» Und sie sah Fabian so an, dass er sicher war, sie meinte in diesem Augenblick nicht irgendwelche Leute, sondern ihn, ihn ganz allein. Dagmar aber dachte erneut, es wäre nicht schlecht, ihn zu heiraten, die Wohnung in der Plöck war groß genug für zwei.

Eigentlich war sie groß genug für viele, für die ganze Clique. Es gab genügend Matratzen zum Übernachten. Und schlafen konnte man in der Küche zwischen der zum Trocknen aufgehängten Wäsche und Polsterkissen, in einer Küche, in der man ständig über leere Bierflaschen, den «Faust» und «Wilhelm Meister» stolperte.

Bis zu Dagmars Tod übernachtete dann auch häufig einer von ihnen in der Mansardenwohnung in der Plöck.

Schade, mein Großvater hat mir weder eine Mansarde noch ein Klavier hinterlassen, dachte Beate, und wozu auch, da ich doch nicht spielen kann. Deshalb darf ich auch nicht vom

Ewig Leben kosten. Sieht Dagmar aber nicht noch weniger als ich nach ewig Leben aus?

Ami Beardi aber warf ihren Pferdeschwanz nach hinten, griff nach Fabians Weinglas und sagte: «Lass mich auch mal kosten.»

Und Klawuhn, der sah, dass Fabian diese Geste imponierte, sagte warnend: «Pass auf, die ist schon verlobt.»

Ami, die von einer unbenutzten Stelle des Glasrands trank, sagte: «Ich glaube, ich steige auch darauf um.»

«Schade, dass du verlobt bist», sagte Fabian, «ich könnte mir ein ganzes Leben mit dir vorstellen.»

Sie war die einzige am Tisch, die blond war. Fabian ging mehrmals in der Woche ins Kino, in den Faulen Pelz, und schwärmte für Grace Kelly.

«Jetzt fangen wir aber an», sagte Klawuhn ungeduldig und klopfte mit seinem Kugelschreiber auf ein leeres Blatt Papier.

«Was?», fragte Fabian, der gleichzeitig mit einer Handbewegung noch eine Runde Ewig Leben bestellte.

«Wir spielen Cadavre exquis. Kennst du das?»

«Glaub schon», sagte Fabian, «ihr spielt Surrealisten, einen Zettel, eine Zeile schreiben, so knicken, dass der Nächste nur das letzte Wort sieht. Darauf muss er seinen Vers reimen und wieder einen mit neuem Reimwort anfügen. Cadavre exquis – der köstliche Leichnam.» Während er sprach, grüßte er lautlos mit Kopfnicken ein Paar, das sich an den Nebentisch gesetzt hatte.

«Also, Klawuhn, fang an.»

«Beate soll anfangen.»

Sie saß direkt neben Klawuhn.

Fabian blickte sie jetzt scheinbar erstmals direkt an, blickte auf ihr grasgrünes Kleid mit den Riesentaschen auf dem weiten Rock. «Nennt man dich die grüne Sau?»

«Was heißt man?», sagte Beate, die das Zitat erkannt hatte, geistesgegenwärtig. «Das darf nur Heine.»

«Ab heute darf ich's auch», sagte Fabian.

Und da wusste sie, dass ihr diese Krokodilsaugen einmal sehr nahe kommen würden, obwohl sie dunkelhaarig war und in keiner Weise Grace Kelly glich.

Dagmar sah es auch und fragte sich, ob sie Fabian wirklich heiraten sollte, vorausgesetzt, er wollte es auch, was ja noch gar nicht eindeutig war.

Beate aber war noch völlig unentschieden und guckte zur gleichen Zeit zu dem Paar am Nebentisch, wo sie einen Mund erblickte, der sie eigenartig an den von Clemens Brentano auf der Büste von Tieck erinnerte. Aber das lag wohl nur daran, dass ein solcher Blaufilter über Heidelberg lag, der alles romantisch erscheinen ließ.

«Detlev», flüsterte Klawuhn, der ihrem Blick gefolgt war, «das ist Detlev. Studiert Anglistik und spielt auch Theater.»

«Wundert mich nicht», flüsterte Beate zurück. Und dann schrieb sie endlich die erste Zeile auf das Blatt Papier: «Der Poet ist der Wirt und der letzte Actus die Zeche». Das hatte sie bei Schiller gefunden und fand, es passte zur Umgebung. Der Nächste musste ganz schön tüfteln. Sie knickte den Zettel und gab ihn weiter.

«Immer im Innenhof, nie im Museum», sagte Ami zwei Monate später zu Dagmar. Die anderen waren noch nicht im Garten. «Lass uns mal reingehn!»

Sie durchwanderten die Räume. Archäologie, Stadtgeschichte, Kunsthandwerk, der große Christus auf dem Zwölfbotenaltar Riemenschneiders. Aber Dagmar war nicht bei der Sache. Ihr war übel, sie hatte schon mehrmals nachgerechnet, sie hätte spätestens vor fünf Tagen ... Aber sie konnte auch nicht einfach zu Fabian sagen, du, wir ...

Aus den Fenstern der Kurpfalzsammlung im Palais Morass blickte sie auf die riesige Kiefer, die Eiben, das gepflasterte

Rund, auf dem an den weißen Tischen jetzt Gäste saßen, ganz außen Fabian und Beate, die in einer Weise die Köpfe zusammensteckten, dass es Dagmar den Atem nahm. Hinter ihr betrachtete Ami in einer Vitrine eine Dame ohne Gesicht in üppig besticktem Brautkleid mit Gehängen aus winzigen Perlen und Courschleppe. Ami würde auch bald ein Brautkleid tragen, aber Dagmar war in diesem Moment sicher, dass sie nie so ein üppig besticktes Kleid tragen würde wie diese Gräfin Leonore, ja, dass sie überhaupt nie irgendein Brautkleid tragen würde. Sie hatte die Wohnung und den Flügel, aber sonst hatte sie kein Glück, und sie würde, dachte sie, während sie Fabian und Beate beobachtete, auch nie Glück haben. Sie würde auch nie Konzertpianistin werden. Und das war eigentlich immer ihr heftigster Wunsch gewesen. Wenn der nicht in Erfüllung ging, war ihr Leben ohne Sinn. Dann hatte sie versagt.

Sie stiegen in den zweiten Stock und blickten über die Bäume auf das Bergmassiv mit dem Philosophenweg. Ich bin in den letzten Wochen oft mit Fabian dort entlanggegangen, dachte Dagmar, aber dann war er auch wieder tagelang weggeblieben, wahrscheinlich war er bei Beate oder bei einer seiner früheren Freundinnen. Sie waren kein richtiges Paar geworden, wie sie es sich an jenem Juninachmittag gewünscht hatte, als Beate gesagt hatte, jemand hätte einen Blaufilter über Heidelberg gestülpt. Sie kannte Fabian inzwischen so gut, dass sie wusste, er hielt es nicht lange nur mit der getigerten Katze aus, die durchs offene Fenster auf sein Bett sprang.

Hinter ihr sagte Ami: «Eine italienische Nussbaumtruhe mit römischer Triumphalsymbolik.»

Nach Triumph war Dagmar nicht zumute. Neben ihr lächelte das Gesicht Metternichs auf einem Gemälde etwas verschlagen, wie ihr schien, und so, als wäre der Fürst eben für eine Talkshow aus der Maske gekommen. Der Museumswärter ließ Wasser rauschen, sie wussten nicht zu welchem Zweck. Türen wurden zugeschlagen, sie suchten den Ausgang, kamen am Bild der Sängerin La Trompetina vorbei. Und Dagmar dachte, Beate hat einen noch größeren Busen als dieses Weib. Und Fabian gefällt er.

Klawuhn hatte sich gerade zu Beate und Fabian gesetzt, als die beiden aus dem Museum kamen. Er betrachtete Beates neues Kleid. Und da war auch eine Menge zu betrachten, denn der Druck auf dem leichten Baumwollstoff zeigte den Alt-markt von Brüssel, immer wiederkehrend die historischen Prachtbauten.

Bauwerke, Domizile, Heimstätten, Logis, dachte Dagmar, alles Wohnungen des Todes, Quartiere des Sensenmannes, darin letzte Seufzer, zugedrückte Augen. Ob es weniger er-schreckend ist, in einem so noblen Bauwerk seinen Geist aus-zuhauchen? Zuletzt Blumensträuße zu sehen auf Truhen mit Triumphalsymbolik? Sie seufzte.

«Was ist?»

«Du hast Kleider anprobiert», sagte sie zu Beate, «ich pro-biere gerade Todesarten an.»

«Wie originell.»

Stimmt, dachte Dagmar ernüchtert, es war ja auch nicht meine Idee. Wer hatte das gesagt? Frisch? Marina Zwetajewa? Vielleicht beide. Sie berührte ein Gebäude auf Beates Hüfte. «Wie sind die Leute darin gestorben?»

«Sanft entschlafen», sagte Ami und schüttelte ihren Pferde-schwanz, «alle Lieben um sich.»

«Durch einen kleinen scharfen Dolch», mutmaßte Klawuhn, «oder durch eine Kugel beim russischen Roulette.»

«Ich habe keine Pistole», sagte Dagmar in einer Stimmung, in der ihr ein schnelles Ende tröstlich erschien, «nicht einmal ein kleines Stilett.»

«Von ganz oben aus dem Fenster gesprungen, mitten auf diesen prachtvollen Platz», sagte Fabian.

«Springen, das ist mir zuwider. Darf man eigentlich den Turm der Heiliggeistkirche besteigen?»

Niemand wusste es. Von der Peterskirche her läuteten Glocken.

«Nun hört endlich auf», sagte Beate, «ihr nehmt mir noch alle Freude an meinem neuen Gewand.»

Das Meer war weit weg von Brüssel, von Heidelberg, von Golyzino, wo Marina Zwetajewa den Tod anprobiert hatte. Dagmar malte sich aus, wie jemand, der nicht schwimmen konnte, mit ausgebreiteten Armen weit in die Wogen hinaus lief. Und dann stellte sie sich ein kleines blutiges Klümpchen vor, das achtlos weggespült wird, ein Klümpchen noch ohne Hände und Beine.

Mit seinen sechs Beinen krabbelte ein Insekt über den Tisch. Klawuhn drückte den Zeigefinger darauf, genau dorthin, wo die Reflexe der Weingläser leuchteten. Schon immer hatte es ihn fasziniert, wie schnell sich ein Lebewesen in tote Materie verwandeln ließ, wie schnell jede Bewegung aufhören konnte.

«Alles ist schrecklich», sagte Dagmar, «auch schlucken ist abscheulich. Und dabei ist Heidelberg die schönste Stadt der Welt, schöner als Brüssel, als Sankt Petersburg, als New Orleans oder Paris.»

Klawuhn hatte bisher nur Insekten getötet, aber immer Lust verspürt, größere Lebewesen umzubringen. Im Traum hatte er häufig gemordet. Sie tranken Ewig Leben, und er erzählte vom Töten. Im Gesträuch raschelten die Amseln. Vom nahen Spielplatz hörte man Kinderstimmen.

Im November wurde es kalt und trüb, und selbst Heidelberg, der Vaterlandsstädte ländlich Schönste, ließ keinen Gedanken mehr an eine südlich-frohe Stadt mit dem Flair der Toskana aufkommen. Die Stühle im Garten des Kurpfälzischen Museums waren zusammengeklappt und beiseite geräumt worden.

Die Clique traf sich jetzt in der «Backmulde» in der Schiffgasse ganz in der Nähe des Marstalls, wo die Mensa war. Die grüne Sau trug keine weiten grünen Kleider mehr, sondern schwarze Hosen und, worauf sie besonders stolz war, Detlevs dicken schwarzen Pullover. Sie hatte ihr Haar so wachsen lassen, dass man sie von weitem für Friederike Mayröcker halten konnte. Sie beschäftigte sich in den Bibliotheken mit dem Verhältnis von Erzählzeit und erzählter Zeit bei Theodor Fontane und fürchtete, nie wieder einen Roman mit unvoreingenommener Freude lesen zu können, weil sie ständig nur darauf lauerte, irgendwo iterativ-durative Raffungen entdecken zu können, was ihr auch häufig gelang.

Fabian untersuchte Wörter mit Grimm'schem Rückumlaut und vertiefte sich in seine Geschichtsklitterung, und Ami hatte im eng sitzenden Brautkleid ihren Ingenieur geheiratet und erwartete ihren ersten Sohn. Nur Detlev, der inzwischen fest zur Clique gehörte, war absolut glücklich, denn er trat mit eigenen Texten im Kabarett auf und bastelte an einer Hausarbeit über Oscar Wilde. Klawuhn hatte eine lang anhaltende Bronchitis, ihn sah man selten in der «Backmulde».

«Von Oscar Wilde kenn ich nur den Dorian Gray», sagte die grüne Sau, die jetzt eine schwarze war.

«Da hast du was verpasst», sagte Detlev, «sogar viel verpasst.»

«Zum Beispiel?»

«Lord Arthur Savils Verbrechen, eine Studie über die Pflicht.»

Fabian, der leise auf Dagmars Gitarre geklimpert hatte, horchte auf und legte das Instrument beiseite. «Ein Verbrecher aus Pflicht?», fragte er.

«Genau.» Detlev spitzte die Lippen, was er immer machte, wenn er etwas spannend fand, und blinzelte mysteriös. «Da gibt's eine Lady Windermere, die hat einen Chiromanten eingeladen, um den Gästen aus der Hand zu lesen. Und in den Handlinien des Lords sieht er, dass der irgendwann einen Mord begehen wird, einen Mord begehen muss.»

«Und das nimmt der ernst und bemüht sich, die Sache schnell hinter sich zu bringen?», ergänzte Fabian.

«Genau.»

Beate, die schon wieder die Zettel für den Köstlichen Leichnam auf dem Wirtshaustisch liegen hatte, stieß Fabian abrupt an. «Klawuhn kennt deine Schwester nicht, die könnte eine Chiromantin spielen und aus ihm einen Mörder aus Pflicht machen.»

«Verrückt», sagte Detlev.

Aber der Plan wurde ausgeheckt. Fabians Schwester Elisabeth hatte dichtes lockiges Haar, das ihren Kopf gewaltig aufplustern konnte. Ein Fransentuch verstärkte ein paar Tage später ihr exotisches Aussehen. Sie saß schon mit am Ecktisch der Clique in der «Backmulde» und hielt Beates Hand, als Klawuhn auf ihren Tisch zusteuerte.

«Eine Chiromantin», sagte Fabian, «sie weiß die Zukunft.»

Klawuhn grinste.

Elisabeth fuhr sanft mit dem Zeigefinger der rechten Hand die Linien in Beates Handfläche nach und schüttelte energisch den Kopf. «Bedeutende Lyrikerin? Keine Spur. Höchstens Pressedame bei Mövenpick. Und selbst das mit geringstem Erfolg. Rausschmiss. Sehr sensibel, höchst komplizierte Partnerbeziehungen.»

«Tolle Aussichten», nörgelte Beate, «und dafür quäle ich mich mit iterativ-durativen Raffungen.»

Dagmar hielt zögernd ihre Hand hin und fragte nach ihrem möglichen Erfolg als Pianistin.

«Sieht schlecht aus, übel, übel», sagte Elisabeth mit verstellter Stimme. «Was ich seh, ist Lehrerin in einem Kaff im Odenwald. Übrigens extrem kurze Lebenslinie.»

«Und was ist mit der Liebe?»

«Na ja», sagte Elisabeth nur und zuckte mit einem Blick auf Fabian zweifelnd mit den Schultern.

«Klingt nicht gerade aufmunternd», meinte Klawuhn und legte seine Handflächen offen auf den Tisch.

Elisabeth markierte ein Stutzen und starrte ihn lange mit erschrockenen Augen an.

«Was ist?»

«Nichts», sagte sie hastig, «kann man nicht aussprechen.»

«Ich kann alles hören», sagte Klawuhn sarkastisch, «es ist doch nur Spaß und Mumpitz. Aber eigentlich bist du schon viel zu weit gegangen. Musst du den Leuten alle Illusionen zerstören?»

«Bei dir ist es schlimmer», sagte Elisabeth, «du bist ein Verbrecher, du wirst irgendwann einen Mord begehen, du musst einen Mord begehen.»

Klawuhn lachte. «Ja», sagte er, «mehrere sogar, wenn ich meinem Vater beim Kaninchenschlachten helfe.»

«An deiner Stelle würde ich nicht lachen», sagte Elisabeth. Und weg war sie.

Es war eine saublöde Idee von mir, dachte Beate. Alle griffen nach Salzstangen und Erdnüssen, um durch Kauen über das Unbehagen hinwegzukommen, das Elisabeths Auftreten hinterlassen hatte.

«Du könntest dem Kanzler vergiftete Rosen schicken», schlug Detlev vor.

«Ein Papst-Attentat planen», sagte Fabian.

«Einen Diktator mit einer mit Sprengstoff präparierten Stalin-Gesamtausgabe umbringen», sinnierte Dagmar.

«Dann wär ich doch kein Verbrecher», sagte Klawuhn in seinem breitesten Badisch. «Ich weiß nicht einmal, ob es ein Verbrechen wäre, einen von euch umzubringen, denn eines Tages werdet ihr euch alle als schuldig anklagen müssen. Und was soll ich mit Sprengstoff. Mein Bruder ist Arzt. Da sollte ich mir doch Gift besorgen können.»

«Meine Schwester Marion arbeitet in einer Apotheke», sagte Dagmar, «sie kann mir auch Gift besorgen.»

Und Beate fragte und schielte auf die Gitarre: «Können wir nicht einen Bänkelsang draus machen?»

«Unsre ewige Tantenmörderei wird doch langweilig», sagte Fabian.

Klawuhn, der Mörder aus Pflicht, ermordete weder seine Tante noch den Papst und auch nicht den Kanzler oder einen Diktator, aber er kam nicht los von dem Gedanken an den unabdingbaren Mord, den er begehen musste. Immerhin hatte die Chiromantin Dagmar und Beate brutal die Wahrheit gesagt.

«Warum hast du das getan?», fuhr Fabian seine Schwester an.

«Weil es Klawuhns Glauben an sein Schicksal verstärkt hat. Und wann kann ein Mensch mal so unbarmherzig Schicksal spielen?», fragte Elisabeth. «Und schließlich weil es halt so ist. Das Leben ist eben etwas Verzwicktes, gell?»

Sie sagte nur parodistisch «gell». Oder vielleicht sagte sie es aus Verzweiflung.

Das Leben erwies sich als noch viel verzwickter. Dagmar saß täglich zwei Stunden oder mehr an dem Jugendstilflügel ihres Großvaters aus poliertem Ahornholz und dachte dabei, dass sie doch nur als Lehrerin im Odenwald enden würde, falls sie dies überhaupt schaffte. An ein ewiges Leben mit Fabian glaubte sie nicht mehr. An das Klümpchen, das ohne Arme und Beine weggespült worden war, dachte sie immer häufiger.

Auch Beate glaubte nicht an ein Leben mit Fabian oder Detlev, gleich gar nicht an ein ewiges, auch nicht, wenn die getigerte Katze neben ihr in Fabians Bett am Heumarkt schnurrte und ihr die grünen Krokodilsaugen so nah waren, dass es wieder in ihrem Brustkasten polterte. Aber sie war nicht unzufrieden, sie hatte wenigstens einen Seminarschein für ihre Fontane-Tüftelei bekommen.

Immer wieder in diesen Monaten (iterativ-duratives Geschenk für Beate!) traf sich die Clique im Garten des Kurpfälzischen Museums, im «Cave» oder der «Tangente», und so kam der August heran. Dagmar hatte allen Lebensmut verloren. Obwohl es abends noch lau war, verabredeten sie sich drin in der «Backmulde», die für die Clique zu einem warmen mütterlichen Schoß geworden war.

Als Detlev an einem Abend in der ersten Augustwoche Dagmar den Cadavre-exquis-Zettel mit dem Reimwort ohne hinreichte, nahm ihm Dagmar mit großer Hast den Stift aus der Hand und schrieb: «Hat die Hoffnung keine Fahne?»

Dann faltete sie das Blatt nicht weiter. «Schluss», sagte sie, «das war die letzte Zeile.»

«Hat dir deine Schwester Gift besorgt?», fragte Klawuhn.

«Es reicht auch für dich», sagte Dagmar und sah ihn lange an.

Klawuhn schüttelte den Kopf. «Oder für dich.»

Beate zögerte, dann schüttelte auch sie den Kopf. «Denk dran, was die Chiromantin gesagt hat.»

«Wenn schon.»

Dagmar stand auf. Keiner hielt sie auf. Alle ahnten, was geschehen würde. Nur Klawuhn folgte ihr.

Dagmar interessierte ihn nicht. Es interessierte ihn keinen Heller, ob Dagmar Chopin ausdrucksvoll oder mechanisch spielte, es interessierte ihn nicht, ob jemand sie liebte oder nicht liebte, ob sie ein Kind austragen durfte oder nicht. Sein Interesse galt nur der Tatsache, dass sich hier ein lebendiges Objekt in Leblosigkeit verwandeln würde, genau wie die Insekten, die er mit einem Griff getötet hatte.

Das wollte er erleben. Und er empfand es als Auszeichnung, dass er, gerade er, zum Mörder auserkoren worden war, er ganz allein, denn Töten als Ritual hatte ihn immer fasziniert wie Stierkampf, Jagd, den Göttern opfern. Immer hatte er größere Lebewesen umbringen wollen.

Nach Dagmars Selbstmord, den sie alle bei den Ermittlungen bezeugten, spielten sie nie wieder Cadavre exquis. Sie wurden in alle Winde zerstreut. Für einige war der Garten des Kurpfälzischen Museums in der Ferne zu einem Paradies geworden, einem Paradies, aus dem sie sich vertrieben glaubten, einem Paradies mit einem Brunnen, dessen Rauschen Dagmar vergiftet hatte. Auch in ihren Wohnorten gab es hohe Kiefern und alte Eiben, Amseln und Museen mit bejahrten Schränken und Truhen. Aber die Bäume und Möbel im Palais Morass hatten in einem nachwirkenden Sommer besondere Blicke aus Krokodilsaugen und ganz besonderes Gelächter und Seufzen gehört. Vielleicht kannten sie auch das Geheimnis, das noch immer um Dagmars Tod wehte.

Und auch die «Backmulde» war ein Paradies, aus dem sie ausgestoßen worden waren, ein Schoß, in den sie nicht zurückkriechen konnten. Oder doch?

Warum sollten sie nicht einfach alle wieder auf das Haus mit dem Giebel zugehen? Auf das Haus in der Schiffgasse, in der einst das Gasthaus zum Schwarzen Schiff gestanden hatte?

Warum hatte es früher so geheißen?

«Weil hier die Pulverschiffe anlegten, die unter schwarzer Flagge fuhren», sagte Klawuhn.

«Wir saßen also quasi auf einem Pulverfass?»

«Dagmar bestimmt», sagte Beate.

Sie traten in die Gaststube, alle auf einmal. War das ihre alte «Backmulde»? Hatte es hier nicht ganz anders ausgesehen, als sie Cadavre exquis gespielt hatten? Wie? Das wusste keiner mehr genau. Der Kellner gleich gar nicht. Der kannte nur die neue «Backmulde», das Lokal mit den dunklen lackglänzenden Tischen, auf die er die weißen Servietten legte, auf denen er die weißen Kerzen anzündete, auf die er die funkelnden Weingläser stellte, einladend, festlich. Er kannte die von dunklen Balken umgebenen weißen Wände, die kleine hölzerne Backmulde, die von der Decke herabhing, und er zählte mitunter die Flaschen mit Aperitifs und Digestifs, die als Blickfang in der Mitte des Lokals thronten. Manchmal kam er auf siebzig.

Sie alle hatten die unaufdringlichen Möbel in der alten «Backmulde» nie besonders wahrgenommen. Da hatte es Tische gegeben, auf denen die Biergläser standen, und Stühle, auf denen man bequem sitzen konnte, Licht und Wärme. Mehr hatten sie nicht bemerkt. Denn sie waren mit sich beschäftigt und den verwirrten Fäden, die sie aneinander fesselten. Jetzt war es schummrig in der «Backmulde». Im Dämmerlicht erkannten sie am Tisch hinter all den Obstbränden, Marcs und Grappas, hinter Cognacs und Kastanienlikör Dagmar, Dagmar mit hochgestecktem Haar und der Tolle über der Stirn.

Klawuhn krampfte sich etwas über dem Magen zusammen, dann wurde ihm klar, dass es Dagmars Schwester war, Marion, die Apothekerin, die Fabian auch eingeladen hatte.

Als sie alle saßen und bestellt hatten, fragte Beate: «Wie bist du damit fertig geworden, Marion?»

«Womit?», fragte Dagmars Schwester.

«Damit, dass du ihr das Gift gegeben hast?»

«Ihr meint, ich …?»

«Sie hat es selbst gesagt.»

«Sie hat es vielleicht geglaubt, wahrscheinlich sogar. Sie sollte euch einen Schrecken einjagen. Ich hatte ja gedacht, ihr würdet sie davon abhalten. Es war nur ein Schlafmittel. Sie wäre nie daran gestorben.»

«Du bist mit ihr weggegangen an diesem Abend», sagte Fabian zu Klawuhn, «warst du der Mörder aus Pflicht?»

Klawuhn nickte und zündete sich eine Zigarette an.

Als sie vorhin durch die Hauptstraße gegangen waren, war es Beate vorgekommen, als ob wieder jemand einen Blaufilter über Heidelberg gestülpt hätte.

Blau, die Farbe ganz dicht an der Finsternis.

Regula Venske

Auf Reisen III:
Supermännchen im Mai

An einem lauen Abend Anfang Mai las Marthe zusammen mit einem Kollegen in Schwetzingen vor. Als Veranstaltungsort hatten die einladenden Buchhändlerinnen eine Kneipe gewählt, die wie ein Gewächshaus aussah. Und wirklich herrschten im «Green House» subtropische Temperaturen, die im Laufe des Abends noch weiter ansteigen sollten, als sich rund hundert Leute am Büfett drängelten. Krimilesung mit zwei Autoren, dreierlei Pasta und viererlei Spargelsalat, das brachte so manches in Wallung. Zum Glück hatte Marthe am nächsten Morgen noch Zeit und Muße, um im Schwetzinger Schlossgarten spazieren zu gehen. Sie musste erst am Abend in Mannheim auftreten, und dorthin war es ein Katzensprung. So konnte sie den Stress und die allzu üppige Kalorienzufuhr vom Vorabend nun in Gelassenheit, frischen Teint und neue Ideen umwandeln.

Man müsste einen Krimi in Schwetzingen zur Spargelzeit spielen lassen. Als Tatwaffe käme natürlich ein Spargelschälmesser infrage. Igitt, Marthe wurde ganz schlecht, als sie an mögliche Verwendungen eines solchen Instruments dachte. Das Opfer musste demzufolge extrem unsympathisch sein. Ein Supermännchen! Ha, das war gut. So nannte man bei der Spargelzucht den Spargel mit haploidem Chromosomensatz, den man aus Spargel mit diploidem Chromosomensatz züchten musste. Denn aus irgendeinem befremdlichen Grund war männlicher Spargel ergiebiger und wurde beim Spargelanbau bevorzugt gebraucht. Kreuzte man nun ein Supermännchen mit YY-Chromosomen mit weiblichem Spargel der Marke XX, so kam immer männlicher XY-Spargel heraus. Das hatte Marthe einst in einem biogenetischen Forschungslabor in Uelzen gelernt, und was für Uelzen galt, mochte wohl auch für Schwetzingen stimmen. So weit, so gut. Ein echt abstoßendes Macho-Supermännchen würde also im Gewächshaus mit einem Spargelschälmesser –

Marthe schreckte auf. Ganz in ihrer Nähe hatte es geknackt. Jemand war hinter ihr hergeschlichen. Argwöhnisch schaute sie sich um. Niemand zu sehen. Aber sie sollte doch etwas mehr auf den Weg achten. An einem Morgen wie diesem in der Mitte der Woche waren nur wenige Menschen im Park unterwegs. Das würde sich erst nächste Woche mit dem Beginn der Festspiele schlagartig ändern. Aber sie hatte nichts davon, wenn der Gärtner dann im Gebüsch ihre Leiche fand. Der Gärtner? Der war natürlich selber der Mörder. Er würde mit dem Spargelstecher – O Gott, da kam ihr einer entgegen. Wie der so merkwürdig mit den Armen schlenkerte. So ging doch kein Mensch. Kein normaler Mensch jedenfalls. Ein Verrückter. Der ihr gleich an die Gurgel – Ganz ruhig, Marthe. Der Kerl schaute schüchtern zu ihr herüber. Nicht ganz wegglucken, dann fühlt er sich provoziert. Aber auch nicht zu auffordernd grüßen. Genau. Ein kleines, zart angedeutetes Nicken. Der Kerl nickte zurück. Er lächelte. O Gott, diese Zähne! Nun ja, dafür konnte er nichts. Geschafft.

Über dem türkischen Minarett kreisten Krähen und stießen wilde Schreie aus. Eine tolle Kulisse. Mehr noch eigentlich im November, abends, wenn Dämmerung herrschte. Oder bei Vollmond, nachts. Aber sie hatte sich ja für die Spargelzeit – Sollte sie sich in den Wandelhof hineinwagen? Kein Mensch weit und breit. Nur eine Leiter, dort neben dem Eingang zu einem Pavillon lehnend. Eine Schubkarre daneben gestellt. Was lag darin? Ein Strick, eine Säge, ein Beil. Der Gärtner, sie wusste es ja. Wenn der ihr jetzt in einem der Gebetsgänge auflauerte? Sie selbst würde ihre Opfer an dieser Stelle im Moscheeweiher –

Marthe zwang sich dazu, die Inschrift an der Wand in Ruhe zu lesen. Sie würde sich doch nicht an einem lauen Maienmorgen in Panik hineinsteigern. Nur ruhig Blut, Marthe!

«Einsamkeit ist besser als boese Gesellschaft.»

Wie wahr. Schlimmer wäre allerdings noch Einsamkeit *in* «boeser Gesellschaft». Und sie war hier wirklich, verdammt nochmal, zu allein. Auf dem Absatz machte Marthe kehrt und strebte mit Todesverachtung, ohne sich auch nur noch ein einziges Mal umzuschauen, dem Ausgang des Schlossparks entgegen.

Den Nachmittag verbrachte sie in Mannheim im Poolbereich ihres Hotels. Auch hier war sie wieder allein und auf sich und ihr Innenleben gestellt. Jedes Mal, wenn sie in der Sauna saß, wartete sie darauf, dass jemand kam und sie einsperrte. Und zuvor noch ermordete. Jedes Mal, wenn sie aus der Sauna kam, erschrak sie über die mannsgroße Gestalt mit Schlapphut und Sonnenbrille, die im Liegestuhl neben dem Pool lauerte. Aber es war nur ein riesiger Teddybär. Irgendjemand hatte ihn einmal niedlich gefunden. Jedes Mal, wenn sie im Pool auf den Palmenstrand zuschwamm, mit dem die Stirnseite des Raumes tapeziert war, dachte sie, aus dem Schatten hinter der Palme löse sich eine dunkle Gestalt. Sie riss die Augen weit auf. Chlor brannte darin. Aber sie sah ihn, ganz deutlich. Hinter der Palme stand wirklich ein Mann. Er trat jetzt aus ihrem Schatten hervor. Er kam ihr entgegen –

Marthe beschloss, es mit drei Saunagängen genügen zu lassen. Und sie beschloss, auf der Stelle das Genre zu wechseln und fürderhin nur noch Romanzen zu schreiben.

Mörderisch gute Kneipen

Auf den Spuren des Verbrechens wandelt es sich unterhaltsam, keine Frage, schon manche Stadt mit krimineller Vergangenheit hat aus ihren Mördergruben kleine Goldgruben gemacht. Um wie viel angenehmer aber lassen sich solche Ortstermine gestalten, wenn bei der Wahl der Tatorte deren Unterhaltungs- und Nährwert gleich mit berücksichtigt wurden! Und so ist denn der geneigte Leser geladen, aus der Verbrechens-Nachschau *eine mörderische Kneipentour* zu machen. Die Autoren dieses Bandes geben gerne gute Tipps. Freilich übernehmen sie keinerlei Garantie. Weder in Geschmacks- noch in Überlebens-Fragen.

«Zum Lindenkrug» in Pevestorf (Wendland)
In der Mitte zwischen Hamburg und Berlin, in der Lüneburger Heide und dicht an der Elbe liegt dieser gemütliche alte Dorfgasthof. Herzhafte, vollwertige Kost wird hier serviert, von der «Wildfrikadelle» bis zum «Zander nach italienischer Art» reicht das Angebot. Wälder, Flüsse und Teiche prägen die idyllische Umgebung – und bieten auch der kriminellen Phantasie mancherlei Anregung, wie Autorin *Regula Venske* zu berichten weiß.

«Paolos Trattoria» in Stuttgart-Heslach
Seit mindestens drei Jahrzehnten ist diese Trattoria Treffpunkt der Theaterleute, der Schreiber, der Grünen, der Nachbarn

und einiger Fans der Stuttgarter Kickers. Im Sommer kann man im Hof unter alten Kastanienbäumen sitzen – das tut Kommissar Bienzle ebenso gerne wie sein Schöpfer *Felix Huby*. «Paolo ist für mich der König der Gastgeber, immer freundlich, meistens witzig und stets auf Augenhöhe mit seinen Gästen, egal ob Schuster, Minister oder Fernsehstar», lobt der Autor. In der Küche werkeln vornehmlich Familienmitglieder. Empfehlenswert: Vorspeisen, angedünstetes Gemüse, Pasta in jeder Form und Paolos sardischer Wein. Auf gut Schwäbisch: «Do kennet Se weit laufe, bis Se so oin findet!» Paolos Trattoria findet man Am Biehlplatz.

«Max & Consorten» in Hamburg-St. Georg

Seit über zwanzig Jahren ist dieses Lokal am Spadenteich 7 – in der Nähe des Hauptbahnhofs – eine Institution, und ebenso lange hatten das altertümliche Mobiliar und die rustikale Dekoration Zeit zum Reifen. Hier kann man gut frühstücken oder einen deftigen Imbiss zu sich nehmen, wenn man es urig mag und sich nicht an den gelegentlich einkehrenden Beamten der benachbarten Finanzbehörde stört. Und vielleicht trifft man hier auch gelegentlich den Wahl-Hamburger *Frank Göhre*.

«Murrhardter Hof» in Stuttgart-Mitte

Die Weinstube, die zu einer Weinhandlung gehört, liegt am Wilhelmsplatz 6. Auf der Tageskarte stehen Köstlichkeiten wie Flädlesuppe, schwäbischer Wurstsalat mit Brot, Zwiebelrostbraten, schwäbische Maultaschen mit Salat und vieles mehr. Die umfangreiche Weinkarte verzeichnet Rot- und Weißweine verschiedener Weingüter, vornehmlich aus der Region, aber auch aus Spanien, Frankreich und Italien. Der «Murrhardter Hof» liegt äußerst verkehrsgünstig, verrät *Tatjana Kruse*: Mit dem Auto fährt man über die B 14 direkt zum Wilhelmsplatz, vorzugsweise aber nimmt man die Stadtbahnen 14 und 1 bis Haltestelle Österreichischer Platz.

«Seppche» in Frankfurt am Main-Schwanheim

In dem um 1850 erbauten Fachwerkhaus Alt-Schwanheim 8 befindet sich seit mindestens 1870 eine Wirtschaft, die früher auch «Höhle» genannt wurde. Der Familienbetrieb umfasst seit 40 Jahren auch das Gartenlokal im Hof mit 500 Plätzen. Der Spitzname «Seppche» leitet sich von einem früheren Wirt her und wird immer dem aktuellen als Ehrenbezeichnung «vererbt». Vor ein paar Jahren war das «Seppche» Location für eine «Tatort»-Folge. Hessische und Frankfurter Spezialitäten, zum Beispiel Grüne Soße und mittwochs gebratene Haspel (Haxe), locken bisweilen auch *Almuth Heuner* und *Hertha Villbrandt* an. Im Sommer ertönt mittwochs Blasmusik im Hof.

«Weißer Holunder» in Köln

Die Kneipe befindet sich in der Gladbacher Straße 48 am Rande des so genannten Belgischen Viertels. Sie ist durch viele Sammlerstücke und die Bestückung der Musicbox ganz auf die 50er Jahre eingestellt. Das Hauptgetränk ist selbstverständlich Bier, die Weinauswahl ist sehr begrenzt. Das Publikum ist überaus gemischt und reicht vom Rentner aus der Nachbarschaft über Studenten und Künstler bis zu den letzten noch verbliebenen Yuppies. Während des Karnevals wird auch schon mal auf den Tischen und sogar auf der Theke getanzt. Zuweilen gibt es Live-Musik oder Lesungen. «Das Lokal hat in Köln durchaus Kultstatus», sagt Autor *Jochen Schimmang*.

«La Strada» in Godesberg-Heiderhof

Das «A Roma», Schauplatz des Dramas um Brigitte und Bruno, gibt es nur in der Geschichte von *Christine Grän* und *Gisbert Haefs*. Ganz und gar leibhaftig ist dagegen das «La Strada» im Akazienweg im Ortsteil Heiderhof. «Ein gutes, gemütliches Lokal, familienfreundlich und mit stets frischem Angebot des Tages», empfiehlt **Gisbert Haefs**. Weiterer Pluspunkt: Hier wacht der Chef persönlich über die Sicherheit seiner Gäste.

«Haxenhaus» in Köln

Hier hat der herbe Charme mittelalterlicher Schänken den Wandel der Zeiten überdauert, berichtet **Rebecca Gable**. Das «Haxenhaus» befindet sich nicht in England, sondern in Köln, in einem Gebäude, das seit dem 13. Jahrhundert nahezu unverändert steht und dessen Türstürze manchen Gast schmerzlich daran erinnern, dass die Menschen früher kleiner waren. Die Magd Druitgen heißt die Gäste in altertümlicher, aber wunderbar unprätentiöser Sprache willkommen und geleitet sie zu langen Tischen hinter kleinen Butzenfenstern. Bier schäumt in großen Krügen, und es werden Speisen aufgetragen, die es in Köln schon gab, ehe der Dombau begann: Flönz mit Zwiebelringen und dunklem Brot oder Gänsekeule mit Rotkohl. Ab und zu unterhalten bunt gekleidete Musikantinnen das Volk mit Liedern zu Rebec und Laute, oder ein trinkfreudiger Dominikaner erzählt Kölner Anekdoten, berichtet Rebecca Gablé.

«Taraxacum» in Leer

Buchladen, Feinschmeckerlokal, Weinhandlung, Veranstaltungszentrum und Kneipe vereint das «Taraxacum» in der Leeraner Rathausstraße unter einem Dach – was nicht heißt, dass man im Sommer nicht auch draußen sitzen könnte. Frühstück und Brunch, günstige Mittagsgerichte, selbst gebackene Kuchen und Torten und eine erlesene Abendkarte werden geboten, dazu die verschiedensten Biere und leckere Weine. Guter Service ist selbstverständlich und das Publikum angenehm gemischt. Kein Wunder, dass auch **Peter Gerdes** seine neuen Bücher am liebsten hier vorstellt.

«Badhaus» in Rottweil

Das Anfang des 20. Jahrhunderts erbaute, beispielhaft restaurierte Badhaus liegt idyllisch unmittelbar am Neckar. Es beherbergt einen Veranstaltungssaal mit 250 Sitzplätzen und ein liebevoll eingerichtetes Restaurant mit Terrasse und Gartenwirtschaft, beides betrieben von Christina Jänichen und Altfried Weber. Die historischen Badewannen im Keller brachten **Regula Venske** auf mörderische Gedanken. Kein Phantasieprodukt aber ist «ajurvedisches rechtsrum gerührtes heißes Wasser (g'sund!!!)» zu 2,50 DM das Glas. Das steht genau so auf der Karte.

«Dubkowmühle» bei Lübbenau im Spreewald

Von 1701 bis 1919 wurde im früheren Dubkowa eine Wassermühle betrieben. Seit 1737 darf sich der jeweilige Dubkowmüller auch Schankwirt nennen und Branntwein brennen. Gegen Ende des 19. Jahrhunderts entwickelte sich die Mühle, die acht Kilometer südöstlich der «Spreewaldhauptstadt» Lübbenau liegt, zur Ausflugsgaststätte. Ab 1922 waltete «Onkel» August Konczak, Besitzer eines sechs Zentner schweren Frosches mit ungeheuren Kräften, 52 Jahre lang auf Dubkow seines Amtes. Das Konterfei des berühmten Frosches ziert den Giebel des doppelstöckigen Fachwerkbaus; das Tier scheint zu lächeln. «Neben der Mühle befand sich früher eine Schleuse, die mit Gegengewichten funktionierte; diese wurden im Volksmund ‹Frösche› genannt und wogen etwa sechs Zentner», erklärt **Fred Ufer**. Um im nächsten Augenblick zu versichern: «Der heutige Besitzer der Dubkowmühle hat auch den Frosch geerbt, der nach wie vor am Leben ist.»

«Schweinske» in Hamburg

Im «Schweinske» gibt es Morgenferkeleien, große Sausen, Fritz-Schweine, Schweinis, Spar- und Sportschweine, Miss

Piggy, außerdem Business-, Solo- und Partyschweine – eben eine umfassende Antwort auf Hamburger und BSE. Alternativen für Vegetarier gibt es auch, alles reichlich und liebevoll auf riesigen Tellern angerichtet. Großformatige Karikaturen von Schweinen zieren die Wände in mittlerweile 18 rustikalen «Schweinskes» in Hamburg, Elmshorn, Lübeck und Norderstedt. «Trotzdem einmalig», schwärmt **Anke Gebert**. Als Studentin servierte sie früher selber im «Schweinske» und ist dort heute gern zu Gast.

«Alte Apotheke» in Jever

Der «Snutenschraper» ist ebenso wie die friesische Kleinstadt Geverensand eine Erfindung von **Maeve Carels**. Allerdings weist Geverensand große Ähnlichkeiten mit ihrer Heimatstadt Jever auf, und dort gibt es auch das Vorbild für den «Snutenschraper». 330 Jahre lang residierten im «Haus der Medici» in der Apothekerstraße 1 ausschließlich Apotheker. 1953 wurde dort eine Arztpraxis eingerichtet. 1987 eröffnete Heiner Lenz in den restaurierten Räumen das Restaurant «Alte Apotheke». Seine Kochkünste überzeugten auch die Schriftstellerin. Weshalb sie besonders bedauert, dass Lenz das Lokal kürzlich aufgab, um an der Nordseeküste ein anderes Restaurant zu eröffnen. Die «Alte Apotheke» wird als Lokal erhalten bleiben, wenn auch in verändertem Stil.

«Meyer-Lansky» in Dortmund

Die Cocktailbar mit Ausblick auf die B1, Bestandteil einer gleichnamigen Kette, beruft sich freimütig auf kriminelle Traditionen – die wiederum mit dem Vertrieb von Alkoholika zu tun haben, der in den USA während der Prohibitionszeit bekanntlich illegal war. Ein Umstand, der nicht nur der Karriere eines Al Capone, sondern auch der des besagten Meyer-Lansky höchst förderlich war. Neben dem «Kuss der Spinnenfrau», mit dem sich **Sabine Deitmers** Heldin stärkt, werden in den nach Meyer-Lansky benannten Lokalen zahlreiche weitere raffinierte Getränke verabreicht. In alter Tradition eben.

«Europahaus» in Essen

Kabarettist Ludger Stratmann, bekannt als «Essen sein Doktor», führt das Europahaus zusammen mit seinem Bruder Christian. Am Kennedyplatz 7, mitten im Zentrum der Stadt, sind Theater, Bistro, Konferenzräume, Cocktailbar, Biergarten und «Henricos Rauchsalon» leicht zu finden und gut zu erreichen. Im Mai 2000 war das «Europahaus» Schauplatz der Criminale, des jährlichen Treffens der deutschsprachigen Krimi-Autoren. Mitorganisator dieser Großveranstaltung war **H. P. Karr,** der sich von den ihm offenkundig vertrauten Räumlichkeiten zu kriminalschriftstellerischem Tun animieren ließ.

«O 25» in Frankfurt am Main

Die In-Kneipe in der Ostparkstraße 25 ist vom Südbahnhof aus in zehn Minuten zu Fuß zu erreichen. Wem in düsteren Straßen mulmig wird, nimmt besser ein Taxi oder das Auto. Achtung: Das «O 25» liegt tiefer als die Straße und ist nur spärlich beleuchtet. Das Motto heißt hier: Lust auf Party. Freitag- und Samstagnacht geht die Post ab. Techno, Punkrock, Gitarrenmusik, House und Down Beat – alles ist möglich. Richard Dorfmeister, Rob Birch oder Romanthony sind hier zu Gast, ebenso die DJs Grooverider, Storm und Fabio Krust. Unter der Woche gibt es Lesungen: Von Stuckrad-Barre über Thea Dorn bis Feridun Zaimoglu. «Anschließend Party», verspricht **Uli Aechtner.**

«Vogelbräu» in Karlsruhe

Der Vogelbräu ist eine Kleinst-Brauerei mit angeschlossener Kneipe, die vor allem von Studenten und sonstigem Jungvolk sehr gut besucht wird. Seit etwa fünfzehn Jahren wird ausschließlich Selbstgebrautes ausgeschenkt. Weitere Infos unter www.vogelbraeu.de. Die Geschichte von **Wolfgang Burger** spielt in der Karlsruher Lokalität; es gibt inzwischen ein zweites Lokal in einem Nachbarort.

«Am Deich 68» in Bremen

«Mein bevorzugtes Restaurant», schwärmt **Jürgen Alberts**: «Nicht nur, weil ich mit dem Besitzer Henner Reichel fast fünfzehn Jahre Dokumentarfilme gedreht habe.» Der Name ist die Adresse und zugleich Programm. Der Weinkühler, den man am Tischbein einhängen kann, ist übrigens Reichels eigene Erfindung. Wenige, monatlich wechselnde Gerichte, immer ein bisschen ausgefallen, mit schönen, einfachen Kochideen. (Wer will, kann sich die Karte per Fax jeden Monat kommen lassen.) Ausgesuchte Weine, ein frisches Öko-Bier – und Mineralwasser zu 3,50 DM die ganze Flasche. Dazu ein tolles Ambiente und eine augen- wie ohrenfreundliche Innenausstattung.

«Kaffeegarten Schwedenschanze» in Höhbeck

Autorin **Anke Cibach** verbürgt sich für die Existenz des Lokals und der beschriebenen Orte – inklusive des im Volksmund immer schon erwähnten Hexentanzplatzes unterhalb der Schwedenschanze: «Man frage in einer stillen Minute die Gastwirtinnen nach der genauen Lage und den Geschichten, die sich um diesen Platz ranken.» Die beschriebenen Aktivitäten des Frauenvereins sind frei erfunden, der Schlehensaft aber steht auf der Karte und ist wie der köstliche warme Apfelkuchen unbedenklich zu genießen. Der Kaffeegarten ist ganzjährig ab 11 Uhr geöffnet. Außer Kuchen, Eis und kleinen warmen Speisen gibt es gelegentlich auch Lesungen und Musik. Und natürlich Katzen …

«Ulenspiegel» in Gießen

Der Ulenspiegel ist eine urige Musikkneipe. Neben Rock-, Folk-, Pop- und Jazz-Konzerten sowie Tanzveranstaltungen (Tango, Salsa) gibt es auch Lesungen, Kabarett, Karaoke-Klamauk und Theater. Der «Ulenspiegel» besteht aus zwei phantasievoll ausgestatteten Kellergewölben, die einmal Teil der alten Stadtbefestigung waren. Das Publikum ist gemischt, doch überwiegend studentisch. «Man sitzt an grob gearbeiteten Holztischen und lässt sich das Bier der Region schmecken», berichtet **Kai Engelke**. Der «Ulenspiegel» liegt nur einige Meter abseits der Fußgängerzone im Seltersweg 55.

«Backmulde» in Heidelberg

Das Haus, eine ehemalige Schifferherberge, wurde beim Feldzug der Franzosen zum ersten Male zerstört und brannte 1689 bei der zweiten Zerstörung Heidelbergs vollständig aus. Es wurde bis 1698 in der heutigen Form wieder aufgebaut. In den Annalen ist das Gasthaus als «Schwarzes Schiff» verzeichnet. Heute dient das Haus in der Schiffgasse 11 unter anderem als Innungshaus der Bäcker. 1993 wurde das Gasthaus gründlich renoviert. «Küchenchef Alex Schneider kocht phantasievoll und bodenständig», so **Lilo Heimann**: «Eine Mischung aus kurpfälzischer Tradition und kreativer Kochkunst.»

«Green House» in Schwetzingen

Wie ein Gewächshaus sehe die Kneipe aus, sagt **Regula Venske**, die dort bei einer Lesung im Mai vor annähernd hundert Leuten subtropische Temperaturen erlebte. Das gute Essen im ansonsten sicherlich angenehm temperierten Lokal aber weiß sie zu loben, vor allem die Spargelgerichte. Das «Green House» ist in der Clementine-Bassermann-Straße 15 zu finden; «Der Buchladen», Mitveranstalter der Lesungen im «Green House», residiert in der Friedrichstraße 5.

Steckbriefe

Uli Aechtner, geboren 1952; lebt heute in Bad Vilbel. Studierte Germanistik, Philosophie und Kunstwissenschaften in Bonn. Arbeitete als Journalistin beim französischen Fernsehen, später als Moderatorin beim SWF, dann als Autorin für ZDF und ARD. Kein Wunder, dass ihre Kriminalromane Medien-Krimis sind. Zuletzt erschien «Programmschluss».

Jürgen Alberts, geboren 1946 in Kirchen/Sieg; lebt heute in Bremen. Studium der Germanistik, Politik und Geschichte, Promotion über die *Bild*-Zeitung. Mehrere Literaturpreise, u. a. «Glauser» für den besten deutschsprachigen Krimi 1988, Deutscher Krimi-Preis 1994, «Marlowe» 1997. Zahlreiche Romane, zuletzt erschienen «Der Violinkönig» und zusammen mit seiner Frau «Cappuccino zu dritt».

Fred Breinersdorfer, geboren 1946 im Mannheim, lebt in München. Studierte in Mainz und Tübingen Jura und Soziologie und praktizierte 17 Jahre lang in Stuttgart als Anwalt, spezialisiert auf Hochschulrecht. 1980 erschien sein erster Abel-Krimi bei Rowohlt; viele weitere Bücher und Drehbücher folgten, nach denen bis heute fast fünfzig Filme entstanden. Neuere Publikationen: «Die Welt zu Füßen» und «Das Biest». Breinersdorfer ist Vorsitzender des Verbandes deutscher Schriftsteller (VS) und Mitglied des P.E.N.-Zentrums Deutschland. Mehrere Auszeichnungen, darunter Adolf-Grimme-Preis in Silber 1991 und «Ehrenglauser» 2001.

Wolfgang Burger, geboren 1952 im Südschwarzwald, aufgewachsen in Bad Säckingen, lebt heute in Karlsruhe. Studium der Elektrotechnik, inzwischen Leiter eines Forschungslabors an der Universität Karlsruhe. Veröffentlichte u. a. die Kriminalromane «Mordsverkehr», «Marias Sohn» und «Projekt Dark Eye».

Maeve Carels, geboren 1956 in Jever, wo sie heute nach längerem Aufenthalt in Düsseldorf auch wieder lebt, studierte Sozialarbeit, arbeitete als Sekretärin, Briefträgerin und Journalistin, Sozialarbeiterin sowie in mehreren anderen Jobs, u. a. als Wahrsagerin. Schrieb acht Kriminalromane, darunter «Arnies Welt», der demnächst verfilmt wird. Veröffentlichte zuletzt «Schneewittchens Unschuld» und «Raphaels Frauen».

Anke Cibach, geboren in Hamburg, lebt in Stade. Diplom-Psychologin, verheiratet, erwachsene Kinder; umgibt sich mit ebenso liebenswerten wie bissigen Haustieren und pflegt einen rabenschwarzen Humor. Veröffentlichte Kurzgeschichten, gab u. a. die Anthologien «Alter schützt vor Morden nicht» und «Morde mit Biss» heraus.

Sabine Deitmer, geboren 1947, aufgewachsen in Düsseldorf, lebt heute in Dortmund. Studium der Anglistik, Romanistik und Literaturwissenschaft, Magisterarbeit zur Rezeption von Kriminalromanen. Lange Zeit in der Erwachsenenbildung tätig, seit 2002990 freischaffende Autorin. Deutscher Krimi-Preis 1995. Zahlreiche Veröffentlichungen; die Kriminalromane «Kalte Küsse» und «NeonNächte» wurden verfilmt.

Kai Engelke, geboren 1946 in Göttingen, aufgewachsen in Hildesheim und Wyk auf Föhr, lebt heute in Surwold (Emsland). Redaktionsvolontariat bei dpa Frankfurt, freie Mitarbeit bei verschiedenen Zeitungen, Zeitschriften und beim Rundfunk; Pädagogikstudium in Hildesheim. Ausgezeichnet u. a. mit dem 1. Preis beim Hamburg-Wilhelmsburger Poetry-Slam. Veröffentlichte zahlreiche Bücher, zuletzt «Wie gut, dass bei uns alles anders ist» und «Blut, Schweiß und Träume».

Rebecca Gablé, geboren 1964 am Niederrhein; studierte Literaturwissenschaft und Mediävistik in Düsseldorf, wo sie anschließend als Dozentin für mittelalterliche englische Literatur tätig war. Arbeitet heute als freie Autorin und Literaturübersetzerin. Ihr erster Roman «Jagdfieber» wurde 1996 für den Krimipreis «Glauser» nominiert. Ihr derzeitiger literarischer Schwerpunkt ist der Mittelalterroman. Veröffentlichte zuletzt «Das letzte Allegretto» und «Das Florians-Prinzip». Homepage: www.gable.de

Anke Gebert, geboren 1960 in Halle/Saale, aufgewachsen in Brandenburg und Mecklenburg-Vorpommern; lebt heute in Hamburg. Arbeitete als Grundschullehrerin und Erzieherin, studierte dann Germanistik, Journalistik und Film in Hamburg. Veröffentlichte Bücher und Drehbücher, erhielt verschiedene Preise. Neueste Publikationen: «Hunde, die bellen» und «Das Treiben».

Peter Gerdes, geboren 1955 in Emden; lebt heute in Leer (Ostfriesland). Fuhr als Maschinenhelfer und Funker zur See, studierte Germanistik und Anglistik. Zahlreiche Publikationen; veröffentlichte zuletzt die kulinarische Krimi-Anthologie «Mordkompott» und die Kriminalromane «Ebbe und Blut» und «Der Etappenmörder». Homepage: www.leda-verlag.de

Frank Göhre, geboren 1943 in Tetschen-Bodenbach, lebt heute in Hamburg. War Buch- und Kunsthändler, Werbetexter und Bibliothekar, danach freier Schriftsteller, Hörspielautor bei NDR und WDR, Verlagsmitarbeiter und Lektor, seit 1981 Roman- und Drehbuchautor. Ausgezeichnet u. a. mit dem Preis des Bundesinnenministeriums für das beste Drehbuch des Jahres 1997. Zahlreiche Veröffentlichungen, zuletzt «Einzelhaft» und «Finale am Rothenbaum».

Christine Grän, geboren 1952 in Graz, lebte fünf Jahre in Botswana, wohnt heute in München. Die freie Journalistin und Autorin schuf mit ihrer Heldin Anna Marx eine Serienfigur, die sich zum Publikumsliebling entwickelte und auch auf dem Bildschirm erfolgreich war. 1994 wurde Christine Grän mit dem «Marlowe» ausgezeichnet. Zahlreiche Bücher, Funk- und TV-Arbeiten; neuere Publikationen: «Anna Marx, der Müll und der Tod» und «Hurenkind».

Gisbert Haefs, geboren 1950 in Wachtendonk am Niederrhein, lebt heute in Bonn. Studierte Sprachen, finanzierte sein Studium teilweise mit Übersetzungen und Musik, legte das Staatsexamen in Spanisch und Englisch ab. Komponierte und interpretierte makabre Chansons, schrieb neben Krimis auch Science-Fiction und historische Romane. Ausgezeichnet u. a. mit dem Kurd-Lasswitz-Preis. Zahlreiche Veröffentlichungen, zuletzt «Hamilkars Garten» und «Andalusischer Abgang».

Petra Hammesfahr, geboren 1951, lebt in Kerpen. Wollte schon immer Schriftstellerin werden, begann mit siebzehn zu schreiben; lernte Einzelhandelskauffrau, schrieb neben ihrem Beruf, bis sie 1991 ihren ersten Thriller veröffentlichte, dem mehrere weitere Kriminalromane und Drehbücher folgten. Ausgezeichnet mit dem Frauenkrimi-Preis. Zuletzt veröffentlichte Krimis: «Lukkas Erbe» und «Meineid».

Lilo Heimann, geboren 1936 in Dresden, lebt heute in Leer (Ostfriesland). Studierte Germanistik und Philosophie, arbeitete als Redakteurin, Korrektorin und Lektorin bei Printmedien und beim Rundfunk. Veröffentlichte in Zeitungen, Zeitschriften und Anthologien. Mitherausgeberin der Anthologie «Faszination See».

Almuth Heuner, geboren 1962, lebt in Frankfurt am Main. Studierte Russisch, Englisch und anschließend Germanistik; war bis 1998 als Schlussredakteurin einer Wochenzeitschrift tätig und ist seitdem freie Autorin und Übersetzerin. Herausgeberin von zwei Kurzkrimibänden.

Felix Huby, geboren 1938 in Dettenhausen bei Tübingen, lebt heute in Berlin. War Reporter und Redakteur, anschließend Chefredakteur zweier Zeitschriften, von 1972 bis 1979 Korrespondent des «Spiegel». Veröffentlichte Sachbücher, Kinder- und Jugendbücher und 1977 seinen ersten Krimi. Gehört seit Mitte der 80er Jahre zu den meistbeschäftigten Drehbuchautoren des deutschen Fernsehens. Sein «Kommissar Bienzle» ist als «Tatort»-Figur des SDR erfolgreich. Huby wurde u. a. mit dem «Ehrenglauser» ausgezeichnet. Jüngste Roman-Veröffentlichungen: «Bienzle und der Champion» und «Bienzle und der Klinkenmörder».

H. P. Karr (alias Reinhard Jahn), geboren 1955 in Saalfeld, lebt in Essen. War Reporter, Redakteur, zeitweise Übersetzer und Internet-Buchhändler. Er schrieb und schreibt für Zeitungen, Zeitschriften und den Rundfunk. Veröffentlichte u. a. die Kriminalromane «Geierfrühling», «Rattensommer», «Hühnerherbst» und «Bullenwinter» (gemeinsam mit Walter Wehner). Zuletzt erschienen von ihm zwei Bände mit «Ratekrimis zum Selberlösen». Als Krimi-Archivar führt er das «Lexikon der deutschen Krimi-Autoren» (www.come.to/krimilexikon). Homepage des Autors: www.homepages.compuserve.de/krimijahn

Tatjana Kruse, geboren 1960, aufgewachsen in Schwäbisch Hall, lebt in Stuttgart. Autorin und Übersetzerin; veröffentlicht seit 1995 Kriminalgeschichten von hardboiled bis skurril, aber immer mit viel schwarzem Humor. Ausgezeichnet u. a. mit dem «Marlowe». Publikationen u. a. «Die Wuchtbrumme» und «Achtung: Wuchtbrumme».

Jochen Schimmang, geb. 1948 in Northeim (Niedersachsen), aufgewachsen in Leer/Ostfriesland, lebt nach insgesamt dreißig Jahren in Berlin, Köln und Paris wieder in Leer. Er debütierte 1979 mit dem Roman «Der schöne Vogel Phönix». Es folgten Erzählbände und Romane, dazu zwei Hörspiele. Zuletzt erschienen der Roman «Ein kurzes Buch über die Liebe» (1997) und der flanierende Essay «Vertrautes Gelände, besetzte Stadt» (1998). Im Frühjahr 2002 erscheint ein neuer Roman. Schimmang erhielt 1996 den Rheinischen Literaturpreis der Stadt Siegburg und war 2002/2001 Gastprofessor am Deutschen Literaturinstitut in Leipzig.

Fred Ufer, geboren 1942 in Adorf (Vogtland), lebt in Lübbenau (Spreewald). Studium der Geschichte und Germanistik, arbeitet als freier Schriftsteller und Publizist. 1995 Stipendiat des brandenburgischen Kultusministeriums. Veröffentlichte mehrere Bücher, zuletzt «Undurchsichtig wie Spreewaldsoße» und «Schobergeschichten».

Regula Venske, geboren 1955 in Minden, aufgewachsen in Münster, lebt in Hamburg. Studierte erst Jura, dann Literaturwissenschaft und Anglistik; lehrte an Universitäten in Hamburg, Berlin und London; seit ihrer Promotion 1987 ist sie freie Autorin und Journalistin. Ausgezeichnet u. a. mit dem Deutschen Krimipreis 1996 und dem Lessingpreis-Stipendium des Hamburger Senats 1997. Bekannt wurde sie vor allem durch ihre Krimi-Trilogie «Schief gewickelt», «Kommt ein Mann die Treppe rauf» und «Rent A Russian».

Hertha Villbrandt, geboren 1956, lebt in Frankfurt/Main. Studierte Amerikanistik an der Uni Frankfurt und bereiste zwei Jahre lang das Mittelmeer mit einer Segelyacht. Arbeitet heute in der DV einer deutschen Großbank. «Serienmäßig» ist ihre erste Veröffentlichung.

Wolf Haas wurde 1960 in Maria Alm am Steinernen Meer geboren. Nach Abschluß seines Linguistik-Studiums arbeitete er zwei Jahre als Uni-Lektor in Swansea (Südwales). Seit 1990 lebt er in Wien.
«Haas ist schlicht die Krimi-Entdeckung der letzten Jahre.» *Die Woche*

Auferstehung der Toten
(rororo 22831)
«Ein erstaunliches Debüt. Vielleicht der beste deutschsprachige Kriminalroman des Jahres.» *Frankfurter Rundschau*

Komm, süßer Tod
(rororo 22814)
Auf den Straßen von Wien bekämpfen sich die Rettungsdienste bis aufs Spenderblut. Nach dem Doppelmord an einem schmusenden Liebespaar tritt Ex-Polizist und Ex-Schnüffler Brenner auf den Plan: Hört die Konkurrenz den Funkverkehr der Kreuzretter ab? Das Buch zur Verfilmung des Erfolgskrimis.
Ausgezeichnet mit dem Deutschen Krimi-Preis 1999.
«Soviel Spaß, Weisheit und Spannung um einen wohlfeilen Preis, das gibt's normal gar nicht.» *Der Standard*

Der Knochenmann
(rororo 22832)
«... ein Muß für alle, die da süchtig sind nach vielversprechenden Talenten.» *Die Welt*

Silentium!
(rororo 22830)
Der Salzburger Klerus beauftragt Privatdetektiv Brenner mit der Aufklärung eines Mordes in einem katholischen Jungeninternat.
«Komischer war der Krimi nie, intelligenter nur selten. Weshalb auch Thomas Bernhard sicher von irgendwoher zuschaut und sich totlacht.»
Die Woche

Ausgebremst
Der Krimi zur Formel 1
(rororo 22868)

«Im Grunde genommen liest sich zurzeit nichts so vergnüglich wie ein neuer Wolf Haas, außer natürlich ein alter Wolf Haas.» *Der Falter*

Wie die Tiere
224 Seiten. Gebunden
Der neue Roman um Killerhunde und Kampfmütter.

rororo

Weitere Informationen in der **Rowohlt Revue**, kostenlos in Ihrer Buchhandlung, und im Internet: **www.rororo.de**

Petra Oelker
Tod am Zollhaus *Ein historischer Kriminalroman*
(rororo 22116 und als Großdruck 33142)
Mit ihrem ersten Roman um die Komödiantin Rosina eroberte Petra Oelker auf Anhieb die Taschenbuch-Bestsellerlisten.

Der Sommer des Kometen
Ein historischer Kriminalroman
(rororo 22256 und als Großdruck 33153)
Hamburg im Juni des Jahres 1766: im nahen Altona sterben kurz nacheinander drei wohlhabende Männer unter seltsamen Umständen. Und wieder nimmt sich die Schauspielerin Rosina mit ihrer Truppe der Sache an.

Lorettas letzter Vorhang
Ein historischer Kriminalroman
(rororo 22444)
Hamburg im Oktober 1767: Zum drittenmal geht Rosina gemeinsam mit Großkaufmann Herrmann auf Mörderjagd.

Die ungehorsame Tochter
Ein historischer Kriminalroman
(rororo 22668)

Die zerbrochene Uhr
Ein historischer Kriminalroman
(rororo 22667)

Neugier *Bibliothek der Leidenschaften*
(rororo thriller 43341)

PETRA OELKER
Die ungehorsame Tochter
EIN HISTORISCHER KRIMINALROMAN

Bild der alten Dame
(rororo 22865)

Petra Oelker u. a.
Der Dolch des Kaisers *Eine mörderische Zeitreise*
(rororo thriller 43362)
Petra Oelker, Charlotte Link, Siegfried Obermeier, Thomas R. P. Mielke u. a. beschreiben die unheilvolle Reise eines Dolches durch die Jahrhunderte, in denen er seinen Besitzern Mord, Verrat und Totschlag bringt.

Petra Oelker (Hg.)
Eine starke Verbindung *Mütter, Töchter und andere Weibergeschichten*
(rororo 22752)
Die Geschichten namhafter Autorinnen erzählen von Erlebnissen mit der anderen Generation.

Der Klosterwald
352 Seiten. Gebunden
Wunderlich

Weitere Informationen in der **Rowohlt Revue**, kostenlos in Ihrer Buchhandlung, und im **Internet: www.rororo.de**

Virginia Doyle

Virginia Doyle ist das Pseudonym einer mehrfach ausgezeichneten Krimiautorin. Im Rowohlt Taschenbuch Verlag sind folgende Titel lieferbar:

Die schwarze Nonne
(43321)
Wir schreiben das Jahr 1876: Jacques Pistoux, französischer Meisterkoch und Amateurdetektiv, löst seinen ersten Fall auf dem Gut des Lords von Kent, bei dem er eine Stelle als Leibkoch angenommen hat.

Kreuzfahrt ohne Wiederkehr
(43352)
Nach seinem Abenteuer bei dem Lord von Kent beschließt Jacques Pistoux, dem britischen Inselleben den Rücken zu kehren und mit einer amerikanischen Reisegesellschaft eine Kreuzfahrt auf dem Mittelmeer zu wagen. Doch auch hier zieht der Meisterkoch das Verbrechen an wie der Honig die Fliegen.

Das Blut des Sizilianers
(43356)
Nach seinem Kreuzfahrtabenteuer hat es Jacques Pistoux nach Sizilien verschlagen, wo er ganz unfreiwillig zum ersten Undercover-Agenten der italienischen Justiz wird, die ihn als Küchenjungen auf dem Landsitz eines Mafia-Paten einsetzt ...

Tod im Einspänner
(43368)
Im Jahr 1879 verlassen der junge Meisterkoch und seine adelige Geliebte Charlotte Sophie Sizilien und erreichen nach einer abenteuerlichen Odyssee Wien.

Die Burg der Geier *Ein historischer Kriminalroman*
(22809)
Jacques Pistoux befindet sich auf dem Weg nach Frankreich. In Heidelberg engagiert ihn ein adeliger Landsmann ...
Und wieder begibt sich der junge Meisterkoch in ein schmackhaftes Abenteuer. «Ein wahrhaft appetitliches Lesevergnügen.» *Norbert Klugmann*

Das Totenschiff von Altona
(23153)
Der neue Fall von Jacques Pistoux: Viel Spannung und historisches Hamburg-Flair!

Weitere Informationen in der **Rowohlt Revue**, kostenlos im Buchhandel, und im **Internet:** **www.rororo.de**

rororo